KB042923

잇츠 빌런스 코리아 **7**

초판 1쇄 인쇄일 2023년 6월 9일 | **초판 1쇄 발행일** 2023년 6월 15일

지은이 초촌 | **펴낸이** 곽동현 | **담당편집 팀장** 이범수
편집부 정요한 김승건 조혜진

펴낸곳 (주)조은세상 | 출판등록 제2002-23호
주소 서울특별시 동작구 동작대로1길 27 5층
TEL 02)587-2966 | FAX 02)587-2922
E-mail bukdu@comics21c.co.kr

초촌ⓒ2023
ISBN 979-11-391-1902-2 | ISBN 979-11-391-1390-7(set)
값 9,000원

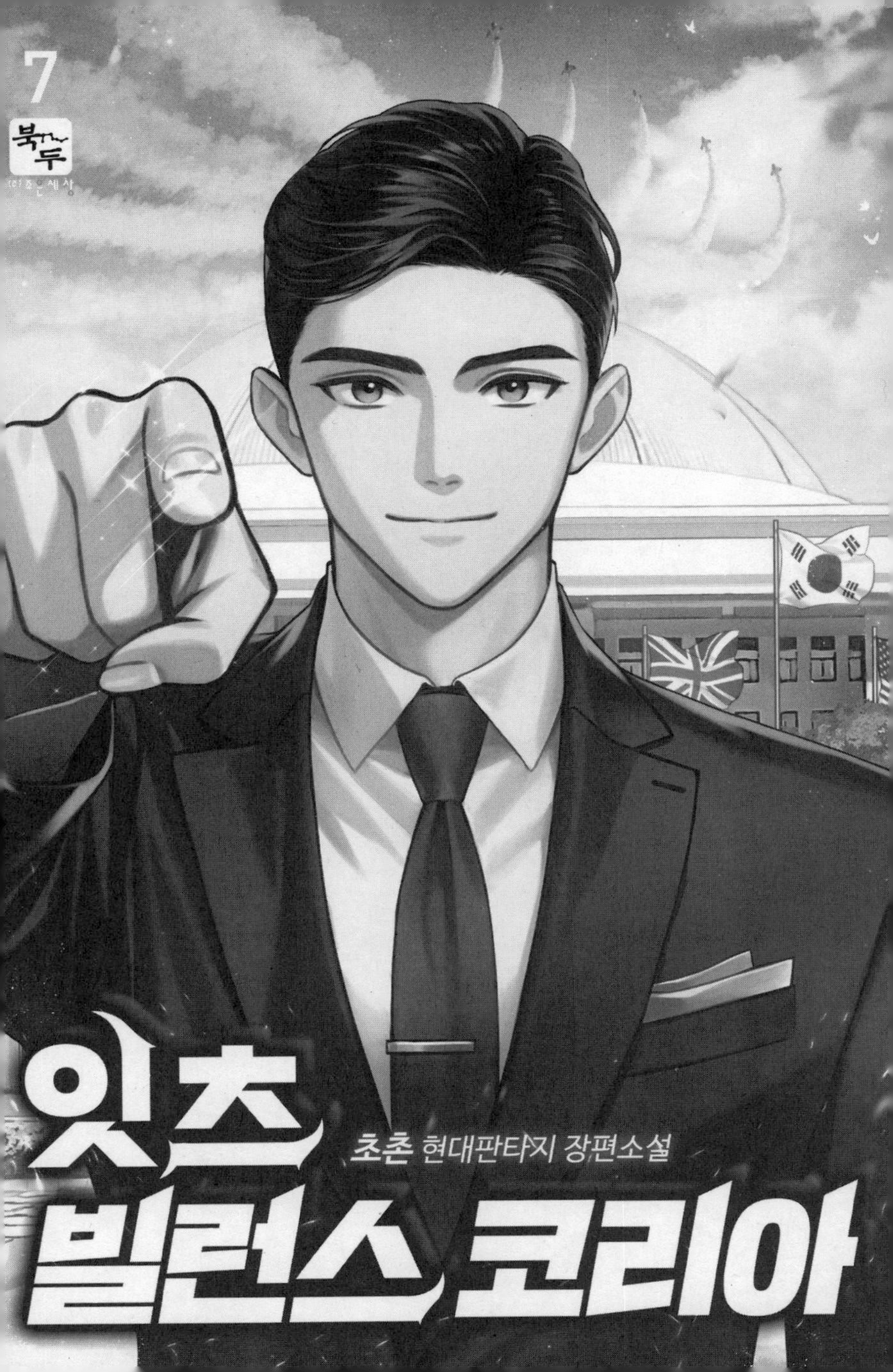
7
북두
잇츠 빌런스 코리아
초촌 현대판타지 장편소설

초촌 현대판타지 장편소설

MODOERN FANTASY STORY

CONTENTS

대화가 서서히 마무리 단계로 갔다.

본인들도 그렇게 느끼는지 떨어질 떡고물을 기대하는 세 회장이었다.

그들을 쳐다보고 있노라니 문득 아기새 입에다 먹이를 넣어 주는 어미새의 기분이 이럴까? 란 생각이 들었다.

예쁘다는 게 아니다. 보람차다는 게 아니다.

'게걸스러워.'

풀어놓는 순간 서로 자기가 더 먹겠다고 아웅다웅하겠지. 최대한 입을 크게 벌리고.

이럴 때 예쁘게 내숭이라도 부리면 참으로 좋겠건만.

세 회장의 인내심은 자라목보다 짧았다.

그러나 대전제를 놓쳐선 안 된다. 이 자리의 목적은 이들의 살길을 열어 주는 게 아니라 나라의 생존을 위해서다.

"명심하세요. 이 모든 건 반도체 산업을 보호하려는 포석의 일환입니다."

"물론입죠."

"맞습니다. 아주 중대한 결정입니다."

"맡겨 주십시오. 절대로 해내겠습니다."

대답은 신명 난다. 방금 전까지 뭐가 안 된다느니 어떻게 좀 해 달라느니 하셨던 주제에. 눈만 벌게서.

이런 의문이 들었다.

'과연 이 사람들에게 맡겨도 될까?'

반도체 산업은 한국 총 수출액의 20%, 한국 제조업 총생산의 10%를 담당하며 20년간 우리 경제를 반석에 올렸다.

그 위상과 규모가 남다른 산업이었다. 세계 시장을 선도하고 한국의 이름마저 높이고 있으니 참으로 효자가 아닐 수가 없다. 한국이 국제 무대에서 상당한 포지션을 잡을 수 있었던 큰 이유 중 하나이다.

하지만 알아보면 알아볼수록 절반의 성공이 아닐까란 의심을 지울 수가 없었다.

'그래, 그게 문제지.'

반도체 산업은 반도체 칩을 생산할 수 있는 첨단 기술을 보유하고 있어도 장비가 없거나 그 장비가 성능 미달이라면 앞으로 나아가질 못한다.

반도체 완성품과 마찬가지로 반도체 중간재(소재, 장비) 산업이 주목되고 무진장 커지고 있는 건 반도체 완성품이 첨단을 달릴수록 그에 걸맞은 장비가 필요해서였다. 반도체 소부장재가 매년 성장을 거듭하는 것도 그 때문이었다.

여기에서 기가 막힌 건 이 분야 세계 최고라는 우리 한국의 기술 경쟁력이 의외로 아주 낮다는 점이었다. 위상에 비해서 턱없이. 아주 처참하게도.

먹이를 내놓기 전 슬쩍 꺼냈다.

"여러분에게 2차 전지 기술의 해법을 전해 주고는 싶은데 조금 우려스러운 점이 있네요."

"예?"

"……?"

"……?"

"만일입니다. 이건 가정이에요. 아주 만일, 세계적으로 기술 전쟁이 터졌다고 봅시다. 정말 최악으로 치달아서 저들이, 저 미국이, 일본이 반도체 중간재 수출을 하지 않겠다는 결정을 내린다면 어떻게 될까요?"

훗날 미국은 중국으로 넘어가는 장비 수출을 막는다.

중국 반도체 산업은 그 순간부터 제자리걸음이 아닌 퇴보를 거듭한다.

이 갈등을 몇 년만 지속하여도 중국은 반도체 산업에서 도태되고 말 것이다. 한때 경제 대통령을 꿈꿨던 일본처럼.

게다가 일본도 머지않아 한국에 경제 제재를 내린다.

"……?"

"……?"

"……?"

"……!"

"……!"

"……!"

표정 변화 한번 신랄하다. 전혀 몰랐다는 것.

이 양반들, 참으로 답답하다.

"오성 회장님."

"……예."

"해법이 있습니까?"

"……없습니다."

침중한 표정으로 바뀐다. 누가 보면 장례식인 줄.

"나는 이렇게 생각해요. 이 가정 자체가 그동안 기술 격차를 겁내며 투자비를 줄여서라고. 아니, 그렇게밖에 판단이 안 듭니다. 비교적 진입 장벽이 낮은 공정에만 집중했다는 뜻이겠죠."

"……"

"반도체 장비와 칩의 원료, 소재 등의 국산화에 노력하는 대신 미국과 일본에 전적으로 의지해 왔다는 거죠."

"……예, 틀림없는 사실입니다."

솔직하네. 하지만 끝내 주진 않는다.

"전 공정 장비를 예를 들까요? 증착 공정에 쓰이는 열처리 장치 말입니다."

"예."

순간 오성 회장의 얼굴에서 자신감이 묻어 나온다.

맞다. 이건 상태가 좋다.

"다행히 전 공정 장비는 세계 시장에서 경쟁 가능한 수준까지 올라왔다고 하더라고요. 이외 세정, 평판, 증착, 열처리, 패키징, 테스트 장비 등의 기술 축적도도 상위권, 후 공정 장비도 경쟁 가능한 수준이라는 얘기는 들었습니다."

"맞습니다. 저희도 노력했습니다."

"근데 노광과 이온 주입은요? 측정 분석 장비는요?"

"……."

"노광과 이온 주입은 국산화 0%. 측정 분석 장비는 겨우 30%."

"……."

"반도체 성능에 직접적인 영향을 주는 소모품을 살피니 전부 일본산이더군요. 고순도 불화 수소와 포토레지스트, 웨이퍼와 블랭크마스크 같은 것들 말이죠. 이 소재들은 반도체의 집적률을 높이고 소비 전력을 줄이기 위한 미세 선폭 구현의 핵심 아닌가요?"

"어휴~ 대통령님 지식수준이 상당하십니다."

고개를 절레절레.

이봐요. 당신 칭찬받으려 공부한 게 아니랍니다.

"노광과 이온 주입은 미국, 고순도 불화 수소와 포토레지스트, 웨이퍼, 블랭크마스크는 일본. 두 나라를 빼면 우린 올 스톱입니다."

"……."

"기술 기반이 취약하죠? 여러분 정말 명심하셔야 합니다. 오늘 참 여러 번 명심하셔야 하는데. 미사일만이 무기가 아닙니다. 이런 것들은 언제든 칼이 되어 우리 목을 겨눌 수 있어요. 오성에 반도체 빼고 나면 뭐가 남습니까? 그런데 어떻게 안이하게 외산만 고집하시는 겁니까. 위협이 느껴지지 않으시나요?"

"……."

"얼마 안 남았습니다. 곧 미국의 말 한마디에 중국 수출 길이 막히는 날이 올 겁니다. 지들은 뒷구녕으로 중국에 팔면서 우리는 못 하게 막겠죠."

"설마…… 그렇게까지……."

SY 회장이다.

장대운은 즉시 출입문을 가리켰다.

"나가실래요? 정신 안 붙들고 계실 겁니까? 미국 한두 번 겪어봐요?"

"아, 아닙니다. 죄송합니다."

한 번 더 노려봐 준 후 오성 회장에게 시선을 돌렸다.

"제재 근거로 미국 기술이 적용된 장비를 걸고넘어질 겁니다. 자, 오성 회장님."

"예."

"당장 미국 장비 빼고 나면 반도체 생산 가능한가요?"

"어렵습니다. 설사 가능하다 해도 품질이 급격히 떨어질 겁니다."

폭삭 주저앉는다.

"이런 환경이잖아요. 나는 이 얘기를 하고 싶은 겁니다. 적어도 우리가 만든 건 마음대로 수출해야 하지 않을까요? 저 미국이 정말 제재하면 어쩌실 생각이시죠? 지금 대만에 하는 거 안 보이나요?"

"하지만 반도체의 발상지인 미국의 기술을 제외하고 생산되는 반도체는 이 세상에 없습니다. 반도체 설계 도구와 제조 장비에 관해서도 미국이 압도적이라……."

"그럼 미국이 죽으라면 죽을 생각인가요? 죽을 날 받아 놓고 나 몰라라 끝입니까?"

"그건……."

아니지. 결코 안 된다.

"지금이라도 미국의 대체재를 찾아야 합니다. 미국은 마음대로 대체재를 찾아도 되고 한국은 안 될 이유 있나요? 그 많은 유보금 쌓아 두고 어디에다 쓰시려고요? 빨리 유럽으로 가세요. 유럽으로 숨통을 틔어 놓고 국산화에 주력하세요. 알겠습니까? 나머지는 내가 해결합니다."

"예, 명심하겠습니다."

한국 반도체 수출 비중의 40%가 중국이었다. 미국이 중웨이 하나를 박살 냄으로써 우리는 매출 10조 원이 날아갔다.

중국 시장 전체가 날아가면 우린 어떻게 되나?

"내가 몰라서 가만히 있는 게 아닙니다. 오늘 여러분을 부른 건 예방 주사를 놔 드리려는 거예요. 새로운 먹거리와 함께."

"저희가 부족했습니다. 이제라도 알았으니 대책을 마련하겠습니다."

"맞습니다. 안일했음을 통감합니다. 더 늦지 않게 움직이겠습니다."

"더 움직이겠습니다. 믿어 주십시오."

"예! 이제라도 바뀌어야 합니다. 저 미국은 틀림없이 자기 힘을 사용할 테니까요. 곧 전쟁이 벌어질 거예요. 넋 놓고 있는 순간 가진 걸 전부 빼앗길 판입니다. 기합 꽉 주고 움직여 주세요."

세 회장을 불러 놓고 한국의 위기를 설파하고 있을 때도 대만에서 주둔하다시피 한 제7함대는 점점 더 위협적으로 움직였다.

대놓고 중국에 무력시위를 벌이는 한편, 대만 해군을 이끌고 중국의 영해 인근에서 군사 훈련을 하는가 하면, 대만 내 친중 인사들의 비리를 들춰 솎아 내고 중국에 대한 악의성 보도를 쉴 새 없이 내보냈다.

중국은 극비리 한국에 입국했다가 정홍식에게 처맞은 왕슈가 아직 복귀하지 않는 터라 탄룽이라는 외교부장 조리가 나서서 미국에 반격했다.

이참에 외교부장 자리까지 노리는지 아주 지독하게 미국

을 비판했는데.

그러든 말든 소통 불가가 된 미국은 탄룽의 입이 더러워질수록 제7함대를 더욱 적극적으로 활용했다. 남중국해를 둘러 제주도 인근 해상에까지 진출시킨 거로 모자라 서해로 진입, 북상하였다. 한국은 그에 발맞춰 현무 미사일 1천 기가 기동하는 장면을 연신 TV로 생중계했다.

곧바로 북경이라.

중국 정부는 기겁했고 철혈의 불퇴를 주장하던 인민들조차 진짜 전쟁이 나는 건 아닌지 불안에 떨었다.

2 대 1의 상황.

불리하다는 분위기가 확산되자 중국은 결국 싱가폴에 자리를 마련, 한국, 미국, 중국 삼자 회담을 열기로 약속한다.

보무도 당당하게 싱가폴에 입성한 정홍식은 왕슈 대신 나와 뻔뻔하게 중국은 평화를 사랑하고 주변과 분쟁을 피하고 싶은데 한국 때문에 이런 일이 벌어졌다며 떠드는 탄룽의 턱을 다짜고짜 돌렸다.

퍽.

"끄악!"

"야이 씨발 새꺄. 이게 감히 어디서 주둥이를 함부로 놀리고. 이 일이 어떤 건지 몰라?! 한국, 미국, 중국 삼국이 서로 주도권 안 빼앗기려고 각 잡고 덤빈 일이다. 이 새꺄. 그딴 주둥이로 결과가 나겠어? 뭐라도 결착은 봐야 하지 않겠냐?"

불식간에 얻어맞고 쓰러진 탄룽은 이게 무슨 일인지 감이

17

잡히지 않는 얼굴이 됐으나 곧 분노의 일갈을 내뱉었다.

"이, 이게 무슨 짓이냐! 너희가 이러고도 무사할 것 같아!"

"무사하다. 새꺄."

쓰러진 그를 발로 마구 밟는 정홍식과 그런 정홍식에 질겁해 피하는 미국 외무장관 그렉 아담스.

"으억, 으악, 으아악."

실컷 밟은 정홍식은 탄룽의 멱살을 잡아 끌어올렸다.

코피를 줄줄 흘리면서도 탄룽은 기가 죽지 않았다.

"가만히 안 두겠어. 절대로 가만히 안 둘 거야."

"나도 널 가만히 둘 생각이 없다. 거지 같은 새꺄."

다시 한번 주먹이 눈두덩이로 꽂혔다.

정홍식은 마치 기계처럼 팼다. 주먹이 힘들면 옆에 있던 나무 의자를 들어 내려찍고.

결국 그렉 아담스도 더는 못 보고 말리려 했다.

"그만하시오. 이는 이후 중차대한 외교 분쟁의……."

정홍식이 휙 돌아봤다.

살기등등한 눈빛이 그를 스캔한다.

"너도 맞고 싶냐?"

"예?"

움찔.

피투성이가 된 탄룽의 머리채를 잡고 그 얼굴을 보여 주었다.

"네가 보기에 이 새끼 하나 죽는다고 전쟁이 벌어질 것 같냐? 장리쉰이 전쟁을 일으킬 것 같아?"

"그건…….."

"다시 물어보자. 너 하나 팬다고 도람프가 전쟁을 일으킬까?"

"……!"

"되레 극비로 감추겠지. 최초로 한국인에게 처맞은 미국 외무장관으로 미국 정계에 이름이 올라가겠지. 해 볼래?"

"……."

그렉 아담스도 사실 그리 떨어지는 담력이 아닌데.

지금 탄룽 꼴을 보면 그런 마음이 1도 들지 않았다.

어지간해야 비벼 볼까.

저 정홍식은 버튼을 누르는 순간 지체 없이 달려와 이 몸을 탄룽 꼴로 만들게 분명했다. 그게 외부에 알려지는 순간 어흐 ㅇㅇㅇㅇ~~~.

세기의 DG 인베스트 수장이 이런 인간이었을 줄이야.

"아니오. 난 인도적인 차원에서…….."

"그럼 닥쳐!"

"……."

"난 저 중국이 아주 못마땅해. 저 새끼들은 겸손을 몰라. 역사가 증명해. 약속을 안 지키기로. 그래서 약속을 지키든 안 지키든 때마다 내려가 박살을 내 놔야 해. 그걸 우리 조상들이 못한 거야. 이 간악한 새끼들의 말을 믿어 주고 힘 키울 때까지 놔둬 버린 거지. 어리석게도. 그래서 우리가 역전당한 거야."

정홍식은 탄룽의 고개를 돌려 시선을 맞췄다.

아까의 독기는 사라진 지 오래다. 그렇다고 죽지도 않았다.

"너도 들었다시피 너 하나 죽인다고 변하는 건 하나도 없다. 너나 나나 장기말일 뿐이다. 그 자리에까지 올라 놓고 설마 아니라고 할 생각이냐?"

"……."

"중국 외교부장 아래 조리가 세 명인 걸 알고 있다. 너도 그 중 하나고. 시험해 볼까? 이대로 회담이 결렬되었을 경우 중국이 어떤 조치를 취할지."

"……."

"왕슈가 왜 아직 못 나오고 있을까? 이 정도면 회복할 시간은 진즉 지났는데."

"……."

"요것 봐라. 눈깔이 내 말을 끝까지 부인할 태세인데. 그렇다면 할 수 없지. 어이, 그렉."

한쪽에 짱 박힌 미국 외무장관을 불렀다.

화들짝 놀란다.

"……왜, 그러시오?"

"오늘은 결렬시키자고. 누굴 또 보내나 보게."

"미스터 정."

"왜?"

"정말 이래도 되겠습니까?"

"이미 결론 난 일이야. 화살은 날아갔어. 그런 말 할 정신 있다면 다음에 올 놈이나 어떻게 조질까 생각해라."

"……그런가?"

"끝내자고."

"알았소."

생각보다 일찍, 셋이 들어간 회담장에서 둘만 나오니 기자들이 의아하게 쳐다보았다.

그러든 말든 정흥식은 탄롱이 외교적 절차를 무시하고 자기 멋대로 자리를 박차고 나갔다고 발표했다. 그렉 아담스는 진짜로 그랬다는 듯 고개를 끄덕끄덕.

기자들은 이게 무슨 짓인지…… 어이없어했다.

이런 게 가능한가?

그러다 또 순순히 납득했다. 중국이니까.

그만큼 중국 외교관들의 대외 이미지는 개판이었다.

안하무인 갑질에…… 가짜 뉴스를 확산하고 음주 운전하고 공무라고 주장하는 등 사건·사고로 유명했다. 쉬쉬했던 것뿐이지 모르는 이는 없었다.

의외로 잘 먹히자 그렉 아담스가 그날 밤 은밀히 찾아왔다.

"미스터 정."

"왜?"

"자네 말이 맞았어. 중국 정부가 조용하네. 온갖 외신이 자네의 의도대로 떠들고 있어. 중국의 무례함을 꼬집고 애초에 협상할 마음조차 없었다고 말이야."

"굉장해?"

"놀랍지. 이런 식의 외교는 난생처음이거든."

"허튼소리 말고 술이나 한잔 마셔."

21

잔에 가득 위스키를 따라 준다.

"오우, 이렇게나 많이 마시라고?"

"뭘 이 정도로. 마셔."

짠. 카나페를 하나 집으며 정홍식이 입을 열었다.

"그래서 백악관은 뭐래?"

"지켜보라지 뭐."

"에이, 그냥 말해. 백악관 지령이 있으니까 오밤에 내 방까지 찾아온 거 아냐."

"……"

잠시 시선이 마주치나 그렉 아담스는 입을 뗄 생각이 없어 보였다.

정홍식은 피식 웃었다.

친목? 국제 사회에 순수한 친목이 어딨나?

오늘 일이 1부터 10까지 전부 보고됐을 것이다.

이 몸의 위험성까지.

그럼에도 불구하고 며느리도 모르는 비법처럼 이놈이 이 시간에 찾아온 건 그만한 용건이 있다고 봐야 옳았다.

"어허이, 버티네. 너도 쫓겨나 볼래?"

"……"

"그래도 말을 안 하네. 탄롱 꼴이 돼서 본국으로 소환돼 봐야 정신 차리려나?"

"……알았네. 알았어. 말하지."

어랍쇼. 또 너무 금세 항복한다.

적어도 몇 분은 더 대치를 이어야 한다고 생각했는데.

'……'

그래서 더 위협적이었다.

이놈이 먹은 외교밥이 허튼 게 아니라면 이렇게나 쉽게 항복할 수는 없었다.

즉 그래야 할 이유가 있다는 것.

절대로 쫓겨나선 안 될 사안이 있다는 것.

백악관에서도 정홍식은 쫓아낸다면 쫓아낼 놈으로 인식했을 테니까.

주변 공기가 싸늘하게 느껴졌다.

"……그래서 뭔데?"

"미스터 정은 앞으로의 중국을 어찌 보고 있지?"

뭐?

뜬금없는 소리에 불뚝 의문이 솟았으나.

정홍식은 섣불리 입을 열지 않았다.

왠지 간질간질 위험의 냄새가 났기 때문이었다.

"……."

"미스터 정이라면 우리 미국이 중국을 견제하는 이유 정도는 말하지 않아도 알 테고. 요즘 한국의 활약에 미국 정계가 들썩이는 것도 알 거야. 근데 언제까지 이 대치를 지속할 수 있을까?"

"……."

"조금 더 중국의 숨통을 조이는 건 어때?"

"……말해 봐."

"예로부터 중국은 비옥한 황하 일대로부터 나오는 엄청난 수확량을 기반으로 타 농경 국가로부터 항시 우위를 점했어. 그 식량을 발판으로 폭발적인 인구 증가를 이뤄 냈으니까. 거대한 땅덩이와 더 놀라운 인구수 그리고 구석구석 잘도 박힌 자원. 주변 일대를 장악할 패권 국가로서의 면모는 일찍부터 발휘됐지."

도대체 무슨 말을 하려고 역사까지 끌어들이는 걸까?

정홍식은 기가 찼다.

그런 면이라면 미국은 더 하면 더 했지 중국보다 덜하진 않았다.

미국은 자그마치 두 개의 대양을 낀 요지 중의 요지였다. 그 장점만 쏙쏙 뽑아 먹은 개사기 스타팅 포인트.

많은 수의 강이 요소요소에서 내륙과 바다를 연결하고 그 덕에 일찍부터 국내 운송이 발달하였다. 그걸 기반으로 높은 수준의 연방 국가를 실현하였고.

더구나 지력도 우크라이나, 프랑스 같은 세계구급 땅들보다 높은 식량 생산량을 지녔다. 지하자원도 대륙 스케일로 훌륭하다.

과거 미국은 자국 내의 기름을 아끼며 중동으로부터 에너지원을 수입하는 전략을 사용하였다. 그런 나라에 셰일 가스마저 터졌다. 원래도 엄청난 부잣집에 더더욱 엄청난 잠재력이 생겨 버린 것이다.

가히 축복받은 나라.

"그러나 큰 영토를 지우고 나면 의외로 중국의 약점은 극명해. 지정학적으로 살펴보자고. 중국은 서쪽과 북쪽이 광활한 황무지야. 쓸모없는 땅이지. 남쪽은 뚫을 수 없는 정글 지대로 빽빽해, 이도 거의 쓸모없는 땅이야. 동쪽은 어때? 바다가 있지. 이 나라는 고립돼 있어."

그 고립이 고립으로 여겨지지 않을 만큼 땅덩이가 커서 문제겠지.

미국을 예로 보자.

미국은 동쪽에 대서양이 있다. 이를 통해 유럽과 아프리카와 연결된다. 서쪽으로는 태평양을 통해 아시아와 연결된다. 태평양과 대서양을 아우르는 미국은 세력이 강할 경우 세계를 제패하기에 너무도 좋은 지전략적(地戰略的) 위치였다.

더구나 주변에 위협할 만한 적이 없다.

여기에서 그렉 아담스의 의도가 나온다.

중국은 세계에서 가장 많은 나라와 국경을 접한 국가다.

'15개 국가와 육지로 연결되어 있고 바다까지 합치면 무려 23개 국가와 인접한다. 더구나 중국과 인접한 나라 중 정치적, 경제적으로 중국이 쉽게 다룰 나라가 없다.'

군사 강국 러시아와 3,645km가 되는 국경을 접하고 혈맹이지만 골칫덩어리인 북한과 1,416km, 몽골과는 4,677km였다.

무슬림이 국민 대다수를 차지하는 카자흐스탄과 1,533km, 키르기스스탄과 858km, 아프가니스탄과 92.45km, 파키스탄

과 523km, 타지키스탄과 414km,

라마교, 불교 계통이 대다수인 부탄과 470km, 미얀마와 2,185km, 베트남과 1,281km, 네팔과 1,236km, 라오스와 423km나 붙어 있다.

힌두교의 인도와 3,380km.

육지에서만 접한 나라들이었다.

바다로는 대만, 대한민국, 일본, 필리핀, 말레이시아, 브루나이, 싱가포르, 인도네시아와 접한다.

"사실 중국처럼 많은 국가와 직접 국경을 접하는 나라가 세계 패권국이 된다는 것은 지정학적으로는 불가능해."

"적이 많으니까?"

"맞아. 국경국들은 본질적으로도 잠재적으로도 적대국에 가깝겠지. 지도를 보면 알겠지만, 이처럼 중국이 안보적 관점에서 주변국과 충돌 없이 해외로 뻗어 나가는 건 불가능해. 2010년대 이후 중러 관계가 급격히 가까워지고는 있다 해도 사안에 따라 언제든 떨어질 수 있어. 설마 미국, 캐나다 수준으로 안정적인 밀착 관계라고 보는 건 아니겠지?"

"……."

대답하기 싫어 안 해 줬다.

그렉 아담스는 애초에 대답을 들을 생각이 없었다는 듯 말을 이었다.

"더구나 50여 개 민족의 공동체야. 거대한 불안 요소지."

"불안 요소라 보기엔 생각보다 갈등이 적지 않아?"

"내제된 거겠지. 언제든 터질지 모를 폭탄으로."

"그 근거는?"

"한족이라는 주도 민족이 나머지 민족을 지배하는 형태지만, 미스터 정 말대로 생각보다 민족 갈등은 적어. 이는 지배 세력의 통합 교육 정책에서 기인하는데. 이를 위해 중화 민족이라는 개념을 창안해 냈고 지금까지는 성공해 왔다고 봐야겠지."

중화 민족이란 개념은 각기 다른 민족을 중화란 이름 아래 뭉뚱그려 풀로 붙여 놓은 것이다.

이걸 그렉 아담스가 찝었다. 언제든 떼어 낼 수 있다고.

"이걸 건들겠다는 거야?"

"안 돼. 아직은 억지로는 안 돼. 북한처럼 세뇌 수준으로 주입받았으니까."

이도 맞다. 중화 민족이라는 개념 아래 각기 민족은 자기 정체성을 잃어 가고 있었다.

"오호, 다른 방법으로 내부 분열을 조장하겠다?"

"삶을 힘들게 만들면 돼."

모든 걸 관통하는 말이었다.

삶을 고되게 한다. 삶에서 희망을 지운다.

힘들면 제일 먼저 쳐다보는 곳이 정부였다.

이럴 때 정부가 믿음을 못 주면 제 살길 찾는 건 수순일 테고.

참으로 적절한 방법인데. 그 수단이 문제였다.

정홍식이 반론을 펴려는 걸 눈치챘는지 그렉 아담스가 선수쳤다.

"잊지 마. 중국은 우리 미국이 만들어 낸 세계화와 자유 무역 질서하에서 성장한 국가야. 이것이 바로 중국의 첫 번째 약점이야."

"……."

"이해가 안 돼?"

"아니, 핵심을 말하라고. 도움받고 싶어 나한테 온 거 아냐?"

"크음……."

이렇게까지 말했는데 끌려오지 않는 정홍식이 마음에 들지 않는 건지 자신이 이런 상황에 빠진 것 자체가 기분 나쁜 건지 애매한 표정을 짓는 그렉 아담스다.

그러든 말든 상관없다는 듯 정홍식은 위스키를 한 모금 머금었다. 싱글몰트의 바디감과 향취를 조용히 음미하자 결국 그렉 아담스는 고개를 저었다. 못 당하겠다고.

'흥, 내가 뭘 했는데 졌다는 제스처야?'

이 자식은 그저 말을 꺼낼 명분이 필요했을 뿐이다.

"에너지다."

"에너지?"

"중국은 많은 유전을 갖고 있으나 그것만으로는 14억의 인구를 부양하기에 항시 부족하지."

에너지라. 에너지라……!

"오호라, 무슨 얘긴지 알겠군. 그거였구나."

"보여?"

"중동과 동남아로부터 수입하는 기름을 막자는 거구만."

대답을 들을 필요도 없었다.

이미 세계에 노출된 중국의 약점이었다.

에너지가 부족하다는 것. 식량이 부족하다는 것.

저 스프래틀리 군도 분쟁도 이러한 배경에서 나왔다. 거기에서 나오는 석유를 차지하기 위해.

'으응?'

가만 이 새끼가 지금 나한테 뭐라 한 거지?

정홍식은 순간 정신이 번쩍 드는 느낌을 받았다.

이 자리는 중국을 견제하자는 취지다!

'설마 우리더러 중국으로 향하는 길목을 막으라고?'

그렉 아담스를 쳐다보았다. 뻔뻔하게 시선을 맞춘다.

이놈이 원하는 건 결국 우리더러 중국의 에너지 보급선을 치라는 건가?

노출된 중국의 약점. 에너지 패권 전쟁. 그사이에 낀 한국.

'이 미친……'

중국의 에너지 수입 경로에서 호르무즈 해협과 말라카 해협은 빼놓을 수 없는 길목이었다.

중국은 이 무역로를 보호하기 위해 일대일로를 활용했다지만 중국 해군의 해역 커버리지는 이를 감당하기에는 무척이나 왜소했다.

자그마치 호르무즈와 말라카였다.

이 두 곳에 중국 해군의 접근을 거부하는 세력이 들어온다면 어떻게 될까?

소위 사략 함대처럼 중국 배가 들어오는 순간 나포해 버리고 침몰시키고 타국 배만 통과시키는 식으로 움직인다면?

그렇게 된다면 중국은 어떤 식으로 나올까?

'자기들이 대만에서 길목을 잡고 있으니 우리더러 거길 틀어막으라고? 이거 미친 새끼가 아냐?'

계획 자체는 훌륭했다.

에너지를 막는다면 중국은 반드시 분열할 테니.

반년도 안 돼 폭발할 듯한 불만이 쌓일 것이고 중국 정부는 이 화살을 돌리기 위해 무슨 짓이든 감행하겠지.

곧 전쟁이었다.

현재처럼 미사일 겨누고 자시고 대치하는 게 아니라 진짜 전쟁이 터진다.

'아니야. 아니야. 이렇게 빤히 보이는 수작을 벌일 리는 없어. 우리 한국이 이따위 계획에 동참하지 않을 것도 알고 있을 거야. 대체 이 말을 꺼낸 진의가 뭐지?'

그렉 아담스.

이 십장생이…… 도대체 무엇을 보고 있는 걸까?

심장을 냉정하게 가라앉힌다.

겨우 이 정도에 발발 뛰는 건 외교계 루키나 저지를 일이다.

"지랄하네."

"뭐?"

"빨리 꺼내기나 하셔. 허튼소릴랑 그만하고."

무시해 버리고. 보는 앞에서 위스키병을 거꾸로 쥐었다.

반쯤 담긴 술이 바닥에 콸콸콸 쏟아진다.

"크음……."

"개소리 말고 진짜 온 목적을 꺼내라고. 이 병이 비는 순간 네 머리통이 깨질 테니까."

"오우, 진정하라고. 난 미스터 정을 자극할 생각은 없었어."

한국과 중국을 전쟁의 시나리오로 밀어 넣으려 해 놓고 자극한 게 아니라고?

어디서 개 주둥아리를. 일단 한 대 패고 시작할까?

정홍식은 말없이 일어났다. 여차하면 뚝배기부터 깨 버리려고. 그러자 그렉 아담스도 더는 여유를 부리지 못했다.

"잠깐, 잠깐, 잠깐, 알았어. 말하면 되잖아. 진정해. 진정해."

"꺼질래? 입 열래?"

"……?"

"입 열래? 죽을래?!"

"아니야. 아니야. 우린 새로운 아시아 무역 블록을 만들 생각이야. 한국이 적극적으로 동참해 줬으면 해."

이건 또 무슨 소리지?

"중국이 매년 얻는 수익 중 20%는 무역에서 와. 이걸 공략할 거야."

"뭐라고?"

"아까 말했다시피 중국의 약점은 우리 미국이 만든 세계 질서에서 성장한 나라라는 점이야. 중국의 인프라는 2000년 대 초까지 많은 면에서 세계 무역에 의존했고 이는 과거 한국

군부 정권의 모델을 떠오르게 할 정도였지."

"그래서?"

"중국은 소련의 고립을 위한 전략으로 후원받아 성장한 나라야. 소련이 붕괴한 후로 머리를 바싹 낮추고 임금 상승을 억제하며 세계의 하청 국가로서, 타국이 외면하는 부가 가치가 낮은 물건들에 주력하여 성장해 왔어. 그리고 지금 우리 미국은 여태까지 이룩한 세계 질서를 바꾸기로 했어. 이미 그리하기로 선포했지."

"……!"

아아~~.

이제야 무슨 말인지 알 것 같았다.

미국과 우호적인 관계를 유지하고 싶은 국가들을 상대로 압력을 넣겠다는 뜻이었다. 중국에 등을 돌리도록.

이러면 중국이 무역에서 얻을 이익의 최소 절반이 사라지게 된다.

중국에서 무역이 차지하는 비중은 거의 20%.

그건 곧 미국이 주도하는 무역 장벽이 세워지는 순간 중국 인구의 10%가량이 쓸모를 잃는다는 얘기였다.

말이 10%지 14억의 10%는 1억4천이다.

1억4천의 실직자가 발생한다는 건 재앙이었다.

안 그래도 절대 빈곤층이 6억가량이라 집계되는 판국에 1억4천이란 폭탄이 떨어진다는 것.

인구 절반이 거지가 된다는 것.

이걸 중국 정부가 감당할 수 있을까?

인민들을 달랠 수 있을까?

이 상황을 만든 미국에 복수를 외치는 인민들을 위해 정말 전쟁할 수 있을까?

상상만 해도 아득하였다.

'이 미친 새끼들은 뒷일은 생각하지 않나? 북한만 붕괴해도 2천 8백만 난민이 발생하는데. 시리아 난민 몇십만도 해결 못 하는 것들이 8억 난민을 어떻게 하려고?'

"미국과 한국이 주도하여 거대한 벨트를 만든다면 못 해낼 것도 없잖아. 한국의 모델을 따라 하고픈 국가들이 의외로 많다고. 특히나 이번 한국의 인상적인 활약을 본 국가들은 틀림없이 동참할 거야."

"……."

아주 죽으라고 등 떠미는구나.

실익도 없는 얼굴마담 짓에.

이 일이 실천된다면 종말엔 한국과 중국은 반드시 쌍멸한다.

"어때? 진지하게 고민해 보는 게."

지랄도 풍년이다.

내가 이걸 덥석 물 거라 보고 던진 건지. 살살 똥꼬 간질이면 알아서 따라붙을 거라 본 건지. 죽탱이를 그냥…….

흥분하기에 앞서 일단 정리부터 해 보자.

중국의 약점이 뭐였더라?

1. 중국의 에너지 보급로는 취약하며, 미국이 대만을 막을 때 건들면 더 효율이 좋다.

2. 중국의 무역 의존도는 생각보다 낮으나 건드리는 순간 또 큰 타격을 줄 수 있다.

3. 이 일이 설사 중국의 무역 의존도를 낮추는 데 일조해도 타국을 건드릴 무기 하나가 사라지는 셈이다.

4. 중국은 생각보다 약하다. 미국이 작정하고 죽이려 든다면 막을 방법이 없다.

'으흠, 여기까진 괜찮군.'

이제 한국을 보자.

1. 이미 중국에 의해 큰 피해를 보고 있다.

2. 이미 중국과 전쟁을 전제로 대치 중이다.

3. 내부적으로도 남북으로 갈려 전쟁을 수행 중이다.

4. 대 중국 무역 수지 흑자 구조가 근래 들어 역전되고 있다.

5. 중국의 약점과 똑같은 약점을 가졌다.

이걸 과연 미국이 모를까?

미국이 제시하는 제안을 받는다면 한국의 위상이 높아질 가능성은 확실히 농후했다. 세계를 주도하는 그룹에 이름을 올릴 수 있을 테니.

다만 중국과는 돌이킬 수 없게 된다.

잊어선 안 된다. 장대운이 저 중국과 으르렁거리는 이유는 패권을 갖겠다는 야망 따위가 아니다.

올바른 관계. 부조리함을 바로잡기 위해서다.

단지 그것 하나만으로도 이렇게나 힘든데.

중국을 죽이려 든다면…….

저 양키 새끼는 한국을 아예 시궁창으로 밀어 넣으려는 것이다. 같잖은 미끼로.

안 그래도 장대운이 출장 비행기 타기 전 이런 말을 던졌다.

- 경우의 수를 두지 마세요. 우린 기본만 지킵니다.

경우의 수를 두지 말라고 했다.

가진 목표에 집중하라는 것.

전권을 받아 전장에 나가는 장수에게 변하지 않을 대전제를 알렸다.

기본. 한국의 기본은 패권 경쟁에 휘말리는 게 아닌 자기 길을 가는 것.

정홍식은 그렉 아담스를 쳐다보았다. 잔뜩 기대에 찬 얼굴.

욕이나 한번 퍼부어 줄까?

"거절하겠어."

"왓?"

"거절이라고."

"왜? 아주 좋은 기회잖아. 한국의 시장을 넓힐 절호의 기회.

나는 이해가 안 돼."

"그걸 왜 네가 이해해?"

"정말 큰 기회라고. 아시아에서 우뚝 설 기회. 이걸 거절하겠다고? 아니, 우리 미국이 한국을 위해 이렇게나 노력하는 걸 몰라? 너희가 이러면 안 되지. 우리와 함께 뜻을 같이해야지. 너무 실망이네."

"지랄하네. 뭘 그렇게 노력해 줬길래 생색을 그렇게 내냐. 말해 봐. 뭘 그렇게 우리한테 잘해 준 거야?"

"그건……."

머뭇댄다.

여기에서 말 잘못하는 순간 또 외교적 분쟁 거리가 될 테니.

그건 그렉 아담스의 권한을 한참 넘어서는 일이 될 것이다.

"딱히 셀 것도 없겠지. 준 것에 비해 이미 터무니없이 많이 받아 갔으니."

"너흰 우리 미국이 아니었으면 진즉 북한에 먹혔어. 이걸 잊으면 안 돼."

"미친 새끼가. 너희 미국이, 그 에치슨 개새끼가 방어선을 일본으로 내리지 않았다면 우린 분단되지도 않았어."

"……설마 남북 분단의 원망을 우리에게 돌리는 거야?"

"원망은 무슨…… 이미 끝난 일인데. 너희도 애초에 한국이 필요 없어서 방어선을 뒤로 물린 거잖아. 이제 와 왜 난리인데? 겪어 보니 왜 일본보다 더 나아서? 더 빼먹을 게 있어서?"

"그런 식으로 말하지 마. 그렇다고 미국이 한국을 도와준 일이 사라지는 건 아니니까."

"매년 수조 원씩 뻥 뜯어 가면서? 도와준 것과 거래한 것과
혼동하면 곤란하지."

"……."

얼굴이 붉으락푸르락.

구타를 유발하는 표정이나 정홍식은 애써 참았다.

아무리 그래도 미국 외교관까지 쥐 패는 건 21세기를 살아
가는 현대인으로서 교양이 부족해 보일 수 있었다.

대신 당근을 하나 던졌다.

"……아아, 너무 격해지진 말라고. 나도 대책 없이 거절하
는 건 아니니까."

"왓?"

"대안이 있어. 가만히 생각해 보니까 우리보다 그 역할을
더 잘 수행할 나라가 말이야."

"뭐라고?"

"일본 있잖아. 한국은 해군력이 약해서 호르무즈와 말라카
에 간다고 해도 막을 수가 없어. 근데 일본은 다르잖아. 걔들
은 너희가 허용해 주면 바로 튀어나올 거야. 차라리 이게 더
모양새가 좋지 않아?"

"……?"

"너희가 좋아하는 구도잖아. 한국이 육지를 막고 일본이
바다를 막고. 미국은 동아시아 전체에 영향력을 확고히 하
고. 아냐?"

"……."

"그리고 일본 애들은 자체가 해적질에 특화돼 있어. 그냥 하는 말이 아니야. 역사적으로도 자질적으로도 증명된 사실이야. 잊었어? 그놈들이 진주만을 어떻게 망가뜨렸는지."

"……!"

아픈 상처를 건드려 주니 그제야 그렉 아담스의 표정이 차가워졌다.

그러게 왜 전범국을 감싸나. 돈 몇 푼에 홀랑 넘어가서는 옆구리에 끼고 도니 동아시아 질서가 이 모양 이 꼴이 난 거지.

미국을 등에 업은 일본의 방만은 도를 넘어 동남아시아 경제까지 망가뜨렸다. 중국의 일대일로가 생각보다 잘 먹힌 이유 중에 일본의 몫도 있다는 뜻이다.

그리고 이 시점, 해적을 동원하는 게 이로운 점이 더 많았다.

일본이 나서는 순간 중국은 대처 불가능해진다. 그놈들은 해적질에 나서는 순간 아주 능동적이 될 테니까.

미국은 화살은 피하면서 가만히 앉아서 중국의 목줄을 손에 쥐게 될 테고.

아니, 군대를 가질 수 없는 나라가 세계 2위의 해군력이란다.

이 무슨 엿 같은 상황인지.

결국 미국이 뒤에 있으니 모든 게 가능해졌다. 이럴 때 둑을 터 주면 한국은 물론 중국, 러시아 일부까지 삼키려 했던 섬나라 야망남들이 중국의 생명줄을 고이 놔두겠나? 탕! 발사 소리가 울리는 동시에 그 일대를 지배하는 군주처럼 굴겠지.

'그래서 광저우에 있는 남해 함대를 보낸들 승산이 얼마나 될까?'

중국과 일본이 전면전에 들어간다고? 무슨 수로?

일본은 섬이다.

일본인들이 자기 나라를 자랑스럽게 표현하듯 불침 항모였다. 침몰하지 않는 거대한 항공 모함.

무슨 수로 육군을 거기에 상륙시키나? 가운데 낀 우리 한국은 가만히 있고?

산발적인 미사일 공격이나 테러는 가하겠지만, 지상군을 상륙시킬 수 없으니 전쟁 수행이 어렵다. 게다가 미국이 2차 대전 때 구상했던 대로 일본 열도를 해군력으로 폐쇄하고 조여 죽일 수도 없다. 일본 해군이 중국 해군보다 강하니까.

핵이 나오면 어떻냐고?

더 좋다.

미국은 옳다구나 중국을 70년대로 회귀시킬 것이다. 명분 좋잖나. 금지된 핵을 썼으니 응징하겠다.

세계인의 환호를 받으며.

"결론적으로, 중국의 해상 에너지 보급로는 일본 하나만으로 충분히 틀어막을 수 있어. 미국엔 조금의 피해도 없이. 어때? 진지하게 고민해 보는 게."

"······."

듣기 싫은 말을 고스란히 돌려주니 그렉 아담스의 표정이 볼만해졌다.

안다. 저들이라고 이걸 계산 안 해 봤을까?

이 제안이 더 좋다는 것도 알 것이다.

한국을 더 깊은 수렁에 밀어 넣으려는데 자꾸 피하니까 짜증 나는 거겠지.

'그런데 일본이 받을까? 제정신이 박힌 놈들이라면 절대로 안 받을 텐데…….'

근데 또 일본이라서 왠지 받을 것 같기도 하다.

하여튼 알 수 없는 나라였다.

'아, 짜증 나.'

또 정신 사나워졌다.

정홍식은 그렉 아담스를 쫓아냈다. 시끄러워서.

전화기를 들었다. 전권 대사지만 보고는 해야겠지?

"예, 접니다. 예, 보셨다고요. 예, 손 좀 봐 줬습니다. 허튼소리 하길래. 중국은 조용하다고요? 그럴 거라 봤습니다. 방금 그렉 새끼가 왔다 갔습니다. 우리한테 이런 제안을 던지더라고요…… 예, 일본과 잘해 보라고 연락처 넘겨줬습니다. 갑자기 일본이 떠오르더라고요. 예, 뜬금없이. 예예, 알고 계시라고요. 하여튼 양아치들입니다. 예예, 최대한 뽑아 보겠습니다. 그럼……."

삼자 회담 일정이 다시 잡혔다. 이틀 뒤로.

이번엔 가오텐이란 외교부장 조리가 온단다.

탄롱이랑 달리 겸손한 놈이었다. 처맞은 걸 들은 건지.

여튼 가오텐이를 가운데 끼고 정홍식은 그렉 아담스와 시선을 맞췄다.

'거봐. 꼼짝 못 하잖아.'

'그렇군.'

'잔뜩 쫀 거 보이지?'

'라저. 이것이 바로 고단수 외교로군. 참고하지.'

이틀 쉬는 동안 그렉 아담스는 매일 찾아와서 술 먹자 밥 먹자 산책하자 보챘다.

그 모습이 고스란히 방송을 탔다. 이 때문에 똥줄이 탄 중국은 이틀 만에 가오텐이를 보냈다. 둘이서 무슨 작당을 할지 모르니까.

회담장 문이 쿵 닫히고. 운명의 암운이 드리우는 것처럼 가오텐이의 얼굴에서 핏기가 사라질 때쯤.

정홍식이 어깨동무를 시전했다.

"자, 우리 친구가 뭘 가져왔으려나. 한번 꺼내 볼래?"

저번 오성, 엘진, SY 그룹을 불렀듯 오늘은 현도 그룹 회장을 청와대에 따로 불렀다.

개별 면담하는 담임 선생님처럼, 교무실에 홀로 불려 온 아이마냥 긴장한 현도 그룹 회장에 장대운은 괜찮다며 따스한 미소를 먼저 건넸다.

"아이고, 공사다망하신 분을 이리도 모시게 됐네요. 불편하신 건 아니시죠?"

"아닙니다. 불러 주셔서 감사합니다. 안 그래도 오성과 엘진, SY가 대통령님과 식사 후 움직임이 심상치 않아 궁금하던 차였습니다. 저희에게도 일을 주시려는 거 아닙니까?"

"빠르시네요. 맞습니다. 먼저 말씀을 꺼내 주시니 말 꺼내기가 편하네요. 현도 그룹에 원하는 게 있습니다."

"말씀하십시오."

"유전을 개발해 주세요."

"예?"

무슨 뜻인지 이해 못 하는 얼굴이다.

"말 그대로입니다. 유전 개발."

"유……전 개발이라니. 어디를 말씀하시는 겁니까?"

"……."

"설마…… 아니, 우리나라에 유전이 있습니까?"

"있죠."

"……어디요?"

"저 남쪽에."

"……남쪽이라면 ……!!! 7광구요?!"

"예."

"그거 일본 때문에 묶여 있는 거 아닙니까?"

"예."

"……?"

"그냥 하려고요."

"예? 공동 개발이 아니면 못 한다고 나와 있는 거로 아는데."

"그 협정 깨려고요."

"!!!"

JDZ(한일 대륙붕 공동 개발) 협정에 따르면 7광구 구역의 자원 탐사·개발은 한일 양국이 공동 추진해야 한다는 독소 조항이 들어가 있었다. 즉 어느 한쪽이라도 자원의 탐사·개발에 대해 동의하지 않으면 일방적으로는 불가능하다는 건데.

씨벌, 알게 뭔가.

없는 죄도 만들어 내는 세상에 겨우 협정서 하나에 목매는 게 너무 웃기지 않나? 저 일본은 약속 지킬 생각 자체가 없는데.

그런데 현도 회장의 생각은 다른가 보다.

"가······능하시겠습니까?"

"그래서 먼저 현도 회장님의 결단을 묻고 싶은 겁니다. 외양은 한국 석유 공사가 개발 사업자가 되겠지만 말이죠."

"아······."

"불가능합니까?"

"그건 좀 생각을······."

"알겠습니다. 이만 돌아가셔도 좋습니다."

깨끗하게 단념하고 벌떡 일어나는 장대운에 현도 회장은 섬뜩, 자기도 모르게 일어났다.

"아닙니다. 아닙니다. 합니다. 무조건 합니다!"

"······."

물끄러미 바라보는 시선에 또 한번 기함하는 현도 회장이었다.

이 사람은 협상이 통하지 않는 부류다!

줄 때 받지 않으면 영원히 아웃. 얼른 굽혔다.

"제가 잠시 헛생각이 들었습니다. 맡겨 주십시오. 저희 현도가 무조건 해내겠습니다."

"시추 경험 있으세요?"

"그건……."

"코소코필립스를 부를 거예요. 삼자가 공동으로 가는 겁니다."

그 순간 현도 회장도 깨달았다.

코소코필립스는 미국 텍사스의 정유 및 원유 개발 회사다.

즉 현도 그룹이 딱히 필요 없었다는 것.

끼워 준 것이다.

필요 없는데도 먹거리를 주려고.

이런 마당에 배짱을 부리려 했다니.

허리를 깊숙이 숙였다.

"감사……."

"감사받으려고 한 게 아니에요. 이참에 들러붙어서 코소코필립스의 노하우를 전부 빨아들이세요. 무슨 짓을 해서든."

"아……."

"못 합니까?"

"합니다. 합니다. 코소코필립스 뒷구녕을 핥아서라도 싹다 배우겠습니다."

"우리 한국도 이젠 당당한 원유 시추 회사 정돈 갖고 있어

44 앱스토리마이 7

야겠습니다. 알겠습니까?"

"명심하겠습니다. 제가 직접 챙기겠습니다."

"그래요. 믿을게요."

일본 열도가 들끓었다.

한중 갈등과 관계없던 나라가 느닷없이 평화 수호의 깃발을 올리더니 사세보에 정박 중이던 함대를 움직였다. 이는 정홍식과 통화한 지 채 사흘이 지나지 않아서였다.

뭐가 그렇게 급한지.

또 무슨 급할 이유가 따로 있다는 건지 일본은 움직였다.

그래도 설마설마했는데. 사람이 상식이 있는데 이 정도까지 미친 짓은 안 하겠지 했는데.

"……."

설마가 사람을 잡는다.

얘들의 상식은 우리의 상식과는 다른 게 틀림없었다.

일본 함대가 출항했다. 팡파레를 울리며.

서슴없이 진군했다. 호르무즈와 말라카로.

일본 자위대 해외 파병은 사실 전례가 있었다. 이라크 전쟁. 미국이 저질러 놓고 감당 못 해 벌벌 떨던 그 전쟁.

하지만 이번은 상대가 달랐다.

저 아주 먼 이라크가 아니라 중국이었다.

"미국이 정말 갈 데까지 가 볼 생각인가? 왜 이리 적극적이지? 진짜로 중국과 끝장 보려고?"

이 와중에도 싱가폴 삼자 회의는 계속되었다.

일주일을 넘어가며 지루한 협상 중 또 하나의 사건이 터졌다.

일본에 자극받은 인도네시아와 말레이시아도 해군을 움직인 것이다. 그뿐만 아니라 말라카 해협에 도착한 일본 해군과 협동해 작전을 펼치기 시작하는데.

일이 이렇게까지 진행되자 스프래틀리 군도 인근, 다른 두 나라 베트남, 필리핀도 일어나 해군을 일으켰다. 중국을 성토하며.

물론 중국의 편을 드는 국가도 있긴 있었다.

이란.

이란산 원유 판매의 큰 고객인 중국 수출길이 그 시작점인 호르무즈 해협에서부터 막히자 강력한 항의로 일본을 위협했다. 전쟁까지 불사할 것처럼.

하지만 일본은 세계 2위의 해군력을 가진 국가였다. 전쟁이 벌어지는 순간 이란은 원유 시설부터 잃을 것이다.

아시아에 발칸반도 이상의 소용돌이가 일고 있었다.

한국이 쏘아 올린 불길이 아시아 전체로 번져 나갔고 세계도 더는 웃는 낯으로 이 상황을 지켜보기 힘들어졌다. 중국도 당황하긴 매한가지.

조그만 소국 하나 찍어 누르지 못할까 했더니 어느새 미국이 들러붙고 일본이 들러붙고 평소 눈에도 보이지 않던 동남아시아 국가들까지 난리다.

중국은 화교의 힘을 써 볼까도 했지만, 전면전까지 각오하는 긴장 상태에서는 소용없었다. 화교가 비록 동남아시아를 지배하는 큰 흐름이라 해도 국가 사활이 걸린 문제에 잘못 끼어슬렀다간 뿌리까지 뽑혀 날아갈지도 모른다.

한국이 좋은 예였다.

중국인이란 중국인은 전부 잡아 가둬 버리는 몰상식.

그로부터 밝혀진 중국의 치부.

동남아시아 정부가 이런 짓을 안 하리란 보장이 없었다.

"골치 아프군. 상황이 왜 이렇게 변했지?"

"예, 아주 심각합니다."

중난하이 가장 깊숙한 곳 장리쉰의 집무실.

고뇌하는 장리쉰 앞엔 마오창 총리가 함께하였다.

총체적 난국이다.

딱히 제시할 해법이 없다는 게 장리쉰을 더 괴롭게 했다.

"내가 무엇을 먼저 살펴야 하지?"

"무엇보다 원유입니다."

"그렇군. 일본……."

"이란에서 넘어오는 원유 수송선을 일본 함대가 전부 억류하고 있습니다. 테러 세력과 협조한 정황을 잡았다고요. 베트남, 말레이시아, 인도네시아, 필리핀까지 덩달아 날뜁니다. 자국 내 체류 중인 우리 중국인 체포에 열을 올리면서요. 이도 범죄자 소탕을 명분으로 내세웠습니다."

"……우리가 테러 세력인가? 이것들이 감히 위대한 중국을……."

"……."

"흐음…… 미국의 요구는 어떻지?"

"똑같습니다. 한국인 석방과 피해에 대한 사과와 배상."

"속내는?"

"굴복하라는 겁니다."

"남은 방법은?"

"없습니다."

이 상황이 6개월만 더 지속돼도 중국은 마비된다.

이 장리쉰이 영원을 기약하며 쌓던 공든 탑이 와르르 무너지는 것이다.

답답했다.

거대한 땅덩어리와 자원, 14억 인구수는 강력한 장점이기도 하지만 치명적인 약점이기도 했다.

잘될 경우 세계 최강의 잠재력.

잘못될 경우 무저갱을 떠올릴 만큼 아득하고도 깊은 나락으로 떨어질 함정이다.

끊임없이 회전하고 새로운 바람으로 북돋우지 않으면 중국은 정체되고 정체된 건 썩는다. 그 순간 내부에서 서식 중이던 끔찍한 괴물이 자기 몸부터 잡아먹을 것이다.

그 최소한의 유지 수단이 에너지와 식량이었다.

동남아시아에서 들어오던 식량이 뚝 끊겼다.

이란에서 들어오던 원유가 싹 끊겼다.

벌써부터 식료품이 폭등하고 주유소에는 차량이 수십 대 대기한다. 증시는 진즉 폭삭 내려앉았다.

14억 인민이 이 중난하이만 쳐다보고 있었다.

어떻게 좀 하라고.

"……"

"……"

그렇다고 전쟁을 벌여?

한국 정돈 어떻게 되겠지. 그런데 한국에는 6천 기나 달하는 미사일이 있다. 같이 죽자고 날리는 순간 중국도 끝장이다. 한국의 대통령 장대운은 그러고도 남을 놈이다. 그 순간 좋다고 미국이 상륙할 테고 동남아시아 벌레들도 덩달아 뜯어 먹으려 달려들겠지.

유럽은 가만히 있을까? 러시아는?

힘 빠진 중국은 아무런 저항도 못 하고 청나라 말기의 역사를 리플레이 해야 한다.

아니, 그때보다 훨씬 더 지독한 압정에 갈가리 찢기겠지. 저 악랄한 서양놈들이 두 번은 봐주지 않을 테니.

결국 또 한국이었다.

한국과의 분쟁이 이 모든 사달을 일으켰다.

키도 역시 한국에 있었다.

"다녀와라."

"……역시 그 방법뿐입니까?"

"한국이 빠져야 저놈들도 힘을 잃는다."

"……근데 괜찮겠습니까? 상대는 장대운입니다."

"……"

그래, 장대운이었다.

장대운이 모든 불화의 씨앗이다.

빠드득.

"와신상담(臥薪嘗膽)."

"하오! 군자의 복수는 10년이 걸려도 늦지 않을 테지요."

"가라."

Chapter. 50

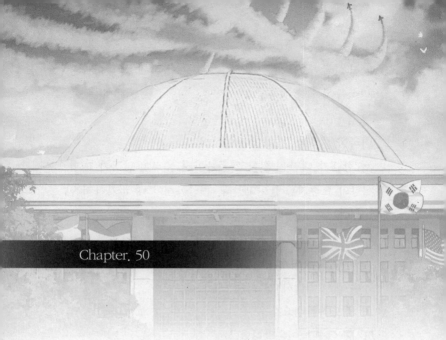

Chapter. 50

"뭐……요? 중국 총리가 온다고요? 왜요?"

"아무래도 협상하자는 거 아니겠습니까?"

"그러니까요. 왜 싱가폴을 두고 여기로 온대요?"

"그야…… 우리랑만 얘기하고 싶은 거 아니겠습니까?"

그걸 누가 몰라서 묻나. 후폭풍이 문제라서 그렇지.

그렇잖나. 중국 총리가 삼자 회의 중인 싱가폴이 아닌 한 국행을 택했다는 건 크게 두 가지 이유밖에 없었다.

전면전에 대한 위협이거나. 한국만 달랜다거나.

그런데 말이다.

전면전이라면 그나마 괜찮은데.

만일 한국이 거절 못 할 조건을 들고 와 어쩔 수 없이 그것을 받아들여야 할 경우였다.

"흐음……."

미국이 잔뜩 각 잡고 덤빈 일이다.

제7함대가 대만을 휘돌고 일본까지 움직여 말라카 해협, 동서양의 요충지를 틀어막았다. 동남아시아 네 국가마저 덤벼들었다.

이럴 때 한국만 단물 빨고 쏙 빠져?

"다구리 당할 일 있나?"

"아무래도 위험하겠죠?"

"언제 도착한대요?"

"1시간이면 들어온답니다."

"그래요?"

잠시 고민하던 장대운은 도종현에게 말했다.

"마크 내리 불러요."

"예?! 미국 대사를요?"

"아무래도 그 새끼를 대동해야겠어요. 이 시점, 단둘이 만나는 것부터가 문제의 소지가 많네요. 중국은 이걸 또 정치적으로 이용할 수도 있고요. 아 참, 마크 그놈한테는 이유를 밝히지 마세요."

"아……알겠습니다. 얼른 부르겠습니다."

마크 내리는 30분도 안 돼 도착했다.

막 퇴근하려는데 어쩐 일이냐는 미국인 특유의 제스처를

부리길래 닥치라고 해 줬다.

"오라면 오는 거지 대사 주제에 내가 무슨 용건으로 부른 줄 알고 툴툴댑니까?"

"말씀이 반말과 존대를 오가는데요. 그래도 대사 주제라뇨. 너무 친근하게 구시는 거 아닙니까? 저도 가정이 있는 사람입니다. 권위를 인정해 주십시오."

"알겠습니다. 그럼 퇴근하세요. 안 붙잡습니다."

"어허이, 왜 이러세요. 왔으니 용건은 들어 봐야죠. 또 무슨 폭탄을 던지실지도 모르는데요."

"어째 뉘앙스가 내가 문제아로 찍힌 느낌인데……요."

"아닙니다. 아닙니다. 워낙에 대통령님께서 파격적이잖습니까. 우리도 대비할 시간은 있어야죠. 그동안 벌이신 일만 생각해도 밤잠이 안 옵니다."

지랄은.

"조용히 하시고요. 지금 중국 총리가 청와대로 오고 있다네요. 아주 극비리에."

"제 입을 다물게 하시려면 그만한…… 예?! 마오창이 청와대로 오고 있다고요?"

눈이 튀어나오려 한다.

"왜요? 쫄리세요?"

"그야…… 빨리 본국에 상신을……."

"이 방을 나서는 순간 다신 못 들어올 텐데? 내가 중국이랑 뭔 얘기를 나눌 줄 알고 나가시려고요? 뭐, 원한다면 그래도 됩니다만."

"아아…… 그래서 휴대폰부터 빼앗았군요."

젠장.

"뭘 새삼스럽게. 저번에도 빼앗겨 놓고는. 여튼 기본이죠. 그 휴대폰에 뭔 프로그램이 탑재됐을 줄 알고 여기까지 들일까요? 저 할리우드 영화 많이 봤습니다."

"하여튼 영화사 놈들이 문제예요. 미국의 기밀을 아무렇지도 않게 떠벌리다니. 역시 만만치 않으십니다. 그럼 뭐 저도 어쩔 수 없지요."

자리에 털썩 앉는다. 마치 자기 집처럼.

이놈도 상또라이였다.

피식 웃어 준 장대운이 찻잔을 드는데 김문호가 달려왔다.

"중국 총리가 도착했습니다."

◇ ◆ ◇

평양.

와인을 든 김정운 앞에 중년의 남자가 정중한 자세로 서 있었다.

중년의 남자는 북한의 총리인 김덕순이었다.

"이거이 앞으로 어드래 되는 거이네?"

"사면초가에 빠졌지 않겠습네까? 저 중국 놈들이 뻐기다 된통 당한 게지요. 방방 뛰어 봤자 별거 없을 겁네다."

"허어, 남조선 대통령 그 간나 새끼가 또 한 건 한 기가?"

"굳이 그 아새끼래 거들 필요 없이 예로부터 그랬습네다. 저 중국 놈들한테는 무조건 강하게 나가야 하디요. 강하면 알아서 비굴하게 굴디 않습네까."

"그러다 뒤통수치잖나."

"맞습네다. 중국 놈들은 신의가 없디요."

북한과 중국은 아주 밀접한 관계 같지만, 실상 들여다보면 꼭 그렇지만도 않았다. 서로 이용하는 관계로 적절히 거리를 두었다.

이런 기조는 비단 김정운 때만의 일이 아니었다. 그의 할아버지 때부터 시작됐는데 그 할아버지도 중국 초대 주석인 마오쩌둥과 앙숙처럼 지냈다. 그 아버지도 마찬가지로 덩샤오핑이라는 막후 지배자와 사이가 좋지 않았고 김정운도 장리쉰이랑은 뻗대는 관계였다. 삼대 모두 중국을 믿지 않는다고 공공연하게 떠들었다.

북한의 대 중국 정책도 역시 간단했다.

- 불법을 저지르면 단호하게 나간다.

영해에 침범한 중국 어선에 무자비하게 발포하는 건 예사, 이에 중국은 2006년 중·조 변경 수역 어선 관리 강화에 관한 긴급 통지를 발효하며 절대로 북한 영해로 들어가지 말라고 경고할 정도였다. 한국의 예와는 달리. 이제는 달라졌지만.

"그라믄 어떻게 될 것 같네?"

"저쪽도 전쟁 아니믄 굴복 아니겠습네까?"

"전쟁 아니믄 굴복이라."

"그래도 굴복 쪽이 높갔디요?"

"그리 보나?"

"고분고분한 남조선이 이번 따라 미사일 들고 덤볐습네다. 타이완엔 미국 제7함대가 방아쇠를 겨누고 있습네다. 전쟁 터지는 순간 저 대륙부터 쪼개질 거라요."

"흠……."

김정운도 중국에 유감이 많았다.

가뜩이나 도람프 미국 대통령의 집권 후 북조선의 핵과 미사일 개발을 저지하겠다는 계획 때문에 사방팔방 돈줄이 막혀 골머리를 앓는 판에 저 중국마저 작년 10월부터 대북 석유 제품 수출과 북한 섬유 제품 수입을 금지했다.

동맹이라면서 정작 어려울 땐 적보다 더했다.

"나더러 굶어 죽든지 굴복하든지 둘 중 하나를 하라더니. 꼴이 우습구나."

이를 돌파하기 위해 남조선 대통령과 정상 회담 자리를 만들었는데 도리어 그 새끼한테 죽을 뻔했다. 세상에 그 정도로 미친놈인 줄 알았다면 절대로 만나지 않았을 텐데.

김정운은 이후로 계속 생각했다. 포지션 정립을 위해.

'이대로는 어차피 고립이다. 전쟁도 안 된다. 그렇다고 핵을 놓을 수도 없다.'

핵마저 없다면 미국이 문제가 아니라 남조선이 문제가 아니라 저 중국이 먼저 날름 집어삼키려고 덤빌 것이다.

아버지도 그랬다. 남조선이, 미국이, 러시아가 문제가 아니라 저 중국 아새끼들이 문제라고.

김정운도 동의했다.

장리쉰과의 악연.

"이천십이 년의 보복을…… 더러운 개쌍쌔끼가……."

김정운과 장리쉰과의 악연은 2012년부터였다.

당시 중국 공산당 제18차 당 대회를 통해 총서기에 임명된 장리쉰은 기분 좋게 중국과 이웃한 북한·라오스·베트남 사회주의 우호 3개국을 방문할 계획이었다.

그런데 북한이 그해 12월 북·중 국경에서 장거리 탄도 미사일 시험 발사 준비를 했다. 전 수령의 사망 1주기 즈음해 발사할 계획으로.

장리쉰은 조용히 타일렀다. 북한이 핵미사일 실험을 자제하면 지금까지와 같이 우호국으로 원조를 아끼지 않겠다. 친서까지 전달하며.

원조로 원유 50만t, 식량 10만t, 비료 2,000만 달러어치 어때?

"엿 까고 있네. 핵미사일 실험은 주권 국가인 조선이 자주적으로 결정할 일이디 네깟 게 뭔데 까부나."

딱 잘라 버렸고 그해 12월 미사일을 발사했다. 장리쉰의 국가 주석 취임을 한 달 앞두고도 보란 듯 제3차 핵 실험을 감행했다.

이후 5년간 냉랭.

그에 비하면 남조선 대통령 아새끼는 미친놈이긴 하지만 뒷맛은 깨끗했다. 귀에 딱지 앉을 것 같은 지겨운 통일 얘기도 안 하고.

"……."

더구나 주변 분위기가 심상찮았다.

꼭 전쟁이 아니더라도 이대로는 죽는다는 위기감이 돌았다. 아버지 뒤를 이을 때보다 더 살 떨릴 만큼 위태로운 기분.

아마도 장리쉰은 북조선을 절대로 가만두지 않을 것이다. 중국이 안정되는 순간 다음 타깃으로 노리겠지. 저 대만도.

"……."

러시아에 의지해 볼까?

저 불곰 아새끼들은 자기 몸 건사하기도 벅차다.

미국은?

미제 새끼들은 중국보다 더 약속 안 지킨다. 정권이 바뀌면 말도 바뀌고.

일본은?

자존심이 있다. 그 간악한 쪽바리들에게 어째 손을 벌리나. 보잘것없는 네 개 섬을 주체의 핵탄으로 수장시키는 일이라면 모를까.

"……."

결국 남조선밖에 없다.

결국 장대운밖에 없다.

탈출구로는.

"후우……."

절대로 만나기 싫지만. 이대로 가다간 어차피 죽는다.

김정운이 이를 악물었다.

"한 번 더 만나자고 전하라."

"남조선 말입네까?"

"지급으로."

"알겠습네다."

"후릅, 후릅……."

차 마시는 소리밖에 들리지 않았다.

초청하지도 않았음에도 보무도 당당히 청와대 집무실까지 입성한 중국 총리였다.

장대운도 간단한 인사말 건넨 것 외 다른 행동 없이 조용히 시간을 즐겼다. 정적의 시간을.

시끄러운 건 마크 내리밖에 없었다.

홀짝홀짝 얄밉게 차를 마시는 마크 내리를 불편하게 보는 마오창과 가만히 멍만 때리는 장대운.

이럴 수 있냐는 마오창의 눈길에…… 극비리 방문을 밝힌 데다 독대를 원한다고까지 전했는데 저 미국 놈은 뭐냐는 눈짓에 장대운은 이렇게 답했다.

"어떻게 알았는지 찾아왔더라고요. 온 사람을 내쫓을 순 없잖아요. 안 그래요?"

마크 내리가 잠시 움찔한 건 마오창은 보지 못했다. 그의 입꼬리가 '헐~'을 얘기하는 것도.

이후 장대운은 아~ 몰랑으로 일관했고 한과나 집어 먹으며 소파에 등을 기댄 거로 모자라 눈까지 감아 버렸다.

마음이 급한 건 마오창뿐.

그러나 자존심에 또 쉽게는 입을 열지 못했다.

어쩌다 이런 꼴이 됐는지…….

어쩌다 이런 상황에 처하게 됐는지…….

그냥 돌아가?

그냥 돌아가서 어쩌려고? 이들과 전쟁이라도 하려고?

마오창은 알고 있었다. 이 대치를 지속하는 것도, 홱 돌아서 나가는 것도 이익이 없음을.

시간마저 중국 편이 아님을.

그러나…… 이대로 져 줄 수도 없었다.

"커흠흠…… 이웃 국가 간 중차대한 일을 논의하려 하는데 미국 대사께서는 언제까지 청와대에 머무르실 생각입니까?"

"후릅, 아, 저요?"

"예."

"저야 뭐 청와대가 제집 같아서요. 뜻밖에 중국 총리님을 만나게 되니 이상하게도 더 편해집니다."

"계속 그렇게 계실 거라는 말씀이십니까?"

"그냥 편히들 말씀 나누세요. 저는 조용히 있을게요."

뻔뻔도 이런 뻔뻔이 없다.

뻔뻔이도 부끄러울 만큼 뻔뻔한 놈.

빌어먹을 양키놈.

속으로 수십 번 욕을 되뇐 마오창은 장대운을 원망스러운 눈길로 쳐다봤다. 어째서 한마디도 거들지 않냐고.

장대운은 그 시선 따위 못 본 척 한과나 집었다. 그러고는 시계를 본다. 중국 총리가 찾아온 목적 따윈 관심 없고 이 시간이 지겨워졌음을.

"……."

이것들이 쌍으로…….

"흐으음."

마오창도 더는 어쩔 수 없음을 깨달았다.

이 시간에도 중국 인민은 불안에 떨고 있었다. 이까짓 자존심 싸움에 잘못 시기를 놓치게 된다면 돌이킬 수 없다.

"뭐, 좋습니다. 어차피 알아야 할 테니. 한국은 뭘 원하는 겁니까?"

"……?"

"……!"

마크 내리마저 찻잔을 쥔 채로 눈을 빛내는데 장대운은 뭔 소리 하냐는 듯 한 번 쳐다보고는 다시 한과를 집는다.

냠냠 쩝쩝.

마오창은 저 한과부터 치우고 싶었다. 지금 그게 입으로 들어가?

"……"

"……"

"……"

다시 대치가 이어졌다.

포문을 열어 줬음에도 장대운은 그 정도로는 예열도 안 되는지 시큰둥.

다시 5분이 더 지나자 마크 내리도 더는 적막이 편하진 않았는지 입을 열었다.

그런데 내용이 의외였다.

"아직 우리 장대운 대통령의 스타일을 잘 모르시나 봅니다. 마오창 총리께서는."

우리 장대운 대통령?

"제가 뭘 모른다는 거지요?"

"정말 모르시는군요."

"……"

"하나 팁을 드려도 될까요? 원하신다면 말이죠."

"……원하오."

"으음, 장대운 대통령은 말이죠. 원칙주의자세요. 원칙을 지켜야 대화가 이어질 겁니다."

원칙주의자? 원칙을 지켜라?

설마 이 마오창을 상대로 착한 형사, 나쁜 형사 놀이인가?

마작도 이렇게 대놓고 짜고 치지 않는데.

그러나 맥락은 확실히 보였다.

마크 내리가 설명하는 장대운의 제스처의 의미는 '니가 찾아왔으니 니 용건이나 말해.'였다. 그게 원칙이라는 듯.

일순 굴욕감이 치달았지만 이도 꾸욱 내리눌렀다.

어차피 꺼내야 할 사안이다.

'……'

하지만 이도 쉽게는 못 간다.

"너무 중국을 무시하시면 안 됩니다. 후환을 어떻게 견디려고 이러십니까."

"……."

대답 없이 한과만 씹는다.

"……."

"……."

"……."

"……후우, 이제 그만하시죠. 서로에게 좋지 않다는 건 아실 테고 한국의 요청을 들어드리겠습니다."

그제야 한과를 집던 손이 멈춘다. 시선도 마주친다.

이 말을 원했던가?

그런데 장대운의 입꼬리 심하게 비틀린다.

"들어드리겠습니다아? 들어드리겠습니다아~~? 쿠쿠쿠쿡, 쿠쿠쿠쿠쿡. 이 새끼가……."

"……!"

"뒈지도록 처맞고 싶나. 감히 누구 앞에서 들어드리겠습니

65

다아~~~?"

장대운이 벌떡 일어나 다가온다.

성큼성큼 가까이 오고는 다짜고짜 손부터 올린다.

그제야 상황 파악이 된 마오창이 방어하려 하나 늦었다.

입을 떡. 이럴 수가…….

왕슈의 말이 거짓이 아니었구나. 탄룽이 처맞고 온 게 그
놈이 등신이라서가 아니었구나. 이놈들은 진짜 막무가내구
나. 아아~ 나도 곧 실려 가겠구나.

그러나 나는 대중국인의 자존심만큼은 지킬 것이다. 반드
시 지킬 것이다.

어금니를 악무는 순간 뒤에서 손이 튀어나와 장대운의 허
리를 잡는다.

"아, 또 이러신다! 진정 좀 하세요!"

"놔! 놔! 이 새끼가 지금 나한테 뭐라는지 들었잖아!"

"아이, 언제까지 남의 나라 외교관을 팰 겁니까. 좀 가리켰
다고 우리 대통령 손가락도 부러뜨리려 해 놓고. 그때 얼마나
식겁한 줄 아십니까. 하물며 중국 총리를 패겠다뇨!"

마크 내리였다. 그 얄미운 마크 내리가 필사적으로 장대운
을 막았다. 허리를 껴안고는 더 다가오지 못하게.

"……."

고맙다. 마크야, 아까 속으로 욕한 거 사과한다. 그래, 그렇
게만 막아다오. 저놈이 내 곁으로 오지 못하게.

한참을 옥신각신.

결국 장대운도 김이 식었는지 돌아가 않고 마크 내리는 고개를 절레절레 넥타이를 바로 잡으며 말했다.

"마오창 총리님은 부디 단어 선택을 신중히 해 주세요. 다음번에는 저도 못 막습니다."

"······."

"아니면 지금 당장 돌아가실 겁니까?"

"······."

돌아갈 수 없다. 일본이 에너지 생명줄을 잡았다. 한국을 풀지 않고는 답이 없다.

뭐라 말을 하려는데 장대운이 마크 내리를 봤다.

"근데 미국인이 '식겁'이라는 단어도 쓰네요?"

"아! 알죠. 겁나 놀랐을 때 쓰는 단어잖습니까. 경상도 사투리던가? 연원은 잘 모르지만. 자주 씁니다. 특히나 요새."

"저 새끼 패려다 내가 그 '식겁' 때문에 기가 막혀 멈춘 겁니다. 귀여워서."

"제가 좀 여러모로 귀여움을 받는 스타일입니다. 하하하하하."

뭔 얘기를 하는 건지.

경황 중에 마오창은 아까 지나친 말을 떠올렸다.

마크 내리가 이랬다. 분명 우리 대통령 손가락을 부러뜨리려 했다고.

마크 내리에게 우리 대통령이라면 도람프였다.

'장대운이 도람프의 손가락을 부러뜨리려 했다고?'

이 순간 확 다가온 깨달음은 한국과 미국 사이가 세상이 알

듯 돈독한 것이 아니라는 정보가 아니라 진짜로 죽을 뻔했다는 것이다.

좀 가리켰다고 미국 대통령의 손가락을 부러뜨리려 한 막돼먹은 자가 다른 사람인들 눈에 들어오랴.

세상에나…… 내가 지금 어디에 있는 거지?

"확실히 외교관으로서 자질이 있는 것 같네요. 그 나라의 언어를 이 정도까지 파고들 정도면 다른 일은 얼마나 잘할까요? 그러지 말고 한국 국적으로 바꾸는 건 어떠세요?"

"예?"

"정식으로 제안하는 겁니다. 한국 국적으로 갈아타세요. 그 능력으로 총질 무서운 미국에 왜 삽니까? 한국인이 되세요. 내가 잘 챙겨 드릴게."

으응? 이건 또 무슨 심박한 개소린지.

미국 대사에게 한국인이 되라고?

"에헤이, 농담도 과하십니다. 저 미국 대사예요."

"농담 아니에요. 한국으로 오세요. 미래는 내가 보장할게요."

"정말요?"

"대사직 끝나면 뭐가 남아 있을까요? 기껏 해 봤자 동아시아 담당관이나 되겠죠. 그도 도람프가 재선해야 될까 말까지 않나요?"

"그야…… 그렇지만."

"주중 중국 대사 어떻습니까? 아주 붙박이로 붙여 드릴게."

"헐~."

마크 내리가 이쪽을 본다.

"쿠쿠쿡, 재밌지 않을까요? 아니면 주미 대사로 붙여 드릴까요?"

"거기 갔다간 배신자라고 총 맞을 텐데요."

"그런가?"

"남의 목숨이라고 너무 쉽게 생각하시는 거 아닙니까? 게다가 한국도 그리 안전한 건 아니잖아요. 북한에, 중국, 일본, 러시아까지 둘러싸고 있네요. 더 위험한 거 아닙니까?"

"그럼에도 이만큼이나 올라왔잖아요. 아무것도 손에 쥔 것 없이 말이죠."

"여전히 아무것도 없잖습니까."

내세울 게 반도체 말고 뭡니까?

"왜요? 내가 있잖아요. 장대운 보유국."

"그……건 아이 씨, 반박을 못 하겠네. 캬아~ 확실히 멋있긴 하네요. 저는 언제 그런 말을 자신 있게 해 볼까요?"

"미국에선 불가능하지만, 한국에선 가능할지도 모르죠."

"흐음, 그 점은 좀 긍정적으로 봐도 되겠습니다. 뭐, 알겠습니다. 제안이니 생각해 보죠. 여튼 좋은 제안 감사드립니다."

꾸벅 머리를 굽힌다. 장대운은 흐뭇하게 끄덕끄덕.

마크 내리가 이쪽을 본다.

"근데 마오창 총리께서는 여기 왜 오신 건가요?"

"……?"

순간 마오창은 행간을 읽지 못했다.

지들끼리 화기애애 떠들다가 장면 전환 무엇?

"……조, 좋습니다. 협상하러 왔습니다. 한국의 요구 조건은 익히 들었고 그에 응할 용의가 있습니다. 대신 한국도 우리 요구 조건을 들어주셔야겠습니다."

"쿠쿡, 뭐가 좋다는 건지 모르겠는데. 일단 우리 미국에는 바라는 게 없습니까?"

"그건 추후에……."

"어랍쇼. 설마 한국만 배상해 주면 이 대치가 끝난다고 생각하신 건 아니죠?"

"그걸 어……."

"엑설런트! 완전 정답인데요. 완전 핵심을 짚으셨어요. 이번 분쟁의 키는 한국이죠. 한국이 빠지면 분쟁 자체가 명분을 잃을 겁니다."

뭐지? 미국 대사가 막 이런 말을 해도 되나?

"그래서 우리 미국이 한국을 홀로 두지 않는 겁니다. 한국이 중국에 홀라당 넘어갈까 봐서요. 국제 외교를 진두지휘하시는 분이시니 이해하시죠?"

"그야……."

"충분히 이해하실 거라 믿습니다. 제가 이렇게나 장대운 대통령께 구박받으면서도 뻔질나게 청와대를 드나드는 이유를."

"어허이, 내가 언제 구박했다고."

"다 적어 두고 있습니다. 아슬아슬하게 제 목숨줄을 이어 주고 계시다는 것도 잘 알고요."

"하여튼 눈치가 빨해."

"……."

"어쨌든 마오창 총리께서는 우리 미국을 눈먼 장님으로 만들지 말아 주셨으면 좋겠습니다. 그러면 우리도 우리 나름대로 다른 수를 쓰는 수밖에 없거든요."

"……."

명백한 위협이다.

그러나 흥분하지 않는다. 냉정하게 간다.

"……예를 들면요?"

"어렵지 않아요. 뜬금없이 티벳의 독립을 지지한다든가. 신장 위구르와 인근 스탄 국가들이 가까워질 계기를 만들어 준다든가. 얼핏 생각해도 대여섯 개는 되겠네요. 할 수 있는 일이 꽤 많죠?"

"……."

마오창의 눈에 선했다.

티벳과 신장 위구르는 그렇지 않아도 정부의 정책에 동떨어졌거나 반하는 족속들이었다.

미국이 저들을 지지하는 순간 어떻게 될까?

이게 웬 떡이냐. 둑 터진 듯 소요가 일겠지.

정부는 이를 막으려 군을 동원해야 할 테고.

무수한 피가 흐를 것이다.

그때 미국은 씨익 웃으며 중국의 인권 탄압을 세계에 전하며 그걸 명분으로 이번처럼 에너지 제재를 가하자 제안하겠지.

'안 되겠어. 돌아가자마자 러시아와 협상에 들어가야겠어.

어떻게 해서든 송유관을 가져오지 않으면 이런 일이 반복될 거야.'

좋지 않았다.

계속 휘둘리는 건.

마오창이 속으로 다짐하고 있을 때 장대운은 그를 유심히 살폈다.

'흥, 결국 러시아로 갈 생각이군. 러시아는 우리도 괜찮다. 러시아가 중국의 목줄을 잡는 그림도 전혀 나쁘지 않아.'

한국으로선 급할 게 하나도 없었다.

도리어 이 상황에 일본을 끼워 넣은 게 신의 한 수 같았다. 그 섬나라 놈들이 두려워하는 건 미국, 러시아 외 없으니.

사실 장대운이 마크 내리를 부른 건 마오창과 할 얘기가 별로 없어서였다.

서로의 요구 조건은 알고 있었고 싱가폴에선 협상 중이다.

중국이 이렇게나 총리를 보내면서까지 절실히 원하는 건 조속한 해결이겠지만 이도 중국 측에서 우리 조건을 조속하게 해결해 주지 않는 이상 바뀔 일은 없었다.

보라. 가만히 앉아 있어도 저 마크 내리가 알아서 우리 편을 들어 주지 않나.

'나는 구경 잘하고 한과나 먹으면 되지.'

외교 참 쉽다. 가려운 걸 대신 긁어 주는 사람이 있으니.

이 쉬운 걸 그동안은 왜 못 했나 몰라.

◇ ◆ ◇

"잘 돌아갔대요?"

"김포공항을 떠나는 걸 확인했답니다."

"온 김에 중국인 수용소나 한번 들를 일이지. 하여튼 인민에 대한 존중이 없어요."

"아 참, 아까 북에서 연락이 왔습니다."

"정운이가요?"

"예, 만나고 싶답니다."

"종전 협정이나 준비하라고 했더니. 왜 온대요? 벌써 준비 끝났대요?"

"그건 모르겠고 아무래도 이번 분쟁을 보고 깨닫는 점이 있나 봅니다."

"북한의 해법을 나에게서 찾겠다?"

"그렇게 보는 게 맞지 않겠습니까?"

도종현의 말이 맞을 것이다.

종전 협정을 하겠다고 툭 튀어나온 게 아니라면 결국 이번 한중 갈등이 만나자는 이유가 됐겠지.

다시 말해 저 엉덩이 무거운 말썽꾸러기가 내려온다는 건 북한이 그만큼 다급하고 그만큼 남한에서 얻을 게 크다는 뜻과 같았다.

"오라고 해요."

"알겠습니다."

"다 끝났나요?"

"예."

"이만 퇴근하시죠. 오늘따라 왜 이렇게 손님이 많이 온 건지. 애들하고 놀아 줄 시간이 없었네요."

"예, 먼저 퇴근하십시오. 저는 정리만 조금 하고 하겠습니다."

"예. 그럼 내일 봬요."

며칠이 지났지만. 아무 일도 일어나지 않았다.

뭐라도 발표가 날 거로 기대했건만.

중국 총리는 대체 왜 다녀간 걸까?

싱가폴 회담에서도 다른 소식은 들리지 않았다. 너무 조용했다.

극적인 합의도 없고 여전히 제자리걸음.

간 보러 왔나 싶기도 하고. 액션이 없으니 이도 김이 샜다.

"조건을 들어줄 생각이 없었나?"

"예?"

"아니에요. 이제 출발하면 되죠?"

"옙."

오늘은 김정운과 만나는 날이다.

중국 총리가 다녀간 날 어떻게 알았는지 핫라인이 열렸다.

만나자고.

딜.

어떻게 알릴까 고민하다 살짝 트릭을 섞었다.

언론에는 북한과 장관급 회담을 연다고.

그렇잖나. 세상이 뒤숭숭한데 누가 무슨 음모를 꾸밀지 알고 대놓고 움직이겠나?

통일부 홍주명 장관은 언론을 상대로 엄청 설레발 떨어 댔다.

앞으로 남북 관계가 어쩌고저쩌고. 정부는 최선을 다해 북한과의 관계를 따뜻하게 만드니 어쩌느니.

이 상황이 또 마음에 들었다. 언론이 아무것도 모른다는 건 결국 청와대의 정보 통제가 잘되고 있다는 얘기가 아닌가.

차량은 유유히 이동했고 이상하게도 그 방향이 판문점 쪽인 걸 깨닫고 나서야 언론이 방방, 대통령이 판문점으로 향한다는 소식이 터졌다.

기타 언론은 이건 또 뭥미?

오늘 장관급 회담 아니던가? 대통령이 거길 왜 가?

설마⋯⋯!!!

내리자마자 기자들이 우르르 달려와 질문부터 해 댔다.

"원래 오늘 목적은 정상 회담이었습니까?"

"정상 회담인데 어째서 사실을 밝히지 않으셨습니까? 일부러 통제한 겁니까?"

"언제부터 이 기획이 진행된 겁니까?"

"정상 회담을 감춘 이유가 있습니까?"

"국민을 속인 이유가 뭡니까?"

속이긴 누굴 속여.

지들한테 감췄다고 국민을 속였다 하네.

지들이 언제 국민이었던 적이 있나?

"원래 장관급 회담이 맞습니다. 오늘 아침에 정상 회담으로 바꾸자더군요. 딱히 일정이 없길래 그러자 했습니다. 문제 있습니까?"

"갑자기 일정을 바꾼 이유를 알 수 있습니까?"

"나도 모르죠. 나도 그게 궁금해 응한 거라."

"예?"

"궁금하시면 북한에 물어보시라고요. 나도 물어보러 왔으니까."

성의 없는 답변에 어이없어하는 기자를 장대운은 더 어이없어했다.

"거기 기자분."

"……예?"

"왜 그런 표정을 짓죠?"

"제가…… 무슨 표정 지었습니까?"

"방금 되게 어이없어하던데. 뭐라도 되십니까? 혹시 관계자라도?"

"……."

왜 그런 말을 하냐는 표정이다.

"이상해서요. 남북 정상 회담이라면 국가 기밀 아닌가요? 국가 기밀을 알아서 어디에다 쓰시려고요? 중국에 파시려고요?"

"아, 아니, 전 국민의 알 권리를 위해……."

"국민의 알 권리야 내가 알아서 챙기면 되고 내 보기엔 너무 궁금해 하는 것 같은데요. 선을 넘어서요. 뭔데 나대죠?"

혹시 북한이랑 틀어지길 원하는 겁니까? 저 한민당처럼?"

"예?"

"이 사람 안 되겠네. 당신은 한민족 통일의 염원을 방해하는 사람이었군요. 뭐 이런 자가 이곳에서 기자증을 달고 있죠? 언론사가 어딥니까? 대정일보? 대정일보가 이런 곳이었군요. 기생충이 들끓는 언론사가 아직도 있었네요."

기자가 황당해 입을 벌리든 말든 제 할 말만 마친 장대운은 고개 저으며 내부로 들어가 버렸다.

오매불망 통일만 바라는 실향민과 그 자녀들을 향해 시선 한 번 주고.

띵.

실향민들이 그 기자에게 다가갔다. 너 뭐냐고.

잡히면 죽을 것 같았던 기자는 뒷걸음치다 줄행랑을 놓았다. 같이 파견된 대정일보 기자는 슬쩍 기자증을 가렸다.

"오늘 정상 회담 아니었소? 내래 분명 그리 통보한 것 같은디."

처음부터 다 보고 있었는지 김정운이 물어 왔다.

조금은 띠껍게.

"정상 회담이죠."

"내 귀엔 다른 말이 들렸던 것 같소."

까다롭게 굴기는.

"어쨌든 정상 회담하잖아요. 약간의 궤도 수정은 애교 아닙니까. 안 그렇나요?"

"큼…… 그기 남조선의 기자 다루는 법이오? 한 수 배웠소."

"자, 이제 본론으로 들어가 볼까요? 같이 카라멜 마끼아또나 한잔하자는 건 아닐 테고 독대인가요? 아니면 방송용인가요?"

"……독대요."

"그럼 갑시다."

회담장에 앉은 지 1분도 안 돼 장대운이 일어나자 김정운은 황당했다. 영~ 적응이 안 되는 행동력이다.

그러든 말든 장대운은 문부터 열었다.

시야가 환히 열리며 대기하는 기자들과 경호 요원들이 눈에 들어왔다. 김정운도 일어났다. 문을 연 이상 둘 중 하나였다. 회담 결렬이 아니라면…….

함께 걸었다. 옥류관 랭면이 너무 맛없었다 같은 울컥 올라오는 말이나 들으며.

전각이 나오자 안 좋은 기억이 떠오른 김정운은 멈칫했다.

"저길 꼭 들어가야겠소?"

"다른 데는 보안이 약합니다. 마음껏 얘기할 수 없죠."

"흠……."

"마음껏 얘기하러 온 거 아닙니까?"

"……알았소. 갑시다."

이번에도 또 장대운이 먼저 문을 열었고 김정운이 들어가자 문을 닫았다.

장대운은 여전히 서 있는 김정운을 지나 의자를 빼 앉았다. 다리를 꼬았다.

분위기가 달라진다.

"왜?"

"……."

"거기 서서 뭐 해? 앉아."

말투마저 툭.

김정운도 피식 웃었다. 못 이기겠다는 듯 고개도 젓고.

"후우……."

"왜? 내가 이럴 줄 몰랐어?"

"아니오. 알았소."

"그럼 앉아. 하고 싶은 말 하고."

"흠……."

냉정하자 냉정하자 수없이 되뇌고 왔건만. 저 면상퉁이 앞에선 정안수 떠놓고 다짐한 맹세도 효용이 없었다.

얄미운 놈.

'내래 이런 놈인지 모르고 내려온 것도 아니고…….'

달리 생각해도 더 나은 방법이 없는 건 마찬가지였다.

여기까지 와서 체면 안 살려 준다고 뛰쳐나가는 것도 우습고.

김정운도 앉았다.

"하나 물어봅시다."

"물어봐."

"북조선이 핵 쥔 게 안 무서우오?"

"그걸 왜 무서워해야 해?"

영문을 모르겠다는 장대운에.

"어째서 안 무섭소? 핵이오. 핵."

"나는 솔직히 말해 네가 핵을 더 만들었으면 좋겠어. 이참에 수백 개 만들어 여기저기 짱박았으면 좋겠는데."

"그……말이 참이오?"

"한국은 말이야. 빌어먹을 경제가 묶여 핵 개발이 안 돼. 그랬다간 정권부터 날아가거든. 저 미국 새끼들 때문에. 그걸 북한이 만들어 주겠다는데 내가 왜 반대해?"

"……! 설마 니 것도 내 것. 이런 거요?"

"에이, 뭔 말을 그렇게 섭섭하게 해. 한민족이잖아. 난 말이야. 네 아버지의 업적 중에서도 핵 개발에 돌입한 게 가장 좋았어. 뭐랄까 아주 든든했다고나 할까?"

뭐 이런 또라이가 다 있나? 쳐다보는 김정운이었으나 장대운은 상관 안 했다.

"뭐야? 뭐라고? 북한에서 핵을 만든다고? 오호라, 아주 죽이는데. 그럼 난 무얼 해야 할까? 그래서 미사일 발사 기술만 졸라 파고들었어. 발표만 안 했을 뿐이지 이미 10t짜리 탄두를 대가리에 박은 현무 미사일 체계가 전 세계를 사정거리에 뒀어."

"뭐, 뭐라고요?"

"세상에 드러난 현무만이 전부가 아니란 말이다. 전쟁이 터지는 순간 중국은 최소 10억 인구가 지워질 거다."

"……"

뭔 소리를 하는 건지.

농담도 참…….

"……"

"······."

"······."

"······."

설마 진짜?

그 정도 전력이면 굳이 핵이 필요하지 않는······ 그럼 이도 상징이라는 건가?

"내가 돈 많은 거 알지?"

"그······렇소."

"장담하는데 네가 파악한 것보다 최소 3배는 더 많을 거다."

"······."

"그런 내가 미사일 체계 개발하는 데 온 힘을 쏟았다. 10년 넘게. 돈을 얼마나 투입했을 것 같아?"

"······."

"추산만 200조 원이다."

"2, 200조요?!"

기함하는 김정운. 장대운은 시종일관 침착했다.

"세상은 나를 미친놈이라 말해. 분노 조절 장애자라 하는 놈들도 있어. 근데 말이야. 그런 놈이 이만한 재산을 불릴 수 있을 것 같아? 대통령이 될 수 있을 것 같아?"

"······아니오."

"넘어오는 중국 외교관마다 죄다 박살 내 놓는 자신감에는 원천이 있다는 거야. 난 준비 없이는 싸우지 않거든."

"······."

"자, 이제 말해 봐. 북한의 문제가 뭔지."

김정운은 본능적으로 깨달았다.

장대운이 손 내밀고 있었다. 내 걸 먼저 밝혔으니 너도 밝혀라.

한국의 미사일 기술 체계가 확인된 바는 아니지만.

'있다고 가정한다면……!'

어쩌면 오늘의 만남이 동아줄일 수도 있었다. 현 북한의 문제를 일소할.

이 줄을 잡으면 지금껏 북한을 얽매던 고민이 별거 아니게 될 수도 있다!

자존심이 튀어나가려는 손을 막았지만.

김정운은 알았다. 이도 이미 대등하긴 글렀다는 걸.

"중국이오."

억울함에 툭 내뱉었는데.

왠지 모르게 가슴 한구석이 시원해진다.

"미국이 아니고?"

"양키 놈들 수작 따위 견딘 지 벌써 몇십 년이오. 일상이오."

"하긴 어지간히 더러운 짓을 했어야지. 한국도 마찬가지로 많이 당했어."

"동감하시오?"

"내가 한국에 살아."

"음……."

무심코 고개를 끄덕였으나 김정운은 곧 당혹했다.

어쩐지 대화가 마무리된 느낌이었다.

다음 말이 생각나지 않았다.

뭔가 주제를 더 이어야겠는데 뭐로 해야 자연스러울지 당최 감이 안 잡혔다.

무엇보다 어색했다. 속내를 터놓는다는 것 자체가.

그러고 보니 살며 이런 식의 대화는 한 번도 겪어 본 적이 없었다.

그때 장대운이 물꼬를 터 줬다.

"중국 놈들이 괴롭히냐?"

"우릴 먹으려 하오."

이도 뱉고는 자기가 더 놀랐다.

장대운의 반응도 놀라웠다.

"그건 익히 알고 있던 거고."

"알고…… 있었소?"

"그놈들이 하는 짓이야 늘 똑같지 뭐. 동북공정도 다 북한을 편입시키려는 목적 아니냐."

"흠……."

"그래서 요즘은 뭐로 너를 괴롭히는데?"

"인민들 목숨줄이오."

목숨줄이라.

"너 인민들 걱정은 하고 사냐?"

"나도 잘 먹고 잘살게 해 주고 싶소!"

진실이 가득한 눈이나 애석하게도 장대운은 사람의 진심

따윈 잘 믿지 않았다.

조석 간에 열두 번이나 바뀌는 게 그 진심이라는 놈이라.

사기꾼도 그 순간엔 진심이다.

"그럼 내가 뭘 해 주면 되는데?"

"식량이오. 기름이오. 물자요. 돈이오."

"다 필요하다는 거네."

"그렇소."

"너무 당당한 거 아냐?"

"대……가를 치르겠소."

뱉고 아차 싶었는데. 장대운이 바로 찔렀다.

"북한에 뭐가 있는데?"

"그건…….."

김정운의 얼굴이 홍당무처럼 시뻘게졌다.

장대운도 알았다. 애들은 애초에 우리에게 줄 게 없다.

자존심 상한 듯 달아오른 얼굴만 봐도 알겠다.

이 녀석이 살아온 환경도 이 모양이었다.

협상 따윈 필요 없는 죽고 죽이는 삶.

죽이고 다 빼앗으면 되는데 뭐 하러 입 아프게 설득하나?

"미국이 제재하는 건 알지?"

"……그렇소."

"한국이 너흴 도와주면 그걸 빌미로 미국은 전방위로 한국을 압박할 거야. 그러니까 우리가 움직이려면 반대급부로 얻을 만한 게 있어야 해. 이건 이해해?"

"이해하오."

"근데 우리가 너희에게 받을 만한 게 없어."

"……안 도와주겠다는 거요?"

"아니, 널 도와주고 싶어도 대놓고는 못 한다는 거야. 미국이 지랄할 테고 미국에 편승한 정치권, 언론이 방해할 거야. 제일 좋은 게 10만 톤짜리 배에다 잔뜩 실어 보내는 건데 말이지."

"……."

김정운도 알았다. 이게 쉬운 일이 아니란 걸.

이게 쉬운 일이었다면 이렇게 고된 행군을 하지 않았을 것이다.

하지만 말을 꺼낸 이상 멈출 수는 없었다.

자신은 북한의 최고 존엄이다. 어떻게든 결론을 봐야 한다.

다행인 건 장대운은 적어도 미사여구 따윈 하지 않는다는 것이다. 되면 되고 안 되면 안 된다 말해 준다.

"그럼 방법이 없는 거요?"

"아니지. 나 혼자는 어렵다는 거야. 너도 도와야 한다고."

"정말이오? 방법이 있소?"

"거래다."

"거래요? 도와주는 게 아니라?"

"맞아. 너도 일방적인 도움은 싫잖아. 그건 서로의 힘만 빼는 걸 거야."

"난 줄 게 없소."

"있어."

85

뭐가 있지? 북한에 있는 자원이나 노동력을 원하는 건가?

아니다. 지금까지 겪은 장대운은 그런 것 따위에 눈독 들일 인간이 아니다.

어! 웃는다.

"정운, 대운, 이름도 비슷하고 왠지 느낌이 좋지 않아?"

"……?"

갑자기 다가와 어깨동무를 한다.

"너 나랑 같이 일 하나 안 해 볼래?"

◇　◆　◇

다 죽어 가는 북한이 지금껏 중국을 상대로 버틸 수 있었던 건 이유가 있었다.

크게 세 가지를 들 수 있는데.

가장 첫 번째로 원칙 준수였다.

중국이 북한의 주권을 건드리는 순간 법대로 집행한다.

관용은 없다.

중국으로부터 오랫동안 정치·경제적으로 큰 도움을 받았지만 도움받은 건 도움받은 거고 불법 행위는 봐주지 않는다.

침범하면 쏴 버린다.

허튼짓하면 담가 버린다.

이는 역사적으로나 국제 정세로나 중국이야말로 한반도 안녕의 최대 위협이었다는 인식을 북한 주민들이 공유하고 있기 때문인데 북한 주민들도 위협적인 국가로 미국(76%) 다음으로 중국(15%)을 꼽았다. 조사 대상 : 탈북민.

이런 사회이기 때문에 방중정책(防中政策·중국을 방어하는 정책)이라 하여 북한은 이 순간에도 원칙 준수가 자신들을 지켜 준다고 굳게 믿고 있었다. 근본적으로 중국을 신용하면 안 된다는 걸 말이다.

두 번째는 시시때때로 행해지는 친중파 제거였다.

북한은 친중파 제거에 진심이다.

김정운의 할아버지 대부터 내려온 전통인데.

마오쩌둥마저 '그는 귀에 거슬리는 말을 단 한마디도 듣기 싫어한다. 상대가 누구건 반대만 하면 무조건 죽여 없애려 한다'며 김정운의 할아버지를 비난했다.

확고한 이유가 있었다.

중국 공산당의 후원을 받던 세력이 쿠데타를 일으키려다 실패했기 때문이었다.

그래 놓고 뻔뻔하게 비난해 댔으니 북한 사회에서의 중국인에 대한 인식이 최악일 수밖에 없었다. 그럼에도 기생충은 늘 생긴다.

그래서 장대운도 이번에 올라가거든 전통적인 살풀이부터 하라 조언해 줬다.

온몸에 이가 득실거리는데 건강해지겠냐?

너도 뒤가 안전해야 뭐라도 하지 않겠냐?

네 뜻대로 날개를 펴려면 무거운 것부터 치워라.

그런 다음 종전 협정을 맺자.

마지막으로 북한이 중국 옆에서 살아남았던 힘은 다른 강대국을 이용하는 것이었다.

중국은 2만 2,000km에 달하는 육상 국경선을 사이에 두고 15개국과 이웃하고 있다. 그 가운데 중국 역대 지도자들이 가장 다루기 어려워했던 나라가 바로 북한이었다.

무슨 수작이라도 벌이려면 평양 아줌마가 개썽욕 극딜에 들어가고. 그도 모자라 핵과 미사일 도발로 미국이란 초강대국을 한반도로 깊게 끌어들였다. 이게 또 결과적으로 장리쉰 중국 국가 주석을 괴롭히는 주된 원인이 됐는데.

도람프가 북한과 거래하는 제3국 개인·기업·은행에 대해 미국과의 금융 거래 등을 봉쇄하는 대북 제재안을 발표한 것도 그 골자는 중국을 향하고 있었다. 북한 해외 거래의 90%를 중국 은행이 차지하니까.

그뿐인가? 북한 덕에 미국은 고고도 미사일 방어(THADD·사드) 체계를 한국에 박았다.

중국으로선 기가 차고 속이 터질 노릇.

북한에 경제 지원이라고 퍼부은 돈이 지금껏 약 9,000억 위안(약 155조 원)이라던데.

뒷목 안 잡나 모르겠다.

- 아시오? 남조선 해외 공관에 달린 CCTV 있잖소. 그거이, 다 중국산인 거. 그거로 상당량의 정보가 중국 정보부로 넘어

가고 있다는데…… 남조선은 알고 있소?

　친중파 제거부터 하라는 조언의 화답으로 해 준 얘기였다.

　몸을 돌리기 직전, 앗! 뭔가 떠올랐다는 표정으로 김정운이 귓속말로 해 준 얘기.

　처음엔 기가 막혔다. 그리고 설마 했다.

　아무리 그래도 그렇지 우리나라가 이렇게나 허술하다고?

　혹시 몰라 지시했다.

　"전수 조사하세요. 중국산이란 중국산은 단 하나도 빠짐없이 일일이, 직접, 검사하세요."

　우리가 모르는 사이 우리도 모르게 우리 정보가 빠져나가고 있다고 한다. 이걸 북한이 알려 줬다.

　이게 진짜라면?

　별 거지 같은 일이 다 벌어지고 있었다는 뜻이다. 그걸 또 우리 정보부가 아닌 북한이 알려 줬다는 게 심장에 콕 박혔다.

　이게 정말 진실이라면…….

　"우와~ 제 몸에 묻은 똥도 못 본 것이 누구한테 조언을 해 주고……."

　이불 킥 각이다.

　얼마나 우스웠을까?

　제 살림도 하나 건사 못 하는 것이 남 일에 왈가왈부하고.

　자존심이 팍 상했다.

　자존심이 상한 만큼 조사 범위도 늘어났다.

김정운은 해외 공관만 말했지만.

장대운은 국내외 중국산이란 중국산은 전부 조사에 들어갔다.

"하아~ 세계를 진동시키는 오필승 테크의 시작이 CCTV인데. 세계 최고의 기술력을 손에 두고 중국산을 썼다고? 이거 실화야?"

조사는 채 이틀이 안 걸릴 만큼 쉬웠다.

아무거나 뜯어내 까 보니 CCTV에 있어서는 안 될 부품이 중간에 끼어 있는 걸 발견했다. 무선 신호 발생 장치였다. 급히 인근을 수색했더니 그 신호를 받아 저장하는 시설이 정말 있었다.

하아…… 씨벌.

"다 잡아들이세요. 관련자 전부. 아니, 이 사업에 끼어들어 중국산으로 결정을 유도한 놈들까지 전부. 다 잡아들여 민족 반역자로 처리하세요."

대한민국이 발칵 뒤집혔다.

≪국민 여러분, 중국이란 나라가 이렇습니다. 여기 보십시오. 이 CCTV에 이런 신호 발생 장치를 끼워 넣고 우리의 일거수일투족을 감시하고 있었습니다. 국민 여러분의 삶, 국가의 대소사를 자기 멋대로 감시하고 있었던 겁니다. THAAD 설치한다고 지랄한 국가가 말입니다. 억장이 무너집니다. 옆집 사람이 우리 집안을 다 들여다보고 있었다는 얘기가 아닙

니다. 소름 끼치지 않습니까? 우리가 뭐 먹는지, 우리가 씻는 것, 사랑하는 모습까지 전부 지켜보고 있었다는 거예요. 관음증 변태같이. 이래도 여러분은 이 중국산 제품을 사용하시겠습니까? 이런 물건 하나에도 이따위 간악한 짓을 해 놨는데 다른 건 멀쩡할까요? 이래 놓고 자기들은 평화를 사랑하는 민족이랍니다. 이래 놓고 자기들이 세계 평화에 이바지하고 있답니다. 개 쓰레기가 따로 없죠. 그리고 돈 몇 푼에 이 개 쓰레기들한테 협조한 기생충이 아직 우리 사회에 살아 있다는 거죠. 가만히 놔둬야 합니까?≫

대통령이 직접 나와 부르짖은 뮤지컬 오페라 '단죄'에 공감한 국민은 분노했고 관련된 자를 엄히 문책하라 지엄한 명령을 내렸다.

다른 사안보다 더 빨리 반응이 온 이유는 하나였다.

집안을 지켜보고 있었다는 비유에 기겁한 것이다.

줄줄이 딸려 갔다.

이 과정에서 중국산 CCTV 수입에 결정적인 역할을 한 것이 한민당이라는 조사 결과가 나왔다.

또 한민당이야? 이젠 지겹다.

국민의 시선이 한민당만이 아닌 경상도 지역까지 번져 나갔다.

경상도가 대대적으로 욕을 처먹었다.

언제까지 이런 놈들을 밀어줄 생각이냐고.

말 없는 무뚝뚝이를 사칭하더니 진짜로 무뇌아 아니냐고.

댓글로는 이보다 수십 배 더 강력한 욕설이 도배됐다. 어디 가서 경상도 사람이라 밝히는 게 겁날 만큼.

외신도 깜짝 놀라 이 소식을 본국에 송신했다.

대한민국과 해외 공관에 깔린 중국산 CCTV에서 심각한 정보 유출이 있었음을.

Chapter. 51

【중국산 CCTV 실태, 우리는 괜찮나?】

뉴스 1면 헤드라인.

과연 우리나라에 깔린 중국산 CCTV는 어떨까? 안전한 걸까?

아니, 전 세계에 깔린 중국산 CCTV 숫자는 얼마나 될까?
그것도 안전한 걸까?

만일 한국과 동일하다면 우리의 기밀은 안전한가?

중국은 어째서 이런 짓을 벌인 걸까?

중국이란 나라는 한국의 말대로 신용이란 없는 걸까?

수없는 질문이 양산되어 그 나라, 그 국민의 눈으로 귀로 파고들었다.

그리고 그 질문은 다시 돌아와 그 나라 정부를 쳤다.

- 한국은 전량 회수하여 폐기한다던데 우리 정부는 뭐 하고 있나?

부글부글. 미국도 난리가 났다.

중웨이 건으로 미중 정치 갈등을 괜한 사기업에까지 적용시키는 게 아니냐는 여론과 우려가 한 방에 쑥 들어갔다.

도람프는 이 건을 적극적으로 활용했다.

중국산이 이렇다.

중국 기업이 이렇다.

중국 놈들이 이렇다.

미국에 뿌리박고 미국에서 돈 벌어 가면서 미국의 소중한 자산을 미국의 이익이 아닌 중국에 빼돌리는 중이다.

트위터에 이런 말도 남긴다.

- 네 비밀스러운 사생활까지 중국이 보고 있단다.

우웩!

개인의 자유가 사회, 국가의 이익보다 앞선 미국인들에게 이 사실은 쥐약과도 같았다.

더구나 지금 막 젊은이들 사이에서 뜨고 있는 틱톡……

2016년 150개 국가 및 지역에서 75개의 언어로 서비스를 시작한 이래 선풍적으로 인기를 끄는 글로벌 숏폼 동영상 플랫폼마저 개인의 정보를 중국 측에 넘기고 있다는 의혹이 보도되면서 난리가 났다. 미국 언론은 한국 정부가 틱톤을 중단시켰음을 강조했다.

그것도 모자라 중국 자본이 들어간 기업체 리스트를 세상에 공개했다. 이 기업들도 의심스럽다며.

≪……중국 정부와는 아무런 관련이 없고 이는 중국의 이익을 훼손하려는 악의적 선동에 불과하다. 당장 멈추길 권고하며 이후 벌어질 피해에 대해서는 중국은 일절 책임지지 않을 것이다. 다시 한번 말한다. 현 사태는 오해의 발로이고 중국 정부와 아무런 관련이 없…….≫

며칠 사이 10년은 늙어 버린 듯한 중국 대변인이 젖 먹던 힘까지 끌어올려 떠드나 듣는 사람이 없었다.

하루가 다르게 드러나는 증거 앞에 세계는 등을 돌렸고 그나마 믿었던 아시아권마저 중국을 손가락질하고 중국산 제품을 쓰게 만들었던 화교들을 매국노라 부르며 쫓아내야 한다고 시위가 터졌다.

중국산 제품에 대한 세계적 불매 운동이 벌어졌다.

바야흐로 세계가 중국을 밀어내기 시작했다.

"그 쌍놈들 다 잡아들였나요?"

"일부만 빼고 전부 잡았습니다."

"일부라뇨?"

"이 일이 터지기 전, 해외에 나갔던 인원들 말입니다."

"아……."

"각 나라에 협조 공문을 보냈고 긍정적인 답변을 받았습니다만."

"협조적이긴 한가 보네요. 하긴 그들의 문제이기도 하니까."

"일본이 좀 미적댑니다."

"……."

하아…… 일본.

"중국으로 간 놈들은 아예 행방불명이고요."

"……."

"두 나라 외에도 못 잡는 놈들이 생길 겁니다."

그럴 것이다. 매국노의 생존 본능은 상상을 초월하니.

"일단 30배 법 적용시키고요. 국제 지명 수배자로 올리고 3개월의 자수 기간을 둔 후 국적 박탈하세요."

"그렇게까지……가 아니군요. 예, 민족반역자법에 의거 그리 조처하겠습니다."

따르르릉, 따르르릉. 전화벨이 울렸다.

도종현이 받더니 바로 넘긴다. 정홍식이란다. 싱가폴이다.

"아, 예. 예? 바로 합의하자 했다고요? 바로 도장 찍자고요? 도장 찍으려다 요새 세계 돌아가는 꼴이 수상해 하루 미뤘다고요? 예, 아주 잘하셨어요. 조건을 바꿔야죠. 예, 당연히 바꿔야죠. 배상금을 올리세요. 몰랐으면 몰랐으되 알았잖아요. 사과 따윈 필요 없어요. 확 올려요. 예, 나머지는 그리 신경 쓸 필요 없습니다. 예, 부탁드릴게요."

말하면서도 씁쓸했다.

이로써 저번 중국 총리의 방문이 협상을 위해서가 아닌 간보기였다는 게 확인됐다.

'하여튼…….'

인간들이 너무 더럽다.

왜 저렇게까지 하고 살까?

신뢰, 겸손, 자선, 친절, 인내, 순결, 절제, 근면 같은 선한 요소는 전부 결여된 민족인지 오로지 보이는 건 교만, 인색, 질투, 분노, 음욕, 탐욕, 나태 같은 찌꺼기밖에 없는 건지.

질린다. 질려.

장대운은 창밖을 보았다. 이런 와중에도 햇살은 참 좋았다.

"가진 것만 잘 써도 부족함이 없을 텐데."

누가 건든 것도 아닌데 우쭐해서는 자기 힘을 사용하지 못해 안달인 놈들이 하필 이웃이었다.

옆집으로서는 참으로 고통스럽다.

그들에 의해 우리 삶이 아무렇지 않게 침해당하고 마주칠 때마다 위협받는다. 비웃음받는다.

안락해야 할 집에서 한숨만 반복적으로 나온다.

이사 갈 수도 없고 놈들도 이사 갈 생각이 없다.

언제까지 이 행패를 참아야 하나?

"자라나는 아이들이 더 문제지."

부모로서 면목이 없고 계속 면목이 없다.

저항 한번 제대로 못 하는 부모를 보는 아이들의 눈을 마주할 자신이 있나?

자기 일이라 생각하면 마냥 당할 텐가?

싸우다가 당할 피해가 과연 아이들의 눈빛보다 가치가 있던가?

"다행히 우리 국민은 안 그렇지만……."

그런데 문제는 남들도 똑같이 그런 식으로 보지 않을까? 였다. 옆집에 편승해 우릴 깔보지 않을까?

세상 인심이란 게 그렇다. 억울한 사람을 봐도 도와줄 생각을 안 한다. 자기가 안 당한 걸 감사해 한다. 또는 주류에 편승해 옆집보다 더 간악하게 군다.

묻고 싶다. 그런 일이 꼭 남에게만 벌어질까? 너는 괜찮을까?

"그래서 오히려 더 고마워. 우리 국민의 역사의식을 지속적으로 고취해 주니까."

우리는 안 그래도 우리끼리 경쟁해도 피곤한 사회였다.

이 조그만 땅에 5천만이나 모여 산다.

근 80%가 대학에 진학한다. 얼마나 부대끼겠나?

그런 우리 옆에 중국과 일본이 있다.

"아우~ 피곤해."

이 와중에 재밌는 건 우리 국민이 희한하게도 세계 최강대국 중 하나인 중국과 일본을 발에 묻은 때보다 하찮게 여긴다는 점이다.

세상에서도 그럴 수 있는 유일한 민족인지도 모르겠다.

저들이 뭘 하든 별 신경도 안 쓰는 강심장.

그렇기에 우리가 당한 일들을 쉽게 잊을 수 있는 대범함을 키울 수 있는 환경인데.

알아서 건드려 준다.

중국이 한 번 건들고 나면 바통 터치라도 하듯 일본이 또 한 번 건들며 아~ 맞아. 우리가 저 개놈의 새끼들에게 당한 게 많지? 각성시킨다.

이게 참 고마웠다.

국민 중 중국이 어떤 놈인지 모르는 사람이 없고 일본이 어떤 자식인지 잊어 먹는 사람이 없다. 기생충들만 빼놓고.

그런 놈들이 때마다 건드려 줌에 그 감정의 조각이 켜켜이 쌓인다.

장대운은 기울어져 낭창해진 해를 보며 피식 웃었다.

"우린 계기가 필요한 것뿐이다. 지금은 실컷 웃어 둬라. 우린 결코 안 잊는다."

다음 날, 싱가폴 삼자 회담이 극적으로 타결됐다는 소식이 전 세계로 터졌다.

삼국 간 관계 정상화에 힘쓰기로 약속하는 장면이 1면 헤드라인으로 도장 쾅.

그 다음 날로 한국 정부 계좌로 500억 달러가 꽂혔다.

순전히 정홍식의 공이었다.

본래 300억 달러 배상에 250억 달러까지 협상할 의향이 있었는데 이번 CCTV 사건을 두고 600억 달러를 부른 것이다. 협상해서 500억 달러에 낙찰, 대신 일시불로.

≪역사적인 교환식이 벌어지고 있습니다. 2,000,000명 대 2,000명. 1,000 대 1의 교환식인가요? 대탈출의 순간에도 생계 때문에 어쩔 수 없이 중국에 머물렀다가 변을 당한 우리 국민이 마침내 수송단에 올랐습니다. 아아~ 얼마나 감격스러운 순간입니까. 저 중국 땅에서 얼마나 큰 곤욕을 치렀을까요? 우리 모두 따뜻한 박수로서……. ≫

TV를 껐다.

"미국에 100억 달러, 일본에 30억 달러, 인도네시아, 말레이시아에 10억 달러씩, 베트남, 필리핀에 5억 달러씩 보내세요."

"160억 달러 재확인합니다."

"인증합니다."

수고했으니 신상필벌이 있어야겠지?

나는 공정하다.

"나머지 340억 달러는 어찌 처리하실 겁니까?"

"100억 달러는 정부 피해 복구에 사용하고 가용 자금으로 돌리세요. 나머지 240억 달러는 이 일로 피해를 입은 기업과 국민에 전부 사용합니다."

"알겠습니다."

도종현이 받아 적었으니 끝.

"악질들은 구분하고 있죠?"

"예, 대략 3천 명쯤 될 겁니다."

"그놈들은 절대로 보내면 안 됩니다."

"걱정 마십시오. 김 비서가 직접 챙기고 있습니다."

원래 다 보내 주려 했으나 마지막에 틀었다.

중국으로 고이 보내 주는 건 일반인에 한해서다.

더러운 일에 관련되지 않은 화교부터 정상적인 생활을 하던 중국인까지 맨몸으로 쫓겨나긴 했지만, 국가적 분쟁 단위에서 제 목숨 건진 것만도 감사해야 할 것이다. 어쨌든 기술 유출부터 한국인을 대상으로 극악한 범죄를 일으킨 핵심적인 놈들은 잡아 두기로 했다. 두고두고 괴롭혀 줄 생각으로.

"인도 총리는 언제 온대요?"

"이틀 후 방한할 예정입니다."

"우리 측 요구 조건은 전달했나요?"

"예, 관련하여 단단히 준비하고 올 겁니다."

"좋아요. 기다려 보죠."

며칠이 지나지 않아 중국발 배상금을 주변국과 나눈 건으로 시비가 걸렸다.

말 안 하면 그만인 걸 중국으로부터 얼마 들어왔고 그 돈을 이렇게 나누었다 알려 줬더니 언론이 들불처럼 일어난 거다.

【우리의 피 같은 배상금이 160억 달러나 외국으로 빠져나갔

다. 국민의 의사는 묻지 않은 정부. 왜 이런 일이 벌어졌나?】

【어째서 정부는 160억 달러나 줬어야 했나? 꼭 그렇게 줘야 했는가? 이도 사전 약속이 된 건가?】

【160억 달러로 할 수 있는 것들】

【160억 달러 중 30억 달러가 일본의 수중으로 들어갔다. 왜 일본에까지 이런 돈을 줘야 했나?】

【36년간의 압제에도 불구하고 10원 한 장 내놓지 않는 일본. 30억 달러는 무슨 근거로 준 걸까?】

【정부는 도대체 무슨 생각으로 일본에 30억 달러란 거금을 나누었나?】

【일본이다. 일본. 정부는 일제 강점기를 잊었나?】

【차라리 그 돈을 일제 강점기 피해자에게 썼다면…….】

지랄들이다. 배상금 받아 내는 데 1도 도움 되지 않은 것들이.

확 다 잡아다가 중국인 수용소에 처넣을까 보다.

"무시하시죠."

"무시해 줘야죠."

"무시하시는 겁니다."

"무시할 거예요."

도종현의 바람과는 달리 장대운은 인터뷰를 했다.

언론사를 불러다.

"언론이 또 말이 많더라고요. 언론이 이렇게 무식하니 정치가 발전이 없는 겁니다. 그래서 우리나라는 일본 물건 사고

대금 안 치릅니까? 일본산 정밀 기계, 부품, 소재 안 사용합니까? 그거 수입해서 완제품 만들잖아요. 공짜로 만드나요? 돈 안 내요? 당신은 거래의 기본도 모릅니까? 못 봤어요? 우리가 일본 물건 사용했잖아요. 그 값을 치른 거잖아요. 더 할 얘기 있습니까?"

"저들도 자기 이익 때문에 움직인 거 아닙니까?"

기자 하나가 용기를 냈다.

맞는 얘기였다. 그러나.

"아주 웃기네요. 기자님의 그 사명감은 어디에서 비롯된 걸까요? 자기 공명심 때문이 아닙니까. 나한테 국민의 알 권리니 뭐니 헛소리는 하지 마시고 국민의 알 권리는 이 일이 논란이 된 순간 실현됐으니까. 그래서 언론사를 위해 일 안합니까? 그래서 당신은 월급 안 받아요?"

"그게 어떻게 똑같……."

"똑같습니다. 용병을 부렸으면 대금을 치러야죠. 먹고 튀어요? 당신 같은 사람들 때문에 우리가 아직도 일본에 제대로 된 사과는커녕 배상도 못 받는 겁니다. 당신의 논리가 일본의 논리랑 다른 게 뭐가 있나요? 일본이 이럽니다. 자기들이 들어온 바람에 한국의 근대화가 빨라졌다고. 맞습니까? 그런데 자기 이익 때문에 덤볐으니 대금을 치를 필요 없다고요? 나 원 참, 어이가 없어서."

"……."

"그리고 대한민국 역사상 어떤 대통령이 이만한 금액을 배상금으로 받아 냈습니까? 아니, 배상금을 받아 낸 적이라도 있나요? 어느 누가 국민의 피해를 이렇게나 직접적으로 도우려 했나요?"

"……."

"잔말 말고 똑바로 하세요. 진짜 뒤집어엎기 전에."

논란은 금세 수그러들었다.

160억 달러를 줬다지만. 340억 달러를 챙겼다.

준 것은 왠지 억울하더라도. 챙긴 건 기쁘다.

대통령은 챙긴 걸 보라 강조했다. 500억 달러에서 한국이 340억 달러나 챙겼다고. 미국도 100억 달러밖에 못 챙겼는데 우린 미국의 3배를 넘겼다고. 이 정도면 성공 아니냐고?

언론이 조용해지니 반론도 나오지 않았다.

민생당이야 굿이나 보고 떡이나 먹자는 주의였고 한민당은 장대운의 집권 이래 급격히 세력이 쇠약해진 거로 모자라 한일 해저 터널에, 이번에 터진 CCTV 건 때문에 국민의 눈 밖에 난 상태였다.

끝.

"우리 국민이 전부 돌아온 건지 한 명도 빠짐없이 교차로 체크해 주세요. 절대 실수가 있어선 안 됩니다."

"명단은 확실히 잡고 있습니다. 들어오는 즉시 돌아왔음을 확인하는 사진과 인터뷰 영상, 서약서를 받고 있기는 한데…… 명단 외 인물이 있을 수도 있지 않겠습니까?"

정부 모르게 외국으로 빠져나간 놈들을 말했다.

"다시 한번 알리세요. 이도 정부 모르게 중국으로 간 인물이 있다면 빨리 돌아오라고. 추후 벌어질 일에 대한 책임은 지지 않는다고."

"일단은 종교인들을 위주로 먼저 돌리겠습니다. 모든 걸 중단하고 돌아오라고요."

"종교인이라면 탈북민들이 있겠군요. 그들도 일단 다 빼내세요. 총력을 다해."

"북한이 가만히 있을까요?"

"일단 진행시킵시다. 중국 공안도 한국인이라 하면 넘어갈 거예요. 그들을 빼낼 천금 같은 기회예요."

국무회의였다.

문상식 국무총리 주재 아래 국무 위원들이 회의 중.

똑똑똑. 노크가 울리고 김문호가 들어왔다.

"총리님."

"예."

"인도 총리님이 곧 도착하신답니다."

"아! 시간이 벌써 그렇게 됐나요? 예, 알겠습니다. 바로 정리하고 나가겠습니다."

총리가 날아온다.

마중은 총리급이 나가야 옳다.

문상식이 인천공항으로 가 그를 맞이했다.

나칸드라 몬디.

인도의 제14대 총리로 2014년에 취임했다. 2018년 현재,

민주주의 국가 지도자 중 두 번째로 높은 지지율을 기록하고 있는 정부 수반. 그 수치가 대략 70~75%라고. 1위는 장대운이다. 80%~85%.

능력자였다.

전 세계 대부분 국가 지도자들이 금융 부실, 인플레, 코로나 여파 지속 등으로 헤매고 있을 때도 굳건한 지지율을 유지할 만큼 리더십이 있었고 인도 제1 종교 지도자로서도 강력한 카리스마를 탑재한 남자.

그가 온화의 표본과도 같은 문상식을 만났다.

두 사람은 한눈에 서로를 알아보았고 깊은 교분을 나누길 원했다.

본디 지기란 세월에 구분되지 않는다.

마음이 통했다면 하루를 만나도 단짝이다.

우리 측이 마련한 프로그램도 이와 닮아 있었다.

정치 이슈는 그만!

문상식과 나칸드라 몬디는 함께 경복궁도 구경하고 남대문 시장도 들르고 호텔 가온 소경복궁에까지 동행했다.

석촌호수에 배를 띄우고 상다리 부러질 듯한 한정식의 위엄도 맛봤다.

하하하하하하. 하하하하하하하.

같이 웃고 반주도 곁들이고 가온의 야경을 즐기며 조선 시대가 선사하는 향취를 마음껏 느꼈다.

그리고 다음 날 나칸드라 몬디가 청와대에 들었다.

문상식과의 만남이 너무도 흡족했던 그는 부푼 기대를 안고 대한민국 대통령과 만났다.

　이 사람은 얼마나 대단할까?

　"어쩔래요? 받을래요? 말래요? 인도가 안 받으면 파키스탄으로 가고."

　"……."

◇ ◆ ◇

　"왜 황당한 표정을 지었을까?"

　"예?"

　"인도 총리 말이에요. 잠시 벙쪘잖아요."

　"아~ 멈칫대긴 했습니다."

　"이유를 모르겠네. 한국 기업 유치 때문에 온 거 아닌가? 굳이 늘어놓는 거 대신 본론으로 들어가 준 건데."

　"……."

　일 자체는 잘 풀렸다.

　어차피 하려고 왔고 주려던 중이다.

　남은 건 인도가 어떤 혜택을 줄 수 있냐는 건데.

　능력자답게 인도 총리는 상당한 약속을 해 줬다.

　부지 제공이니 절차 간소화니 이런 건 곁가지,

　향후 10년간 면세를 해 주겠다 했다.

　공장이 지어지고 가동되고 정착되는 데 대충 5년이 걸리는

109

걸 봤을 때 면세 10년은 최소 5년간 엄청난 수익을 거둘 수 있다는 얘기였다.

겁나 좋았지만. 티 낼 순 없기에 한 가지 단서를 더 달았다.

자꾸 와서 돈 뜯어 가는 애들은 어떻게 하냐고? 그놈들이 어깃장 놓으면 될 것도 안 된다.

이도 자신이 총리로 있는 동안 누구도 손 못 댈 거라 호언장담했다. 참고로 전대 인도 총리는 10년 해 먹었다. 90년대까진 거의 1년에 한 번꼴로 총리가 바뀐 것에 비하면 정치가 많이 안정됐다는 얘기인데.

2024년까진 확실히 보호해 주겠다는 것.

여러모로 마음에 드는 양반이었다.

정책도 정책이지만 외교적으로도 강경하니 파키스탄, 중국에 대해서도 발언에 조금의 거리낌이 없다. 수틀리면 들이받는다. 이는 단점이 되기도 하지만 잘만 풀리면 국가에 큰 이익을 가져다준다.

나랑 닮은 것.

"받겠죠?"

"받을 겁니다."

"그럼 그 건은 넘어가고…… 슬슬 가 볼까요?"

"가야죠. 준비 다 됐습니다."

오늘은 중대 발표가 있는 날이다.

내외신 기자들을 죄다 춘추관에 모았다.

대통령이 나오자 웅성웅성.

곧 긴장감이 감도는 춘추관.

이번 중국과의 대치로 철혈의 대통령이란 닉네임을 얻었다. 지금껏 해 온 일들이 그랬다. 절대 간단하지가 않았고 결국 해냈다.

춘추관은 금세 적막이 돌았다.

"……이곳은 제주해분(濟州海盆) 일대에 설정된 자원 탐사 구역으로 대한민국이 1970년 6월 16일 상공부 장관의 공식 발표로 해저 광물 자원 개발법을 공포, 이 해역 일대에 대한 영유권을 선언하였습니다. 다만 당시 기술이 부족해 채산성 있는 탐사에는 실패하여 지금껏 유명무실하게 둔 장소입니다."

기자들의 눈이 커졌다.

지금 장대운이 가리키는 곳이 어디인지 떠올랐기 때문이다.

"한국은 할 수 없이 일본과의 공동 탐사로 궤도를 틀었죠. 물론 이도 일본의 사전 공작이 있었지만 어쨌든 1974년 1월 30일, 이 지역을 개발하기 위한 한일 대륙붕 협정을 체결하기에 이릅니다. 영유권 문제를 잠정적으로 보류하고 '한일 공동 개발 구역'으로 설정하기로 합의한 거죠. 협정은 1978년 발효되었고, 50년 동안의 유효 기간을 설정함에 따라 오는 2028년에 만료됩니다."

7광구였다. 7광구에 대한 얘기였다.

1,000억 배럴의, 사우디아라비아를 제외한 세계 제2위의 매장량이 있다는 곳.

"그러나 한일 대륙붕 협정이 발효되자마자 일본은 안면

을 바꿉니다. 유의미한 개발이 이루어지지는 않았다는 거죠. 1980년대 이후에는 아예 일방적인 거부로 공동 탐사가 중단되었습니다. 찾아보니 '공동 탐사가 아니면 한쪽의 일방적인 개발은 불가능'이라는 독소 조항마저 있더군요. 대륙붕 한계위원회(CLCS)에 알아보니 어느새 중국과 일본이 이 수역을 자기 관할 수역이라고 자료를 제출한 상태였습니다."

장대운이 카메라를 보고 차갑게 웃는다.

"뒤통수 거하게 맞았죠. 근데 중국은 왜 끼어든 걸까요? 누가 봐도 그쪽이랑은 겁나 먼데. 어쨌든 UN 해양법을 보니 200해리의 배타적 경제 수역 개념이라는 게 무조건 가까운 쪽에 유리하게 돼 있더라고요. 가만히 놔두면 중국은 아니더라도 일본에서 이 수역의 대부분을 가져갈 것으로 예상됩니다."

물을 한 잔 더. 아주 천천히 마신다.

국민이 생각할 시간을 주기 위해.

"국민께 여쭈고 싶었습니다. 놔둘까요? 2028년이 되면 일본이 7광구의 90%는 가져갈 것으로 보이던데…… 가까운 쪽이 더 가져간다면 도리시마 섬이랑 단조 군도가 제주도, 마라도보다 훨씬 가깝습니다. 놔둘까요? 이대로 놔둬서 일본에 줘도 되겠습니까?"

놔둬라 할 리가 있나. 일본에 30억 달러 넘어간 거로도 온 나라가 개난장판이 될 뻔했는데.

지금 화면으로는 7광구에 얼마나 많은 자원이 있는지 설명하는 자료가 나가고 있었다. 이게 향후 한국 경제에 어떤 영향을 미치게 될 지도.

그걸 두 눈으로 보고 그냥 넘기겠다는 말이 나올까?

그렇다면 인정해 주겠다. 너야말로 무소유의 끝판왕이라고.

다시 화면이 바뀌며 장대운이 나왔다.

카메라를 직시하며 씨익.

"근데 말이죠. 난 말입니다. 사실 국민이 놔둬라 해도 놔둘 생각이 없습니다. 국민이 바보짓 하면 채찍을 들어서라도 데려가야 한다는 게 제 지론이거든요. 쓸데없는 프레임 따윈 걸지 않겠습니다. 난 갈 거고 반대하는 놈은 각오하셔야 할 겁니다. 오늘 이 자리를 마련한 이유는 바로 그것 때문입니다. 통보. 일방적인 통보예요. 지금껏 수없이 실수하고 또 실수하고 계속 실수한 국민과 그 국민을 앞세운 정치하는 놈들에게 더 이상 맡기지 않겠다는 지엄한 통보입니다."

기자들의 입이 떠억.

지금 저 양반이 무슨 소리를!!!

어떤 독재 지도자마저 하지 않을…… 아니, 할 수조차 없는 말을 저 젊은 대통령이 공식 석상에서 떠들고 있다.

"법이 정한 임기 내 가진 모든 것을 동원해 대한민국을 살찌우느라 열중인데 도대체 뭔 말이 그렇게 많습니까? 뽑았으면 맡기세요. 쥐새끼들 찍찍대는 데 흔들리지 말고. 뭔 국민이 갈 대도 아니고 모양 빠지게 징징대고 이게 뭡니까. 난 목숨 걸고 뛰고 있어요. 전쟁 나면 적들은 청와대부터 폭격할 겁니다. 내가 제일 먼저 죽는단 말입니다. 인생 폼 나게 살아도 다 못 쓸

돈을 들고 이 짓거리를 하는 이유를 진정 모르신다는 겁니까."

다시 물 한 잔. 아주 천천히.

열 번에 나눠 목에 넘긴다.

춘추관은 얼음장같이 굳어 버렸다. 국민은 어떤 표정일지 모르겠다.

장대운도 같았다. 자기가 이 분위기를 의도해 놓고도 이 상황이 기가 막혔다.

국민께 호통치는 대통령이라니.

정말 또라이짓 제대로다.

"흠⋯⋯."

어쨌든 간신히 분위기는 만든 것 같고.

본론으로 들어가 볼까?

"일본이 지랄하든 말든 난 7광구 개발에 들어갈 겁니다. 컨소시엄은 이미 완성됐습니다. 한국 정부 40%, 현도 그룹 20%, 코소코필립스 40%. 한국의 앞마당에 당당히 파이프를 꽂을 날이 다가오고 있습니다. 기대해 주십시오. 이 사업이 성공하는 순간 한국은 더 이상 석유에 얽매이지 않아도 될 겁니다. 중동의 부호들처럼 젖과 꿀이 흐르는 땅이 될 겁니다. 이래도 반대하겠다는 그놈이 바로 매국노일 겁니다. 이상입니다."

코소코필립스에 40%나 지분을 준 건 미국 석유 카르텔 때문이었다. 코소코필립스를 얼굴 마담으로 두고 40% 내에 미국 정유사들이 5%씩 대주주로 들어간 것. DG 인베스트도 물론 5%다.

혼자 먹으면 좋겠지만.

혼자선 절대로 다 못 먹을 사업이다. 아니, 혼자 먹으려 했다간 되레 피만 볼 것이다. 아무것도 얻지 못하고.

다행히 셰일 가스 건으로 DG 인베스트와 석유 카르텔은 사이가 좋았다. 이번에도 나눠 준다니 좋다고 달려왔다.

돈이라면 조국이라도 뒤엎을 진성 석유 빠들이.

믿건대.

저 석유 빠들이 기꺼이 우리의 방패가 돼 줄 것이다.

한국에서 큰 이슈가 된 것과 달리 중국은 조용했다.

참교육의 영향인지 수습하느라 정신없는 건지 아무런 논평도 나오지 않았다. 아님, 복수의 칼날을 갈고 있으려나?

미국도 별다른 액션이 없었다.

한국이 또 분란을 초래하는구나 미간을 찌푸렸을 뿐 입 다물고 언급을 피하려 하였다.

일본만 발칵 뒤집혔다.

명백한 협정 위반이라며 고래고래.

국제 사회 간 신뢰도 지키지 않는 한국을 이대로 두어선 안 된다고. 퇴출해야 한다고 우웨에에에엑~~~~~~~~.

이도 장대운은 직접 나가 맞섰다. 새끼손가락으로 귓속을 긁었다.

"웬 날파리가 웽웽대는지. 여러분 좀 시끄럽죠? 예, 다 압니다. 이해합니다. 그런데 어쩌겠어요? 대한민국이란 나라의 지정학적 위치가 참으로 기똥찬데. 이웃 국가라고 있는 것들이 하나같이 개쓰레기인 걸 보면 터가 안 좋은 건지 때가 안 좋은 건지. 내 땅에서 내가 삽질하겠다는데도 난리입니다. 참 나, 어이가 없어서."

카메라를 둘러봤다.

"언론도 보십시오. 누구보다 국익을 위해 움직여야 할 언론이 일본의 헛짓마저도 발바닥을 핥듯 위로 기사로 올리고 있어요. 이 얼마나 얍삽한 짓입니까? 여러분이 그런 언론을 봐주시니, 이런 놈들에게 광고가 가니, 세상 무서운 줄 모르는 겁니다. 여튼, 이 자리를 빌려 일본에 고합니다. 너희가 계속 개발 안 하겠다 양아치처럼 도망 다니니 어쩔 수 없이 컨소시엄에서 뺀 것뿐이다. 지금이라도 하겠다면 길은 열어 줄게. 5%면 되겠니? 투자해. 대신 첫 삽 뜨기 전에 해라. 이후부턴 얄짤없다."

이 발언에 또 한번 일본이 난리가 났지만, 청와대는 묵묵부답으로 일관했다. 너희들이 뭐라든 말든 우린 한다.

국민은 속이 시원~~.

이 건에 대해선 국제 사회도 관심이 컸다.

사우디아라비아가 세계 최고의 매장량이고 원유의 생산량에 상당 부분을 차지하며 최대의 영향력을 끼치지만, 문제는 생산된 원유의 품질이 떨어진다는 것이었다. 만일 7광구에서 고품질 원유가 나오기라도 한다면 그건 곧 세계의 빨대가 한국으로 옮겨진다는 뜻과 같았다. 단번에 세계 1위의 원유 수출국이 될 수 있다는 것.

7광구는 그런 곳이었다.

새로운 패러다임.

새로운 패러다임의 출현과 다름없었지만.

그 탐욕과 달리 어떤 액션을 취하지는 못하는 건 코소코필립스를 필두로 미국 석유 카르텔이 움직였다는 소식 때문이었다. 그들은 건드렸다간 무조건 전쟁이다. 위협이나 협박이 아닌 미사일부터 날린다. 거리를 지나다니다가도, 사무실에 앉아서도 총 맞을 걱정부터 해야 한다. 자동차 시동 걸다 폭파될지도 모르고.

누구든 목숨은 하나였다.

죽느냐 사느냐 사활이 걸린 일이 아니라면 미국 석유 카르텔과 경쟁하자는 건 세계 해운 연맹과 싸우자는 것과 같았다. 전 세계 항구에 선적할 수 없는 나라가 무역이 될까?

웬만하면 피하는 게 오래 살 길이라 알아서 입을 닫친 것뿐이다.

"일본이 국제 소송을 준비 중이라는 소식입니다."

"그래요?"

시큰둥한 장대운에 김문호는 물었다.

"우리도 준비합니까?"

"놔둬요. 뭘 그런 일에까지 신경을 써요. 할 일이 태산인데."

"알겠습니다."

"앞으로 이 건은 철저한 무시로 가시죠."

"예."

"다음 건은요?"

"집값 폭등 조짐이 일고 있습니다."

"예?!"

장대운의 미간이 꿈틀.

일본이 7광구로 국제 소송을 건다 해도 눈 하나 깜짝하지 않던 이의 표정이 싹 바뀐다.

"어제 기준으로 서울 집값 평균이 1%가량 상승했습니다. 간 보고 있는 것 같은데 놔뒀다간 10억이 있어도 집 한 채 못 사는 꼴이 벌어질 수 있습니다."

"……"

"어떤 이슈도 없는데 들썩입니다. 자연스럽지 않은 현상입니다. 아마도 누군가가 집값 상승을 부추기는 것 같습니다. 혹은 조직적으로요."

"……누가? ……어떤 새끼가 이런 짓을 하죠?"

"찾아보고 있으나…… 먼저 이 자료 좀 봐 주십시오."

프린트한 걸 건네준다.

장대운이 첫 장을 펼치다 탁 멈췄다.

"뭐, 1만 채요?!"

"예."

"이 새끼는 뭐 하는 놈인데 개인이 1만 채나 갖고 있죠?"

"아무래도 외부 자금을 들여온 것 같은데 조사에 착수했으니 금방 나올 겁니다."

장대운은 대답은 듣지 않고 다음 장을 넘겼다.

집 없는 사람이 이렇게나 많은데 전국에 다섯 채 이상 집을 가진 이가 30만 명이 넘는단다.

"이걸 다 조질 수도 없고."

"조져선 안 됩니다. 다주택자들이 없으면 전세도 없습니다. 실거래만 하게 된다면 주택 문제가 오히려 더 심각해질 겁니다."

"하아……."

부동산이 이래서 어려웠다.

다른 나라에는 없는 이 전세 제도 때문에 어떻게 해도 집값을 잡을 수 없는 것.

집값을 잡으려면 다주택자를 줄여야 하는데.

다주택자를 줄이면 그들이 보유한 주택과 연결된 전세 세입자는 어떻게 되나?

주택을 많이 공급해도 같았다.

그 비율은 엇비슷하게 간다.

어차피 집 지을 땅도 없지만 제일 문제는 집을 지어도 살 수 있는 이가 한정적이라는 것이 제일 문제였다.

이미 몇억씩 한다. 영끌하여 집 한 채 장만하는 것도 능력자란 것이다. 즉 다주택자들이 집을 사 주지 않는다면, 또 그리하여 집값이 오를 거란 희망이 없다면 상상도 못 할 미분양 물량이 쏟아질 테고 건설 경기까지 폭망으로 돌아설 수 있었다. 이는 또 다른 심각한 문제를 야기한다.

결국 집값 잡기에 발목을 잡는 건 오히려 서민이라는 결론에 도달하게 되는데. 이도 또 서민만을 문제의 원인으로 인식하기엔 오류가 크다.

너무 많은 국민이 수도권에 밀집돼 있었다.

너무 많은 먹거리가 수도권에만 존재하였다.

살기 위해선 수도권으로 와야 했고 사람이 모일수록 집값은 오를 수밖에 없는 구조다.

게다가 집을 가진 사람은 자기 집값 오르는 게 크나큰 기쁨이다. 급여만으로는 도달할 수 없는 영역이 눈앞에서 오가는 것이다.

자유주의 시장 경제 체제에서는 이 기쁨을 막아서도 막을 명분도 없다.

인구가 밀집화되는 것도 그에 따라 인프라가 발전하는 것도 그 후유증을 떠안는 것도 전부 성장에 집중한 길을 걸었던 우리가 떠안아야 할 문제였다. 수요와 공급의 법칙도 역시.

그래서 부동산이 어렵다.

여기에 아주 많은 국민의 기쁨이 달려 있으니.

"일단 20채 이상 가진 이들을 대상으로 세무 조사부터 하세요. 그 실태를 정확히 점검해 보고 다시 얘기해 봅시다."

"알겠습니다. 뭐든 본보기가 있어야겠죠?"

"그렇죠……."

위성 도시를 수십 개 세운다 한들 다를까?

세계 유수의 도시가 이 후유증을 몰라서 손 놓고 있나?

물방울 간에는 장력이라는 게 존재한다.

당기거나 당겨지는 힘을 말하는데.

작은 물방울 근처에 큰 물방울이 있다면 그 힘의 차이로 작은 물방울은 큰 물방울에 당겨져 스며들어 버린다. 사라진다.

서울시 주변 도시들도 그런 운명이었다. 출근 시간이 되면 우르르 서울로 들어갔다가 퇴근 시간에는 우르르 나오는 이유가 그것이고.

그 도시 전부를 서울시로 합병한다면 모를까. 그래서 서울시가 경기도 크기가 된다면 모를까 당분간은 이 악순환이 반복될 것 같았다.

그렇게 며칠을 부동산에 파묻혀 어떤 놈을 본보기로 조질까 고민하고 있는데. 김문호가 헐레벌떡 뛰어 들어왔다.

"대통령님!"

누가 봐도 문제가 생겼다는 걸 알겠다.

"이것, 이것 좀 보십시오."

급히 건네주는 서류엔 '무역 확장법 232조 조사 보고서'란 제목이 적혀 있었다.

미국이 자국 국가 안보를 위한 꺼낸 세 가지 규제 권고안이란다.

1. 한국과 중국·브라질·베트남 등 12개국 제품에 최대 53%의 관세를 부과하는 방안.

2. 모든 수출국의 물량을 지난 2017년 대비 63%로 줄이는 방안.

3. 모든 철강 제품에 일괄적으로 24%의 관세를 부과하는

방안.

미국 상무부가 권고하였고 도람프가 곧 이 중 하나를 선택하게 될 거란 것.

김문호의 눈초리가 사나워졌다.

"철강입니다. 미국이 철강으로 자기 지위를 확인하려는 겁니다."

아직 어떤 액션도 나오지 않았는데 딱 찍어 철강이라 한다.

김문호는 어찌 알았을까? 철강 분쟁을.

그 내용을 급히 뒤져 보니 미국 상무부가 우리 한국을 '수입 철강 고율 관세 부과 대상국'에 넣었다는 것이다.

첨부된 자료에도 미국의 10대 철강 수입국은 캐나다, 브라질, 한국, 멕시코, 러시아, 터키, 일본, 독일, 대만 순이었다.

웃긴 건 미국의 주요 동맹국으로 알려진 캐나다, 일본 등은 관세 부과 대상국에서 빠졌다.

브라질, 중국, 남아프리카 공화국, 인도, 러시아 라인에 뜬금없이 한국이 들어갔다는 것.

"······."

"······."

"······이런 높은 관세를 적용하는 건 한국의 철강을 고사시키겠다는 얘깁니다."

"······."

"우리 철강이 처참하게 망가질 겁니다."

김문호의 예언대로 도람프는 며칠이 되지 않아 캐나다, 호주, 멕시코를 제외한 국가의 수입 철강에 대해서는 일률적으로 25% 관세를 부과하는 관세안에 서명했다.

일본도 관세 대상에 들어갔다.

도람프는 덧붙여 철강사 CEO들에게 이런 보호 관세가 '상당히 오랜 기간 부과될 것'이라는 것과 '미국 철강 산업이 다시 일어날 것'이라는 코멘트를 달았다.

"캐나다와 멕시코가 관세 부과 대상에서 제외된 이유는 간단합니다. 이 두 나라는 현재 북미 자유 무역 협정(NAFTA·나프타) 재협상 대상국으로 미국이 철강 관세를 무기로 유리한 고지를 선점하겠다는 의도로 보입니다."

"으흠, 나름대로 철저한 통상의 논리로 면제 대상을 설정했다는 거네요. 호주야 관세를 올리는 순간 미국 철강 업계가 뒤집힐 테니 건들지 못했을 테고요."

호주는 세계 최대의 철강 생산국이자 철강 생산재 생산국이다. 석탄과 함께.

"예."

"우리 측 대응은요?"

"미국의 과세안에 대해 우리도 한미 자유 무역 협정을 검토하기로 했습니다. 산업통상자원부를 통해서 세계 무역 기구에 미국을 제소하는 방안도 검토 중입니다."

무난한 대응이다.

다만 WTO 제소는 강제성이 없는 권고 조치였다. 최종 판결이 나오기까지 최소 2~3년이 걸린다. 무엇보다 미국은 국제법보다는 자국 연방법이 우선 적용되는 국가라 몇 년 뒤 판결이 나오더라도 합법적으로 무시하는 것이 가능하다.

실효성이 없다는 것.

"도람프가 한국을 명단에 올린 이유가 뭐라고 생각하나요?"

"외견상 중국제 철강재를 많이 수입하고 있기 때문이라는데. 미국 것을 사라는 거죠."

"외견상이라…… 이도 중요하죠. 피할 방법은요?"

"쉽지 않습니다. 미국이 각 잡고 덤볐습니다."

"결국 보복인가요?"

"예, 속내는 동아시아 경제 벨트 구성을 우리가 거부했기 때문이죠."

일전 중국 참교육 때 잠깐 언급된 건이었다.

동아시아가 똘똘 뭉쳐 중국 무역을 훼방 놓자.

너희 한국이 이 경제 연맹의 수장이 되라.

단호히 거절하자 일본으로 바통을 넘겼다는 얘기는 들렸는데.

이게 이렇게 돌아왔다. 그런데 일본은 왜 넣은 거지?

"그 새끼, 그때 손가락을 부러뜨렸어야 했는데."

"……."

"제7함대는 어딨나요?"

"오키나와로 돌아갔습니다. 그건 왜……?"

"지금 미사일 쏘면 저들이 박살 낼 수 있을까요?"

"……!"

제아무리 7함대라도 못 막을 것이다.

한국에서 미사일이 날아올 거란 건 예상도 못 할 테니.

제7함대부터 지우고 러시아와 중국을 끌어들이면 한판 해볼 만도 한데. 여차하면 비장의 무기도 꺼내고.

"안 될까요?"

"안 됩니다!"

"안 되는군요."

귓등으로도 안 듣는다는 듯 흠흠 대는 장대운에 김문호는 다시 강조했다.

"안 됩니다!"

"왜요?"

"절대로 안 됩니다!"

"흠……."

"대통령님, 이것만큼은 제발……."

"그럼 한 대 맞았는데 가만히 있어요?"

"상대는 미국입니다!"

"중국 때도 말렸잖아요."

"그건……."

김문호의 말이 맞긴 했다.

겨우 이 정도의 일로 미사일을 날렸다간 세계의 지탄을 받아 먼저 쓰러지겠지.

그렇다고 일방적으로 당할 수는 없었다.

"전쟁은 안 된다니 다른 걸 살펴보죠. 일단 미국 수입 품목을 좀 봅시다."

"수입 품목이라면…… 설마 우리도 관세를 올리겠다는 겁니까?"

"살펴보고요."

"진짜로 하시려고요?"

"뭐라도 해야죠. 도람프 그 새끼가 이번 한 번으로 끝날 것 같아요?"

"아니겠군요."

"하나 주면 다른 것도 빼앗으러 달려올 놈이에요. 첫 방부터 콱 찍어 줘야 해요."

"……그렇다면 할 수 없군요. 여쭸습니다."

무슨 결심이라도 했다는 듯 뭔가를 꺼내는 김문호에 장대운은 피식 웃었다.

김문호도 웃었다.

"일부러 이런 건 아닙니다. 결국 이러실 거라 생각하고 나름대로 준비는 했는데……."

"호오, 말린 건 페이크였다고 인정하는 거네."

"어쩔 수 없잖습니까. 이게 참모의 운명인데요."

"크음…… 그것도 인정."

다음 날로 한국 언론엔 이런 기사가 떴다.

【한국, 미국산 무기 수입 전면 재검토】

【품질 엉망 미국산 무기, 새 제품 구입보다 유지 보수비가 더 비싸】

【유지 보수비 받아 무기를 완성하는 미국 무기 산업의 행태. 이게 무슨 일일까?】

【미국 미완성 무기들의 합창. 100대 사면 절반이 고장이에요】

【미국은 어째서 완성품을 판매하지 않는 걸까?】

【한국의 국방부는 호구였나? 누가 미국산 무기를 사라 고집했나?】

【한민당 김 모 의원, 국방부 감사 자리에서 한국산 무기 연구 개발 금지 발언】

【무기 로비의 실태. 언제까지 쉬쉬할 것인가?】

미국산 무기에 대해 할 말은 아주 많았다.

아파치를 판매하며 전략 자산이라고 가장 중요한 벌집 레이더를 제외해 버린다든가.

결함 무기를 강매하고는 천문학적인 유지 보수비를 받아가는데도 수리해 달라고 보내면 함흥차사.

남의 나라 무기를 사는 이유는 전력 증강이 목표였다.

아무리 좋은 걸 사도 로스나고 이탈되어 전력 증강이 되지 않는다면 구입할 이유가 없었다.

국방 기술 품질원이 발간한 '2016 세계 방산 시장 연감'에 따르면 미국은 2009년부터 2016년까지 총 831억 달러, 한화 약 100조 원어치의 무기를 다른 나라에 팔았다.

이 기간 미국산 무기를 구매한 국가 순위를 보면 사우디아라비아 114억 7천만 달러가 1위고, 호주 70억 6천만 달러, 아랍에미리트 61억 2천만 달러, 한국 55억 7천만 달러로 한화 7조여 원을 썼다고 한다. 일본은 32억 4천만 달러로 8위.

이 기간 미국이 다른 나라에 수출한 장비별 현황을 보면 항공기가 59.1%로 대부분을 차지했고, 미사일 14.5%, 기갑 차량 12.8% 등의 순으로 집계됐다.

무기질이 점점 더 고도화되고 있다는 것.

연감은 한국이 어떤 종류의 미국산 무기를 구매했는지는 밝히지 않았지만, 대통령인 나는 안다.

한국은 미국에서 F-35A 스텔스 전투기 40대와 고고도 무인 정찰기 글로벌호크 4대, 각종 미사일 수백 발 등을 구매했다.

이 중 절반이 써 보지도 못하고 고장 나 창고에 박혀 있거나 수리 보냈거나 전력에서 이탈됐다. 씨벌, 이게 다 얼마짜린데.

그래서 미국 무기 수입에 관한 전면 재검토에 들어간 것이다. 이걸 명분으로.

반응 자체는 즉각적으로 왔다.

제일 먼저 미국 군수 산업체가 달려와 이러는 법이 어딨냐며 항의해 댔다.

국방부는 모르쇠. 정부가 정했으니 달리 방법이 없다는 답변만 앵무새처럼 반복했다.

할 수 없이 대사관으로 직행했는지 주한 미국 대사 마크 내리가 청와대로 들어왔다.

"왜 왔어요?"

"갑자기 왜 이러십니까?"

"뭘요?"

"무엇 때문에 이러시는지는 아는데 적당히 하시는 게 좋지 않겠습니까. 지금 미국과 각을 세워 봤자 한국에 이득이 없잖습니까."

"무슨 말을 하는 거예요. 바쁜 사람 불러다 놓고."

장대운이 모르쇠로 일관하자 마크 내리는 한숨을 푹 내쉬며 본론을 말했다.

"무기 수입 금지 풀어 주십시오. 이미 계약된 걸 어째서 금지시키신 겁니까?"

"아아, 그것 때문에 왔어요?"

"……예."

빠꼼이끼리 왜 이러냐며 표정이 안 좋으나.

장대운의 입에서 나온 말은 단호했다.

"거절합니다."

"예?"

"왜 놀라세요?"

"아니, 이게…… 이러면 안 되지 않습니까? 우린 미국입니다."

"미국이든 미국 할애비든 사는 순간부터 절반이 고장 나는 제품을 누가 사요? 마크 대사는 대인배니 그런 물건 사실 수 있겠지만 난 아닙니다. TV를 샀는데 고장 난 거로 모자라 AS 맡겼더니 석 달 기다리래요. 난 무조건 반품이에요."

"이게 그 문제가 아니잖습니까. 이는 한미 동맹을 잇는 아주 중요한⋯⋯."

"지랄하시네. 물건이나 먼저 똑바로 만드세요. 어디 개떡 같은 거 만들어서 눈탱이를 쳐요. 아니, 똑바로 만들기만 하면 누가 안 산대요? 물건에 문제가 많으니까 이러는 거지."

"하아⋯⋯."

"어! 한숨을 쉬시네. 지금까지 산 무기 전부 손해 배상 청구를 할까 고민 중인데. 무슨 사기꾼도 아니고 이런 개떡 같은 무기를 우리더러 사라고 합니까. 미친 거 아니에요?"

"대통령님⋯⋯."

"예."

"이러다 진짜 무역 전쟁이 벌어질 겁니다."

"도람프는 탄핵당할 테고요."

"예?!"

이건 또 무슨 소리냐는 표정에.

장대운은 마크 내리에게 조금 더 다가갔다.

"내가 이 자리에 앉아 있다고 만만히 본 모양인데. 잊지 마세요. 지금 미국의 상대는 한국 정부가 아니라 나 장대운입니다."

으르렁.

"⋯⋯."

"⋯⋯."

"⋯⋯."

"⋯⋯그렇게 조용히 살고 싶은 사람 왜 못 건드려서 난리

인지 모르겠어요. 기어코 공화당을 내 손으로 폭파시켜야 정
신을 차리시려나. 이봐. 마크."

장대운의 말투가 달라졌다.

"……."

"네가 여기 주한 미국 대사가 된 게 누구 덕분이라 생각하
지? 전 아시아태평양(APAC) 지역 너튜브 정책 총괄 디렉터.
동영상이나 관리하던 네가 이 자리에 앉은 게 누구 허락이었
다고 생각하는 거야? 설마 도람프라고 여기는 거야? 너 도람
프 잘 알아?"

블러핑이지만. 마크 내리에게는 아니다.

"……!"

"네 다음 주한 미국 대사로 유력하던 해리 페린스 전 미국
태평양 사령관이 전역 후 한국으로 오지 않은 게 누구 덕분이
라고 생각해? 너 도람프랑 친해?"

이도 블러핑이다.

"설마……."

마크 내리가 손을 벌벌 떤다.

굿.

"아주 가관이야. 네 목숨이 유난히 길다고는 생각해 보지
않았나 봐. 어이없게."

"……."

"마크야, 잊으면 곤란하다. 내 공화당 인맥은 도람프를 가뿐
히 상회해. 너도 말 한마디면 어디 알래스카로 좌천되는 거야."

"……."

충격을 받은 듯, 생각할 시간이 필요하다는 듯 마크 내리는 입을 다물었다.

다만 자세는 아까보다 훨씬 겸손해졌다.

거드름도 없고 다리 딱 모으고 허리도 곧게 펴고.

이래야 했다.

이래야 옳았다.

어디 남의 나라 사신이 국왕 앞에서 감히 고개를 빳빳이 들까. 나 장대운의 앞마당에 와서 제 색깔을 발휘하려 할까.

돼지려고.

"이미 예상은 하셨겠지만, 분쟁이 일어날 시 한국의 타격이 아주 클 거라 보입니다."

한참 뒤에 나온 말이었다.

"한미 자유 무역 협정(FTA) 발효 이후 2017년까지 6년 만에 양국 무역 규모가 60.1% 증가했습니다. 지난해 한국의 대미 무역 총액은 전년 대비 22.5% 상승하며 역대 최대를 기록했고, 서비스 무역·투자도 확대됐습니다."

마크 내리의 시점이 달라진 게 느껴지는가?

아주 올바르게 말이다.

"한국 산업통상자원부가 지난주 한미 FTA 발효 6년의 한미 교역 성과를 공개한 내용입니다. FTA 체결 시점인 2012년 1,018억 달러와 비교해 약 60.1% 증가했고 올해는 1,691억 달러까지 상승할 거라고 말이죠."

"으흠."

끄덕끄덕.

"하지만 대미 주요 수출 품목을 보면 자동차(부품), 반도체, 컴퓨터, 석유 제품 등이 상위 5개를 차지합니다. 이는 미국 상공부가 손을 쓰는 순간 모두 치명적인 손실을 입을 종목들이죠. 중국과는 양상이 아주 다를 거라는 겁니다. 한국의 미래 동력이 잘못하면 크게 꺾이는 계기가 될 수도 있습니다."

정확히 짚고 있었다.

미국은 중국과 근본적으로 다른 상대란 걸.

기술은 물론 군사력, 국력, 영향력 모두 한국과 비교할 수 없는 나라. 세계 유일의 초강대국.

'하다못해 자동차 하나만 물고 늘어져도 한국은 치명적이지.'

미국이 한국 자동차를 사 준 금액이 작년 기준 145억 달러였다.

한국이 작년에 미국 무기를 수입한 금액은 5억 달러에 불과한데 말이다.

무역 수지가 극단적인 불균형을 걷는다.

이걸 맞추려고 시도한다면 한국 경제는 붕괴된다.

더구나 도람프는 2015년 대선 때 한미 자유 무역 협정(FTA)을 재앙이라고 비난했다.

경제 계획안 보고서에서 '한미 FTA 때문에 미국은 9만 5천 개의 일자리가 사라졌고 한국과의 무역 수지 적자는 거의 두 배로 늘었다'며 '특히 미시간·오하이오·인디애나 주의 자동차 산업이 큰 피해를 봤다'고 주장했다.

그는 이미 자동차 산업을 지목하고 있었다.

"그래서?"

"무기 수입을 금지하시면 틀림없이 나올 카드란 겁니다. 미국은 한국의 목줄을 놓을 생각이 없으니까요."

"목줄이라고? 쿠쿠쿠쿡, 쿠쿠쿠쿡, 웃기네."

"예?"

도무지 이해하지 못하는 표정이었다.

"네 말은 꼭 그 일이 내가 저항해서 나올 일이란 거잖아."

"예?"

"어차피 꺼낼 카드 아니었어?"

도람프는 틀림없이 자동차 산업을 손댈 것이다.

어떻게 해서든.

"그건…… 으음…… 대통령님의 판단이 맞는 것 같습니다. 아마도 철강을 꺼낸 순간부터 계획됐을 확률이 높습니다."

"아아, 나도 현실은 알아. 저 중국이 아무것도 못 하고 당하고만 있는 걸 다 지켜보고 있었다고."

"그런데 왜?"

개기냐고?

"다 기획된 거라며?"

"……?"

"어차피 어떤 수를 쓰든 일어날 일이란 거잖아. 일어날 일을 마냥 당하고만 있으라고? 그래서 들어주면 도람프가 우릴 봐줄 것 같아?"

"……!"

"안 봐주겠지. 제 성질대로 휘둘러야 직성이 풀리겠지. 맞아. 한국은 여러모로 미국의 상대가 안 돼. 그럼 내가 당하고만 있어야 할까?"

"아아, 그럼 아까 상대가 한국 정부가 아니라 대통령님이라고 하신 게…….."

"맞아. 경제가 안 된다면 정치로 밀어 붙어야겠지. 어차피 이 일도 정치로부터 파생된 거 아냐?"

"대체 무엇을 하시려고……?"

얼떨떨한 표정이다.

그러나 방심하지 않는다.

미국 외교관을 믿을 바엔 차라리 일본 극우를 믿겠다.

송곳니를 드러냈다.

"내가 말이야. 저 미국을, 공화당을 아주 쑥대밭으로 휘저어 줄 거야. 워터게이트, 클린턴 하야가 아주 우스워질 만큼 말이야."

씨익 웃는 장대운에 섬뜩함을 느낀 마크 내리는 그만 버티지 못하고 벌떡 일어났다.

되게 빨랐다. 본론도 나오지 않았는데.

"잠시, 잠시의 시간을 주시겠습니까?"

"왜? 돌아가서 알아보려고?"

"예."

"나가 봐. 근데 명심해. 나는 인내심이 그리 강하지 못해."

"알겠습니다."

마크 내리가 간 후 뭐라도 벌어질 듯 기대했으나.

며칠간 아무 일도 일어나지 않았다.

한국산 철강에 관해 25%의 관세를 붙이겠다는 결정도 현업에 적용되기까지 시간이 있기에 조용히 기다려 줬다.

언론은 한국의 철강이 망하게 됐다며 난리를 피워 댔지만.

패는 깠고 우리가 할 일은 상대의 결정을 기다리는 것뿐이다.

이런 와중에 한국은 내부적으로 별별 일이 다 벌어졌다.

정치적으로는.

민생당 의원 하나가 보좌진 성폭력 사건으로 제명되는 일이 발생했다. 1심에서 성폭력 무죄를 선고받았다지만 그의 정치 인생에는 치명적인 붉은 줄이 그어졌다.

금융 감독원장 놈이 로비성 해외 출장 등 논란을 일으켜 사퇴했다. 등신같이. 아우~.

여론 조작 사건이 크게 터졌다. 이 사건으로 의혹을 받던 자정당 의원이 사망했다. 에휴~.

대변인 중 하나가 이부망천, 서울 살다가 이혼하면 부천 가고 망하면 인천 간다. 망언을 지껄였다. 어느 무인도로 끌고 가 죽일까?

한민당에서도 매크로 여론 조작 의혹 사건이 일었다. 너희가 하는 게 그렇지. 쯧쯧쯧.

사회적으로는.

미투 운동이 광범위하게 전개된 해였다. 미국 부통령 펜스가 떡상한 시기.

트페미 청년다방 몰카 누명 사건, 곰탕집 성추행 판결 논란에 사이트 운영자에 체포 영장이 발부됐다고 한다.

OECD에서 출산율이 1명 미만으로 떨어진 최초의 국가가 되었다.

월성 1호기 조기 폐쇄가 결정되었다. 얘는 문제가 많았다.

예멘인 50명에 대한 제주 난민 사태가 일어났다. 난민은 처음이라.

마린 711호 피랍 사건, 리비아 한국인 납치 사건, 볼리비아 한인 여성 살해 사건…… 침대 라돈 검출 사건, 항공사 기내식 공급 부족 사태, 인천 전자 회사 화재 사고에 어느 그룹 회장 차남이 액상 대마를 하다가 구속되기도.

BMW 차량은 연쇄 화재 사고가 터지고.

광주에서는 집단 폭행이, 익산 응급실에서도 폭행 사건이, 관악산 여고생 집단 폭행 사건, 고속버스 칼부림 사건이…….

살인은 더 많았다. 입에 담기도 힘들 만큼 간악한 놈들이 사회 곳곳에서 설쳐 댔다. 굳이 예를 들지는 않겠다. 입이 더러워지는 것 같아서.

헌법 재판소에서 대체 복무가 없는 병역 거부 처벌은 위헌으로 판결했다.

교육계에서는 숙명여자고등학교 쌍둥이 시험지 유출 사건과 비리 유치원 명단 공개로 시끌벅적.

재계 어느 그룹 전 회장의 황제 보석 건이 터지자 사회적 공분이 일었다. 유전무죄 무전유죄 논란이 들불처럼.

이 중생들을 어떻게 해야 할까?

"까부는 순간 엿 된다고 그렇게 보여 줬는데도 끝도 없이 기생충이 나와. 큰 나무에 바람 잘 날 없다더니 정말 이 새끼들을 다 죽여야 해? 사형 제도 집행해?"

"진짜 다 죽이시게요?"

"황제 보석했다잖아! 그 씨벌이. 내가 감빵 VIP들까지 싹 다 잡아 없앴는데. 이것들이 제정신이야?!"

"판결 내린 판사부터 다 조사에 들어가겠습니다."

"아니, 변호사 놈들부터 우선 조져. 이 새끼들이 오히려 더 법을 어겨."

"법을 다루는 이들의 범법에 대해서는 형량이 더 셉니다."

"아니야. 그거로는 모자라. 그놈들한테도 벌금 물려. 그놈들이 횡령하는 데 법의 도움을 안 받았을까 봐? 근거는 국가 자격증 소지자니까 포함시킨다고 해. 연관된 놈들은 전부 30배 법인 거야."

"……예, 일단 법리 검토부터 하겠습니다."

김문호도 고개를 절레절레.

그러든 말든.

"법이 제일 엄정해야 해. 법을 사용하는 놈들이 제일 깨끗

해야 해. 그거 하라고 급여 올려 주고 명예도 주는 거야. 틀어지는 순간 패가망신한다는 걸 보여야 해."

"더 조이겠습니다."

"특히나 그 새끼들. 죄질이 악랄한 놈들 있잖아."

"예."

"그놈들은 죄다 중국인 수용소로 보내. 같은 방에 집어넣어."

"예."

"앞으로 악랄, 파렴치범들은 전부 중국인 수용소로 가는 거야. 그게 원칙이야. 알았어?"

"옙."

"나가 봐. 빨리 처리해."

바쁘다. 바빠.

대통령은 노발대발. 일거리는 산더미.

미국은 뒤에서 일을 꾸미고…… 철강 관세.

일본은 우릴 못 잡아먹어서 난리다……. 7광구.

요즘 들어 몸이 열 개였으면 좋겠다는 김문호였다.

"변호사도 국가 자격증을 갖고 있으니 준공무원으로서 국가공무원법에 해당하는지 법리 검토 좀 해 주세요. 30배 법 적용이 되는지 알고 싶으시다네요."

"예."

"으음……."

멈칫하는 김문호에 이미래가 걱정스레 물었다.

"……괜찮아?"

"아…… 좀 멍하네."

"오빠, 조금 쉬는 게 어때? 저쪽에 가서 잠시 눈 붙이면?"

"안 돼. 이따 스케줄 있어."

"스케줄이라면…… 아~ 거기구나."

"후우~ 쉬면 뭐 하냐. 가자. 가야지."

눈 감고 누워 있다고 산적한 일이 해결될 거라면 충분히 엎어질 용의가 있지만 움직이지 않으면 아무것도 이뤄지는 게 없다는 깨달음 정도는 일찍이 뗐다.

김문호는 웃었다. 힘은 없었지만.

"나가 볼게."

"진짜 안 쉬고?"

"나가야지. 잘 부탁해. 지금 대통령께서 뿔났어. 그거 급해."

"응, 알았어. 내가 알아서 할게. 오빠도 차 조심하고."

"응, 미래 네가 고생이 많다."

어깨를 토닥여 주고 김문호는 나섰다.

오늘은 동진 배터리와 만나는 날이었다.

2차 배터리 산업과 관련하여 그래핀 기술을 어디까지 풀어야 할까에 대한 논의였는데 오필승 테크의 이형준 사장과 함께 약속이 잡혀 있었다. 비밀스러운 안가에서.

그런데 방향성이 상상 이상이었다.

"……반면 리튬 이온 배터리의 4대 구성 요소는 양극재, 음극재, 전해질, 분리막인데요. 사실 제조 원가 중 원소재로서 음극의 비중은 약 15%에 불과합니다. 예, 양극재보단 비중이 훨씬 낮지만, 중요성으로는 압도하죠. 전지의 성능을 결정하는 핵심 소재니까요. 이걸 세계는 약 30년간 흑연 계열로 충당한 겁니다."

"그렇다면 음극재로서 흑연의 장단점은 뭔가요?"

"일단 가격이 저렴하다는 데 있습니다. 안정적인 결정 구조를 보유한 것도 있고요. 단점은 용량에 한계가 있다는 건데요. 보통 350mAh/g 내외입니다. 이거로는 전자 제품 전지는 몰라도 확장성을 보기 어렵습니다."

"요새 동진 배터리에서 실리콘(Si)을 활용하려는 시도가 계속되고 있다는데 혹시 그 이유입니까?"

"예, 정확히 보셨습니다. 용량의 개선을 위해서입니다. 성공만 한다면 에너지 밀도를 향상시킬 수 있고 음극재로서 실리콘 계열 원소재가 흑연보다 4배 이상의 용량 증가를 가져올 수 있다는 가능성을 봤습니다. 실리콘과 흑연을 혼합할 경우도 기존 배터리보다 배 이상 좋다는 결론이고요."

"그래요? 그렇게 훌륭한데 왜 다른 이들은 안 하는 거죠?"

"우선 실리콘이 전기 전도도가 매우 낮다는 데서부터 아예 외면된 겁니다. 그러나 몇 년 후에는 실리콘이 흑연과 구조가 비슷하다는 걸 알게 될 겁니다. 그 가능성을 보게 될 테고요."

"문제는 없습니까?"

"아주 큰 문제가 있긴 합니다. 충전과 방전을 반복하면서 실리콘에 약 3배 이상의 부피 팽창이 일어나는 걸 발견했으니까요. 난항이었죠."

"아~ 그 말씀은 시간이 지남에 따라 입자가 부서지거나 전극이 벗겨지거나 하여 성능 저하가 올 가능성이 있다는 거군요."

"안전성 문제가 제일 크지요."

"그렇군요. 아하~ 그래서 우리가 몇 단계나 앞섰다고 말씀하신 거군요."

이형준이 고개를 끄덕이며 동진 배터리 이제운 대표를 바라봤다.

이제운 대표도 흐뭇한 미소로 시선을 맞췄다.

김문호만 뭐가 뭔지.

역시나 이형준이 김문호에게 물어봤다.

"지금까지 내용이 이해 가십니까?"

"아아…… 그게…… 정확히는 모르겠으나 실리콘 소재가 몇 단계 앞섰다는 말씀이 나온 걸 보아 이와 관련 있다는 것만 알겠습니다."

"핵심을 짚으신 겁니다. 여기 이제운 대표께서 며칠 전, 흑연과 실리콘을 이용한 새로운 배터리 기술을 개발하셨습니다."

"예?"

"이제운 대표께서 실리콘을 이용한 새로운 배터리 기술을 확보하셨다고요."

"……?"

김문호가 여전히 못 알아듣는 표정이 나오자 이형준은 순간 아차 했다.

워낙에 기술직 인간들과만 어울리다 보니 다른 분야 사람

145

에 대한 배려가 부족했다.

"으음, 제 실수군요. 제가 하는 것보단 이제운 대표님께서 김 비서님이 알아듣기 쉽게 풀어 주시는 게 어떠십니까?"

"아아~ 무슨 말씀이신지 알겠습니다. 저도 그 생각을 못 했습니다."

"부탁드리겠습니다."

"예, 김 비서님."

"예."

"동진 배터리가 그래핀 대량 생산에 성공한 건 아시죠?"

"예."

암 알다마다.

"그래핀은 육각형 구조 탄소 원자로 이루어져 2차원 탄소 나노 소재로서 전기 전도성이 우수하고 전기 화학적으로 안정적이라 배터리 음극재 소재로서 최적의 요건을 갖췄습니다. 단지 그래핀 하나만으로도 배터리 성능이 4배 이상 상승하게 되죠. 그런데 우리 동진 배터리가 그래핀이 실리콘을 전해질로부터 효과적으로 보호할 수 있다는 것도 알게 된 겁니다."

"……?"

"그동안 우리가 배터리 기술에 실리콘을 활용 못 한 건 전해질로부터 보호가 불가능하기 때문입니다. 실리콘 입자가 워낙에 약해서 말이죠."

"……!?"

"그래서 그래핀을 실리콘 표면에 코팅하는 코어-쉘 형태로 연구가 진행됐고 며칠 전에 안정화에 성공했습니다."

"그럼!"

"맞습니다. 지금 당장에라도 실용 가능한 단계에 와 있다는 거죠. 무적의 배터리가 말입니다."

"아……."

김문호도 전 세계적으로 배터리 4대 구성 요소의 원천 기술 개발·확보에 열을 올리고 있다는 것쯤은 알았다. 이 중 양극재, 전해질, 분리막과 관련된 기반 기술은 발전 속도가 매우 빠른 반면 음극재는 흑연 외 대체할 수 있는 기술이 딱히 없다는 것도.

그런 마당에 동진 배터리가 지금 그래핀 대량 생산 성공도 모자라 새로운 원소재인 실리콘으로 또 한번 점핑했다는 것이다.

"그럼…… 용량이 어떻게 된다는 겁니까? 그래핀으로 4배 이상 증가시켰는데 실리콘도 4배라고 하지 않았나요?"

"예, 4+4가 아닌 4x4입니다."

"!!!"

16배.

현 최고 기술이 융합된 2차 배터리의 최소 16배 강력한 배터리를 만들 수 있다는 얘기였다.

한 번 충전에 700시간 움직이는 것이 11,200시간으로 된다는 것.

한 번 충전하면 1년하고도 100일을 더 운행할 수 있다는 것.

머리가 띵 울렸다.

이 양반들이 지금 뭔 짓을 한 거지?

대충 개량만 해도 승산이 넘치는데 갑자기 16배?

이게 실화야?

'……'

이 정도면 명백한 오버테크놀로지였다.

너무 과했다. 어디 2,500년산 우주선을 주운 건지 의심받을 만큼.

이러면 굳이 전고체 배터리까지 갈 필요도 없었다.

리튬 이온 배터리만으로도 세계 평정이 가능했다.

원통형 배터리의 성공 가능성이 한층 더 높아진 것.

상황 파악이 끝난 김문호가 입을 떡 벌리며 이제운을 칭찬하려는데. 그의 얼굴에 난색이 들어찬 걸 발견했다.

"왜…… 왜 그런 표정이시죠? 혹시 무언가 문제가 있는 겁니까?"

"그게…… 좀 곤란하게 됐습니다."

"무엇이요?"

"개발을 해 놓긴 했는데 개발해 놓으니 이걸 어디까지 풀어야 할지 난감해서 말입니다."

"아!"

"지금 상황에서는 딱 50%만 개선해도 센세이셔널일 겁니다. 단지 이것만도 세계의 이목을 끌기 충분할 테고요. 이후 온갖 협잡범들이 기웃거릴 텐데 실리콘 기술까지 있으니 감당이 안 돼서 말입니다."

바로 이해가 갔다.

단지 50% 성능 상승이라는 타이틀만으로도 세계가 주목할 것이다.

자동차 업계는 당연하고 국가적으로도 수많은 일이 벌어지겠지. 특히나 미국이라면 온갖 더러운 짓을 다 할 것이다. 중국 이상으로.

이런 마당에 실리콘 기술을 끝까지 숨길 수 있을까?

오성, 엘진, SY 그룹에서 사용하는 음극재가 어디에서 생산한 건지 금방 나올 텐데.

김문호는 혼자선 해결 불가능한 걸 단번에 깨달았다. 이들의 고심이 어디에 있는지도.

"무슨 뜻인지 알겠습니다. 대통령님께 정식으로 보고하고 방법을 마련해 보겠습니다."

"감사합니다."

"……예."

이형준이 만족한 듯 흐뭇하게 웃는다.

하지만 그래도 이제운은 낯빛이 돌아오지 않았다.

다른 게 더 있다는 것.

"또 무슨 일이 있습니까?"

"아…… 그게…… 참 민망하고 부끄러운 일인데. 부탁을 하나 드리고 싶은데……."

말을 끊다. 심각하게.

문제가 있다는 것.

얼마나 어려운 부탁이길래 저 이제운이 안절부절못할까.

산업적으로 어려운 게 있나 하여 이형준을 보았지만 그런 기색은 없었다. 하긴 오필승 테크 앞에서 누가 까불까.

그럼 정책적인 문제라는 건데.

이도 대통령이랑 상의한다지 않았나?

"말씀하세요. 경청하겠습니다. 국가의 미래가 걸린 사업인데 신중에 신중을 기해야지요."

"그게…… 아니라…… 김 비서님 개인께 부탁드리려는…… 겁니다."

"저에게요?"

뭐지?

"그게…… 제 여식 좀 한 번 만나 주심이……."

"예?!"

"……!"

김문호가 놀라고 이형준의 눈이 커졌다.

"정희가 원래 이런 애가 아닌데. 재작년에 김 비서님을 보고는 정신을 못 차립니다. 얼마 전 중소기업 박람회에서도 마주쳤다고 들었습니다. 그때 공무 수행 중이라고 냉정하게 끊으셨다고요."

"……."

"……."

그런 일이 있긴 있었다.

"이게 참 이런 말씀드리는 저도 면목이 없긴 한데. 아비다

보니 딸아이의 아픔을 보고만 있을 수가 없네요. 저도 잘 모르겠습니다. 김 비서님을 처음 본 순간 오랫동안 알던 사람 같았고 마음의 빚도 느꼈답니다. 처음 만난 사람에게 마음의 빚이라니. 뭐가 뭔지. 제가 말씀드리고도 이해를 못 하겠네요. 두 번째 만났을 땐 확신이 들었다고 하네요."

"……."

"……."

"한 번만 만나 주시면 안 되겠습니까? 부탁드리겠습니다."

허리를 90도로 굽히는 이제운을 보는데.

어쩌면 오늘의 목적은 새로운 배터리 기술 발표가 아니라 이것이었을지도 모르겠다는 느낌이 들었다.

마음이 무거워졌다.

하필 그녀가 동진 배터리 사장의 고명딸이라니.

이정희. 그녀는 자기 남편을 죽이는 데 가담했다.

'왜 이러니 정희야. 넌 왜 다시 나의 삶에 끼어들려 하니. 난 이제 겨우 안정됐는데.'

도무지 모르겠다.

오랫동안 만난 사이 같다니. 마음의 빚이라니.

왜 그걸 그녀가 느끼는지.

그리고 아무리 좋게 생각하려 해도 난 남편을 죽인 여자와는 가까이할 수 없었다. 그것이 설사 살모사 같은 보좌관 놈 윤정훈의 일방적인 말이었다 해도…….

"……."

"……."

거절하려 했다.

어차피 이어지지 않을 거라면 관계를 끊어 내는 게 맞다.

"허어…… 그 정도라면 김 비서가 시간을 내야겠군요."

이형준이었다. 그가 껄껄껄 거리며 오랜만에 맛본 뜨거운 고백이었다며 대통령에게 알리겠다 하였다.

"……."

그러면서 어깨를 토닥였다.

"뭘 그리 깊게 생각합니까? 처녀가 총각 좋아한다는 데 이유가 필요해요? 한 번 만나 보세요. 만나 보고 나서 판단해도 늦지 않아요."

"……."

◇ ◆ ◇

"으흠, 동진 배터리를 보호할 방안이 필요하다?"

"예, 16배 성능 향상을 보였답니다. 현재 세계의 기술로는 절대로 따라잡을 수 없는 오버테크놀로지로 필히 산업 전쟁의 불씨가 될 겁니다."

"16배라…… 하긴 어디 우주선이나 주웠나 생각하겠군요. 무조건 침투하려 하겠어요."

"예."

"그건 그렇고 보고는 이것뿐이에요?"

"예?"

"더 중요한 게 있다면서요?"

"중요한 거라면……!"

아! 이정희.

들었나 보다. 동진 배터리 사장의 뜨거운 고백을.

하아…… 이형준 대표. 그새를 못 참고 입을 열었구나.

"뭐야? 나한테 감추려고 했어?"

"아, 아니, 그게……."

"문호야."

"예."

"지금 오필승이 다 알아. 너 고백받았다고."

"예?!"

오필승까지?

"뭘 놀라냐. 그 자리에 이형준 대표가 있었다며."

"하아……."

당연한 거였구나.

"그래서 언제 만날 건데?"

"……안 만나면 안 되겠죠?"

"얘가 왜 이래? 상대가 동진 배터리 사장이야. 2차 배터리 시장의 절대자. 머지않아 이 대한민국마저 그 양반에게 발발 길 판인데. 안 만나겠다고? 이거 실화야?"

"……."

"그 양반이 이 일로 앙심을 품고 외국으로 튀어 버리면 너 어떻게 책임질 생각이냐? 너 하나 때문에 나라가 망해야겠어?"

무슨 그런 말을!

"설마…… 저를 도매금에 넘기시려는……."

따지려 했다.

아무리 그래도 개인의 연애사까지 참견할 수 있느냐?

"문호야, 그 여성분이 그렇게 싫냐?"

"……."

"그렇게 혐오스러워? 만나는 것조차 소름이 끼칠 만큼? 오냐, 그렇다면야 나도 반대해야지. 네가 그 여성분을 혐오한다고 동진 배터리 사장한테 전해 주마."

이건 또 무슨…….

"아, 아니, 제가 언제 그런 말을 했어요?!"

"그럼 왜 주저해?"

"……."

"그 여성분이 네 배경 보고 달려든 것 같아서?"

"……."

"문호야. 다른 데도 아니고 동진 배터리야. 동진 배터리. 그 여성분이 지분을 5%나 가졌어. 2차 배터리 시장이 활성화되면 장담하는데 1년이 안 돼 억만장자가 될 거야. 너 미친 거 아냐?"

"……."

"잔말 말고 가서 만나 봐. 뭐가 꺼려지는지는 모르겠는데. 대화를 해 봐야 결론이 나오지."

"······재밌으세요?"

남은 기가 막혀 죽겠구만. 장대운은 실실 쪼갠다.

"왜 재미가 없어? 문호 네가 장가간다는데."

"갑자기 무슨 장가요?! 아직 만나지도 않았구만."

"아서라. 자식아. 남녀 관계가 무슨 밀당하는 그런 관계 같지? 아니다. 그거 절대 아니다. 모든 건 여자의 선택에 달린 거야. 여자가 선택해 줘야 이뤄지는 거야. 여자가 너 싫다고 하면 아무리 해도 안 되는 게 남녀 관계야."

"······."

"이런 마당에 미녀가 돈까지 싸 들고 한 번만 만나 달라고 하는데 넌 뭔데 버티냐? 네 나이가 벌써 몇 살이야. 아끼지 마라. 자식아. 아끼다 똥 된다."

"하지만······."

"쓰읍, 시끄럽고. 당장 약속 잡고 만나. 이게 형이 만나라면 만나는 거지 어디서 토를 달고."

"하아······."

"문호야, 세상 별거 없다. 너 보고 웃어 주는 여자와 함께 사는 게 제일이다. 넌 그 웃음을 최선을 다해 보호하고. 그렇게 알콩달콩 사는 게 인생이다. 내가 비록 수천억 달러를 부리고 대통령이 되고 국가와 민족을 위해 뭐라도 하는 것처럼 굴지만 난 이렇게 생각한다. 그거 다 애 낳는 것보다 못하다고. 내가 무슨 짓을 한들 생명을 만들겠냐? 그보다 위대한 건 없다. 원래 없던 것이 나와서 배고프다. 짜증 난다. 울고불고

머리 굴리고 웃고. 자기 삶을 사는 걸 지켜보는 게 바로 축복
이란 거다. 너도 그 맛을 느껴 봐야 하지 않겠냐?"

너도 그 맛을 느껴 봐야 하지 않겠냐?

너도 그 맛을 느껴 봐야 하지 않겠냐?

너도 그 맛을 느껴 봐야 하지 않겠냐?

머릿속을 헤집는 화두였다.

- 너도 그 맛을 느껴 봐야 하지 않겠냐?

내가 어찌 그걸 모를까.

내 새끼.

정민이.

그 뽀얀…… 만지면 묻어날 것 같았던 연약함이, 그 고사리
같은 손이 내 검지를 쥐었을 때의 환희를 난 아직 기억한다.
아무것도 모르는 얼굴로 날 보며 웃어 줄 때마다 세상만사가
하등 가치가 없어졌다는 것도.

어찌 잊을까.

귀한 내 새끼를.

내 하나밖에 없던 아들을.

'정민아…….'

결국 이정희와 만나기로 했다.

이렇게까지 된 것 피할 수 없으리라.

그녀와의 만남은 결코 그녀를 위한 것이 아닌 이젠 다신 못

만날 아들을 위해서라고 소회하며 나갔다. 결국 아들 정민이
도 우리 두 사람이 만나지 않았다면 태어나지 않았을 테니.

"……."

"……아니에요. 결코 이런 식으로 만나고 싶지 않았어요."

"……."

"제가 김 비서님을 보고 싶어 한 건 맞지만, 다른 술수를 부
려 이 자리를 만들고 싶지는 않았어요. 정말이에요."

"……."

"맞아요. 저 김 비서님을 좋아해요. 저도 제가 왜 이러는지
모르겠어요. 그냥 계속 마음이 가요. 그날 처음 본 순간부터."

"……."

"믿어 주세요. 저는 김 비서님께 방해가 되고 싶지 않아요.
강요하고 싶지도 않아요. 이건 제 마음일 뿐이잖아요. 김 비
서님과는 전혀 상관없는……."

역시나 얼음장 같은 마음이 변하지 않는다.

아름다운 이성을 만났다는 기쁨도 전혀 없다.

아무리, 무슨 말을 해도 내 마음은 사막의 모래바람같이 건
조하기만 하다.

"저는 그저…… 그저…… 그저……."

울먹울먹. 그러나 모질게 간다.

"나는 여자를 믿지 않습니다."

"……!"

"그만하시죠. 이 이상은 날 괴롭히는 결과만 낳을 겁니다."

맞다. 이래야 한다.

결혼 따윈 한 번 해 봤으면 됐다.

"이정희 씨의 마음은 잘 전달받았습니다. 그러나 난 준비가 돼 있지 않네요. 나 같은 인간과 삶을 이어 가는 건 이정희 씨에게도 좋지 않습니다. 부디 좋은 사람 만나 행복하길 빌겠습니다."

일어났다.

이대로 돌아서 나가면 내 인생은 다시 궤도에 오르겠지.

"안 돼요!"

뒤에서 커진 언성에 김문호는 자기도 모르게 몸을 돌렸다.

이정희가 일어나 있었다.

두 눈에서 눈물이 줄줄줄.

카페에 있던 모든 이들이 전부 이쪽을 봤다.

"이대로 끝내는 건 안 돼요!"

"······."

"김 비서님이 준비돼 있지 않아도 좋아요. 그리고 김 비서님 같은 분이 어떠시길래 같이 삶을 이어 가는 게 나쁘다는 거죠?"

"······."

"어째서 절 믿지 않는지 모르겠지만 좋아요. 믿지 않으셔도 돼요. 죽을 때까지 절 의심하셔도 돼요. 절 소중하게 대하지 않으셔도 돼요. 그러니 기회는 주세요. 제가 당신을 위해 무엇이라도 할 수 있게. 적어도 기회는 주셔야죠. 이대로 내팽개쳐 두지 마시고. 제발."

"……."

누가 이 장면을 찍고 있었나 보다.

누군지 모르겠지만…… 잡히면…….

찾으려면 찾을 수 있겠지만 찾는다고 달라질 게 뭔가.

카페에 들어오면서부터 풀 영상이 인터넷에 올라가 있었다.

'뜨거운 고백'이라는 제목으로.

영상 아래엔 댓글이 수천 개씩 달렸다.

이정희를 용기 있는 여자로, 김문호는 삼대가 덕을 쌓아 올린 행운아로.

신상도 털렸다.

이정희는 동진 배터리라는 중소기업의 직원으로.

김문호는…….

청와대에서 마주치는 사람마다 이런다.

"오오~~~~."

"완전 대박!"

"사랑은 기회를 주는 거랍니다~~~."

"문호 씨가 이 정도였어?"

"사람이 달리 보이네."

"쏘 굿."

"언제 결혼할 거예요?"

"설마 내팽개쳐 두시려는 건 아니죠?"

"일이 안 바쁘나? 언제 여자를 다 만나고 다녔대?"

"쿠쿠쿠쿡, 쿠쿠쿠쿡."

"쿠쿠쿠쿠쿡."

"카사노바……."

눈 질끈 감고 집무실로 들어갔다.

"오~ 희대의 바람둥이 김 비서님, 어서 오십시오."

"대통령님이죠?"

"으응? 뭐요?"

"이거 대통령님이 작업하신 거 맞죠?"

"……."

"……."

"……알아챘어?"

"왜……요? 이건 결코 저를 위한 게……."

"나를 위해서야."

"예? 이게 어떻게……."

"네 성격 같으면 틀림없이 내칠 거라 봤으니까. 그럼 내가 제수씨도 못 보고 조카도 못 보고 너 홀아비처럼 늙어 가는 걸 봐야 하니까. 내가 무척 힘들지 않겠어?"

"그래도 그렇지 이러는 법이 어딨습니까. 이건 순전히……."

"무조건, 100%, 싫기만 해?"

"……."

"아무리 너라도 5%쯤은 미련이 있을 거 아냐? 그거 키워 보라고 한 거야. 마침 우리 제수씨도 용기를 냈고 그림이 살

왔잖아. 국민도 응원해."

"……."

"문호야, 너 왜 제수씨를 피하냐. 너 설마 아침에 안 서……."

"대통령님!"

"아이고 깜짝이야. 알았어. 알았어. 미안."

"하아……."

"어찌 됐든 얼굴 팔렸으니 책임져야지?"

"예?"

"당연히 책임져야지. 과년한 딸래미가 이렇게까지 매달린 걸 아버지가 봤어. 전 국민이 봤어. 거절해 봐. 동진 배터리 사장의 속이 어떻겠어? 안 그래도 눈에 넣어도 안 아플 딸래 미가 그런 고백한 것만으로도 존심 상할 텐데."

"하아……."

아이고 두야. 편두통이 올 것 같았다.

"제수씨 미인이잖아. 얼굴도 좋아. 널 위해 헌신할 상이야. 인내심도 강하고. 본인도 헌신하겠다 밝혔고 얼마나 좋아. 넌 가끔이라도, 아주 가끔이라도, 그녀가 웃을 수 있게 해 주 면 돼. 더는 라꾸라꾸 침대에서 쪽잠 자지 말라고. 자식아."

"……."

"문호야, 내 말 듣고 안 좋았던 적 있어?"

"……없습니다."

"그럼 이번에도 믿어 봐. 낄낄낄."

"……."

그 웃음은 좀…….

조금은 경박하게 굴던 장대운이 다시 정색으로 바뀐 건 채 1분이 지나지 않아서였다.

업무 모드로 바뀐 것이다.

김문호도 그에 따라 풀어진 긴장감을 다시 조였다.

"해외 홍보는 어떻게 됐나요?"

미국 무기에 대한 실태를 묻는 거다.

"예, 미국은 애초에 무기를 완성시킬 의지도 없었고 그나마 납품된 것도 불량품임을 대대적으로 떠들고 있습니다. 특히나 중동의 알자지라 방송과 대대적인 스폰 계약을 맺으며 집중적으로 보도 중입니다."

"오오, 연애하면서도 일은 확실히 하네."

히죽.

"대통령님."

"커흠흠, 심도 있게 다루라고 하세요. 자꾸 미국산만 고집하는 그쪽 정부가 국민도 이해 안 가게끔. 지금까지 호구 짓해 댔다는 걸 말이에요."

중동은 미국 군수 산업의 VVVIP 고객이었다.

중동 국가들이 미국 무기를 사지 않으면 미국 무기 산업이 절반 이상이 무너진다 할 만큼 그 영향력이 컸다.

혼자서 안 된다면 주변을 끌어들이면 된다.

이번에 한국도 미국산 무기 수입 전면 재검토인 데다 중동까지 고개를 갸웃거리기 시작하면 군수 카르텔이 어떻게 반응할까?

반드시 액션이 있을 거라 봤다. 두고 볼 놈들이 아니니까.

"쪼이는 김에 주한 미군 분담금도 싹 없애세요. 한 푼도 주지 말고 전기세, 수도세 같은 거 미납됐다면 바로 끊어 버려요. 그리고 유니세프에 의뢰해 미군 부대 내 환경 조사를 시작하세요. 이 새끼들이 말이야 우리가 내준 땅을 아주 개판으로 사용했잖아요."

"대통령님, 너무 각 세우다 정말 무슨 일이 날 수도 있습니다."

"무슨 일이 일어나라고 하는 거예요. 한국을 건들면 개막장이라 걸 세계에 보여 주는 겁니다."

"그럼 다른 거로 가시죠. 굳이 주한 미군 분담금까지 손대시려는 겁니까?"

"그 새끼들 주둔하는 이유로 매년 미국 무기 사 주잖아요. 졸라 많이. 그거면 됐지 그 새끼들이 우리나라에 무슨 기여를 했다고 돈을 1조 원어치나 분담금으로 처들여요? 맨날 사고나 치는 놈들을 상대로. 아! 그리고 말이 나온 김에 앞으로 카투사도 없애요."

"카투사까지요?"

"애초에 그 새끼들 수발들려고 뽑은 병사들이잖아요. 없애요. 너무 많은 혜택이 갔어요. 전 세계에서도 이런 대접은 유례가 없어요."

"정말 그렇게 가실 생각이십니까?"

"예."

"후우~~ 알겠습니다. 법리 검토 후 바로 집행하겠습니다. 아! 지금 근무 중인 카투사는 어떻게 할까요?"

"일선 부대에 흩어 버리세요. 그 새끼들은 뭔데 미국군을 위해 일한답니까? 삽질 제일 많이 하는 부대로 보내세요. 그 놈들 손에 앞으로 절대로 총 쥐여 주지 말고 삽이랑 곡괭이만 주세요. 골라 골라서."

"그……렇게까지요."

"문제 있나요?"

"원칙적으로는 없죠."

"그럼 하세요."

"……예."

"지금 당장."

"아, 예."

김문호가 얼떨떨한 표정으로 나가자마자 도종현이 홍주명의 등장을 예고했다. 호텔 가온의 대표로 있다 통일부 장관으로 오신 오랜 지기가 온단다.

장대운은 벌떡 일어났다.

"아이고, 먼 걸음 하셨네요."

"허허허허, 굉장히 멀었습니다. 빨리 뵙고 싶은 마음만큼 말이죠."

"저도 기다리느라 혼났어요. 보고 싶어서."

"그러십니까. 허허허허허, 또 이 늙은이를 흔드시네요."

"건강은 어떠세요?"

"저는 끄떡없습니다. 아직 웬만한 젊은이들 정도는 이길 수 있습니다."

말은 이렇게 하지만. 장대운 정부 많은 이들이 귀감하는 홍주명의 나이는 90이었다.

그야말로 노익장.

'고마운 분.'

참으로 오래된 인연이었다.

반포 아파트가 남서울 아파트였을 시절, 집 사러 온 꼬마와 복덕방에서 친구와 장기 두던 야망 할아버지의 만남.

벌써 30년이 넘었나?

만난 김에 본론만 나누기 아쉬워 이것저것 사담을 가졌다. 세상이 어떻게 돌아가고 앞으로 무엇을 더 중점적으로 봤으면 좋겠는지.

윗세대를 살아온 이의 관점에서, 뼈가 되고 살이 되는 얘기들을 말이다.

"그나저나 북의 동태가 심상치 않습니다."

"심상치 않다면요?"

"군부의 몇몇 주요 인사들이 보이지 않습니다. 행사장 자리에도 나타나지 않고 말이죠."

"흠⋯⋯."

"아무래도 변화가 있을 조짐입니다. 그 이유가 뭔지 아직 파악되지 않았지만, 우리도 준비하고 있어야 할 것 같습니다."

일도 이렇게나 잘한다.

사소한 변화라도 읽고 세심히 반응한다.

이런 게 바로 명품의 가치겠지.

북한이 수상해진 이유는 두 가지였다. 김정운이 조언을 듣고 움직이든가. 아니면 딴마음을 품었든가.

예상보다 빠르긴 했다.

이 정도는 홍주명에게는 알려야 한다.

"전에 만났을 때 이런 말을 해 준 적 있어요…….."

독대 당시, 우리 측에조차 밝히지 않았던 사실을 꺼냈다. 그중 친중국 인사 숙청이 있다고. 그 외에도 몇 가지.

조금 더 시간을 잡고 진행할 줄 알았던 터라 설레발 떨지 않았던 것뿐이라 지금까지 보안을 유지했다고. 여기 청와대도 모른다고. 오직 두 사람만 안다고.

홍주명은 바로 이해했다.

조금의 섭섭함도 내비치지 않고 그런 측면이라면 우리도 종전 협정에 초점을 맞추고 움직여야겠다고 말이다.

그렇게 며칠이 더 흘렀다.

【카투사, 역사의 뒤안길로 사라지나?】

【정부, 카투사 없앤다. 대한민국엔 앞으로 미국 육군 증강 한국군은 없다】

【한국군 지원단 소속 3,000여 명의 병력 전부 인근 부대로 재배치 발표】

카투사 폐지를 시작으로.

【주한 미군 공과금 미납 실태 심각. 전기세, 수도세를 안 내고 사용 중이라고?】

【천조국이 전기세를 안 내? 설마 배짱인가?】

【유니세프, 한국 정부의 공식 요청으로 주한 미군 부대 정밀 환경 시찰 실시】

【주한 미군 부지의 환경 오염 심각. 온갖 오염원들이 득실한 것으로 드러나다】

【주한 미군의 기강 최악. OECD 국가 중 미군이 주둔 중인 최근 10년간 사건·사고 주한 미군이 최고】

【주한 미군 한국인을 깔보나? 아직도 Give me chocolate을 연호하는 미군. 언제까지 받아 줘야 하나?】

곁가지로 미군의 명예를 마구 스크레치 내 준 다음.

묵직한 한 방을 먹인다.

【정부 전격 발표. 주한 미군 주둔 분담금 철폐】

【정부 대변인, 매년 사 주는 불량 무기만도 이미 한계점. 오히려 우리가 주한 미군에 주둔비를 받아야 한다】

【냉전이 사라진 지 30년이 넘었건만 주한 미군은 언제까지 그 지위를 누리려 하나?】

【주한 미군 사령부, 주한 미군 주둔 분담금 사용 내역 공개

거부. 이유는?】

◇ ◆ ◇

신문을 집어 던진 도람프였다.

그의 앞에 놓인 자료들은 전부 미국 위상이 나락으로 치닫
는 지표뿐.

특히 이번에 이슈된 무기 분야는 심각했다.

그동안 고분고분 잘만 무기를 사 줬던 국가들이 의문을 품
기 시작한 것이다.

더 치명적인 건 중동 국가들마저 한국의 선동에 흔들려 내년
에 계약할 물량을 보류시켰다는 건데. 국민의 눈치가 보인다고.

중동 국가들이 머뭇대자 다른 국가들도 하나둘 멈칫댔다.
일본만 현행을 유지하고.

또 한국이 문제였다.

치사하게 전기세 안 낸 것까지 기사로 내다니. 전기세는
왜 안 낸 거지? 운용비가 부족하진 않았을 텐데.

그 치사함이 미국의 이미지에 치명적으로 작용하고 있었
다. 유니세프가 나서며 환경 문제로 먹칠해 대고 한국 언론은
주한 미군이 저지른 사건·사고를 재조명하며 미군을 무슨 악
의 종자처럼 다룬다.

미국 제대 군인부 쪽 전역자들마저 나서서 저딴 쓰레기 같
은 놈들을 해외 파병해 자랑스러운 미군의 명예를 망치느냐

고 백악관에 성토 중이었다.

전부 한국에서 나온 기사를 인용하여 말이다.

"이 중 제일 치명적인 건 분담금 폐지입니다."

"……."

"즉시 멈추게 해야 합니다."

"……."

"한국의 사례를 따르는 국가가 늘어날수록 재정 압박이 심해질 겁니다. 추후엔 해외 주둔군 규모를 감축해야 할 겁니다. 이는 치명적인 손실이 될 겁니다."

"하아……."

도람프는 장대운을 죽이고 싶었다.

건방진 놈한테 부러질 뻔한 손가락만 생각하면…… 전이라면 어떻게 손 써 볼 수도 있겠지만, 대륙을 무릎 꿇린 대통령이라는 수식어 앞에 한국 국민이 똘똘 뭉쳤다. 그나마 말을 따르던 한민당은 보이지도 않았고 미국을 추종하는 세대들마저 중국에서 받아 온 배상금 잔치 앞에 입을 다물었다.

한국에 너무도 강한 대통령이 튀어나왔다.

'이래서 그토록 장대운의 집권을 막으려 했건만.'

만일 정상적인 대선이었다면, 국정 농단 이후가 아닌 일반적인 대선이었다면, 어떻게 손을 써 볼 수 있었을 텐데.

하필 전 대통령이 엿 같은 일로 탄핵당했다.

장대운의 지지율은 하늘을 꿰뚫었고.

국정 농단을 막지 못한 게 천추의 한이었다.

"군수 쪽에서도 말들이 나오고 있습니다. 이대로 계약을 망치게 된다면 민주당 쪽으로 핸들을 꺾을 거라고 노골적으로 나오고 있습니다."

"……."

"우선 한국을 달래야 합니다."

"……."

"그래서 제가 애초에 한국은 철강 관세 명단에서 제외하자고 하지 않았습니까. 건들어 봤자 남는 게 없다고요."

"……."

"모든 지표가 좋지 않을 쪽으로 흐르고 있습니다. 빨리 결단해야 합니다. 이대로 가다간……."

"우리가 자동차를 건들면?"

"예?"

"자동차로 위협하면?"

"자동차요? 장대운 대통령은 꿈쩍도 안 할 겁니다. 주한 미국 대사의 보고처럼 그는 우리의 계획을 모두 읽고 있습니다. 아마도 2차, 3차 계속 나오겠죠."

"하아, 씨, 이 자리에 스파이가 있나?"

"대통령님!"

"알아. 안다고. 그 자식 머리가 좋은 거."

"협상하십시오. 협상해야 합니다."

"중국처럼 경제 제재로 들어가면? 한국을 아예 망가뜨리면?"

"안 됩니다. 그랬다간 수십 년 이어온 혈맹이 사라질 겁니다. 그 책임을 누가 질 것 같습니까?"

"크음……."

도람프도 좋지 않음을 알았다.

장대운이라면 되레 좋다고 주한 미군 철수를 외치지 않을까? 미국의 진면목이 이렇다고 말이다.

설사 진짜로 주한 미군이 철수한단들 민주당이 집권하면 도로 아미타불이 된다. 어떻게든 전처럼 되돌리려 할 것이다.

아주 많은 것들을 양보하며 그 화살을 자신에게 꽂겠지.

그러곤 자신들이 다시 혈맹을 회복했다며 자화자찬하겠지.

철강 하나만도 이 지랄인데 한국에 양보하면 양보할수록 이 도람프의 이름은 천하의 역적으로 남을 것이다. 어휴~~~.

"하아……."

"협상하셔야 합니다. 중국 때문에 한국의 위상이 너무도 높아졌습니다. 전과는 격이 다릅니다. 격에 맞게 대하십시오. 그들을 계속 떠들게 두면 민주당까지 고개를 들 겁니다."

그래, 그 민주당이 문제였다.

그놈들 때문에 아무것도 못 한다.

당장 내년 대선만 아니라면…….

"훗날로 기약하십시오. 재선부터 하셔야 기회가 옵니다."

"……그 수밖에 없나?"

"우리가 무엇을 걸든 한국에서 동맹 파기가 언급된다면 재선은 끝입니다. 잊지 마십시오. 한국은 저 중국의 주요 도시를 향해 미사일을 겨누기도 했습니다. 잘못하다간 일이 더 커집니다. 미스터 프레지던트, 이제 몇 달 안 남았습니다."

"하아……."

그 쥐방울만 한 놈 하나 때문에 이게 뭔 망신인지.

아, 씨벌. 졸라 열받는데 다 포기하고 난장 한번 까 봐?

칼춤 한번 춰 줘?

가슴은 수도 없이 피를 보라 외치지만, 머리가 안 된다 막
는다.

이 도람프를 성공으로 이끈 이성이 이렇게 말하고 있었다.

협상해라.

협상해야 산다.

"후우…… 협상단을 꾸리세요."

"옙."

"호오, 너야?"

"하아…… 홀리 쉣, 너만큼은 만나고 싶지 않았는데."

싱가폴 삼자 회담의 히어로 정홍식과 그렉 아담스가 다시 만났다. 이전과는 다른 목적으로.

"잘 지냈어?"

들러붙는 그렉 아담스를 밀어내는 정홍식이었다.

"뭐야? 거나하게 뒤통수 까 놓고 웬 친한 척? 저리 안 가?"

"에이, 그거야 도람프가 제멋대로 정한 거고 난 아니잖아."

"그래서 도람프 없이 네가 이 자리에 올 수나 있고?"

"그건…… 아니지만."

안 통하네. 란 표정으로 툴툴대는 그렉 아담스지만.

정홍식은 저 제스처마저 계산된 것임을 잘 알았다.

"왜 만나자고 한 건지나 말해. 시간 끌 것 없이. 나 바쁘니까."

"지금 우리 말고 바쁜 게 있어?"

"웃기네. 미국이 뭔데?"

"우리는 위대한 미국이야."

"위대한 미국? 위대한 미국이니까 어련히 가장 좋은 방법을 선택했다는 거냐? 동맹 갈구기도?"

"에이, 무슨 동맹 갈구기냐. 어쩌다 실수한 것뿐이지. 결국 좋은 쪽으로 가게 될 거야."

"이거 웃기는 놈이구만. 그래서 네가 피카소보다 그림을 잘 그려?"

"갑자기 웬 피카소?"

"인류가 남긴 위대한 작품이잖아. 몰라?"

"……?"

"못 알아듣네. 위대한 미국이랑 도람프랑 그렉 아담스랑 무슨 관계인데?"

"……! 아! 아아~ 그 얘기구나. 인류에 피카소의 작품은 나올 수 있어도 내가 피카소가 될 순 없다는 거?"

"미국이 위대한 건 인정하지만 도람프가 위대한 건 아니지. 너네 미국인의 절반 이상도 인정 안 할걸."

"……."

그렉 아담스도 알았다.

대부분의 미국인에게 도람프는 좋은 이미지가 아니었다.

실제로 대선 때 지지율마저 다른 후보가 더 높았으니까.

이런 생각을 하는 사이 정홍식이 일어났다.

"왜 일어나?"

"더 할 얘기가 없어 보여서."

진짜 나가려 한다.

뒷모습을 보는 그렉 아담스도 알았다. 정홍식이 배짱부린다는 걸.

잡지 말아야 하지만. 백악관에서 날아온 명령은 '협상하라'였다. 그것도 원만하게.

이게 참 억울했다.

'쳇! 똥은 누가 쌌는데 나더러 치우래.'

더욱이 상대가 정홍식이다.

중국의 외교관을 상대로도 주먹을 날리던.

'잘 있는 동맹 건들더니 감당 안 되니까 헐레벌떡 보낸 주제에 원만히 해결하라고? 명령만 던지면 일이 끝나나?'

속으로 씩씩거리면서 그렉 아담스는 웃는 낯으로 정홍식을 잡았다.

"에이, 왜 이래. 그래도 우리가 한편이잖아."

"지금은 아니야."

"적이라고?"

"너희가 먼저 건드렸잖아."

"그건 도람프가 건든 거고."

"어랍쇼. 그새 배웠냐?"

"미국을 보라는 거야. 도람프 말고."

"그 미국이 지금 한국을 쳤다고."

"원하는 걸 말해."

"원래대로 돌려놔."

"에이, 알잖아. 그게 되겠냐?"

이미 선포한 정책이었다.

명분도 없이 돌렸다간 온갖 구설에 오를 것이다. 앞으로
펼칠 미국의 모든 정책에도 영향을 끼칠 테고.

"그래서 어쩌라고?"

"좋게 가자."

"네가 원하는 걸 말해."

"철강 풀어 줄게. 대신 환율이랑 농업을 손보자."

"환율이랑 농업을 희생해 철강을 살리라고? 환율은 그렇다
쳐도 농업은 FTA 초기부터 지금까지 곡물 수입과 식량 자급
관련 마찰이 심한 걸 알고도? 한국이 일방적인 타격을 받을
수밖에 없는 품목인 걸 알고도 건드는 거냐?"

"그렇게 나쁘게만 볼 필요 없잖아. 미국산 싼 곡물을 가져
가는 것도 한국 국민엔 이득이지. 언제까지 신토불이 할래?"

"아주 눈 가리고 아웅 해라. 협상하자는 건지 멱살을 잡자
는 건지. 할 얘기가 이것뿐이면 난 일어난다."

"아~ 왜 또!"

"너희가 만나자고 했잖아! 그럼 제대로 해."

"나도 제대로 하고 싶다고."

"그럼 우리가 먼저 말하지. 우린 처음부터 준비했어. 너희와 결별할."

"뭐라고?!"

발끈한다.

"일이 이렇게 될 줄 몰랐어?"

"그 말…… 진심이야?"

"그걸 왜 나한테 묻냐? 갑자기 철강에 25% 관세를 때리겠다는데 가만히 있어? 적으로 돌린 순간 각오했어야지. 잊지 마라. 너흰 한국을 상대하는 게 아니야. 장대운 대통령님을 상대하는 중이야."

"하아……."

협상은 아무 소득 없이 결렬이었다.

대전제 외 이빨도 안 박히는 정홍식을 상대로 그렉 아담스는 역량 부족을 실감하며 백악관에 보고를 올렸고 반면 한국은 미국이 철강을 볼모로 잡고 한국의 농업을 무너뜨리려는 시도가 있었다며 언론에 소개했다.

장대운은 춘추관에 모인 기자를 상대로 분연히 떨쳐 일어나겠다 외쳤다.

더는 미국의 억지스러운 주장에 끌려가지 않을 것이고 이참에 그동안 미국산 무기로 인해 손해 본 금액을 일괄 배상받는 소송을 걸겠다 선포했다.

말만이 아니었다.

실제로 국제 재판소부터 미국 연방 법원, 주 법원에 이르기까지 줄줄이 소송에 걸리자 단번에 허리케인급 뉴스가 되어 전 세계를 강타했다.

무기 수입 국가들이 출렁.

그들도 같은 마음이었다.

대안이 없어 울며 겨자 먹기로 산 거지 좋아서 산 게 아니다.

유럽의 방산 기업들도 난리가 났다. 그들도 미국보다 더했으면 더했지 덜하지는 않았다.

소송이 자칫 한국의 승리로 넘어가는 순간 세계 방산업의 갑을이 바뀌는 일이 벌어질지 모른다.

위기감이 치솟자 참아 주던 공화당에서마저 도람프를 치워야 한다는 목소리가 나왔다. 더는 놔둬선 안 된다고. 상대는 그 장대운이라고.

결국 또 도람프가 한국으로 날아왔다.

그러나 장대운은 맞이하러 문 앞에도 나가지 않았다.

집무실에 앉아 도종현의 안내를 받아 온 도람프에게 손만 한 번 까딱.

"여어~ 왔나요?"

"흐음……."

"뭘 서서 쳐다보고 계시나. 이리 와서 앉아요."

"……."

그래도 불만 가득, 바라만 보는 도람프와 시선을 맞춘 장대운은 피식 웃고는 예고 없이 으르렁댔다.

"머리끄댕이 잡혀 쫓겨나 봐야 정신 차리려나. 이 새끼가."

"······!"

"기자들 보는 앞에서 그 꼴 보이고 싶어? 원한다면 해 주지."

"네가······ 이러고도 무사할 거라 생각해?"

"레임덕에 빠진 대통령 따윈 하나도 두렵지 않지. 걱정은 네가 해야 할 거다. 내가 마음먹으면 넌 무조건 낙선이야. 그 날로부터 넌 네 사업체들이 하나씩 하나씩 망가지는 걸 보게 될 거고."

"······."

부들부들.

참지 못한 도람프가 몸을 돌려 집무실 문을 잡으려는데.

"끝낼래? 그 문을 나서는 순간 넌 미국 역사상 최초로 노숙 자가 된 대통령이 될 거다."

우뚝 멈춘다.

"의심할 필요 없어. 내가 책임지고 밑바닥까지 끌어내려 주지. 차라리 잘된 거야. 안 그래도 요새 기어오르는 놈들이 많던데 본보기로 딱이지. 전 미국 대통령 정도면."

도람프가 못 참고 몸을 돌렸다.

"나 아직 1년 남았다."

"그래서 할 수 있는 게 많다고?"

"······."

"아니, 넌 아무것도 못 할 거다. 그 문을 나서는 순간 바로 직무 정지당할 테니."

"······내가 직무 정지를 당한다고?"

"난 네 생각보다 너를 아주 많이 알아. 시험해 보고 싶으면 해도 돼. 그리고 정정해 주겠는데 넌 1년 남은 게 아니라 7개월 남은 거야. 딱 7개월."

"······."

"······."

"······."

"······."

"······넌 뭘 믿고 그리 당당하지?"

"나?"

"그래."

"죽음을 이겨 냈거든. 너로선 이해 못 하겠지만."

"······."

"오직 두려운 건 내가 바라는 그림이 완성되지 못하는 것뿐이다. 돈, 명예, 권력 따윈 나에겐 하등의 존재 가치조차 없어."

"······어떻게 사람이 그럴 수 있지?"

"너랑 나랑은 다른 사람이라는 거다. 그런 면에서 난 너의 상극이기도 하지. 어쩔래? 계속 버틸래?"

"흠······."

결국 도람프는 돌아와 소파에 앉았다.

장대운은 피식 웃었다.

"하여튼 일을 어렵게 만들어. 처음부터 그냥 앉았으면 아무 일 없잖아. 입 아프게."

"넌 이게 재밌나?"

"재밌겠냐? 대통령 된 지 벌써 2년 차 꽉 채웠다. 두 달 후면 3년 차에 들어가. 그동안 너 같은 애들 상대하느라 일만 하다 그 흔한 해외 순방 한 번 못 나갔다. 이게 재밌어 보여?"

"그렇군…… 바쁘게 움직이긴 했겠어."

"왜 온 거야?"

"정말 동맹 파기도 염두에 두고 있나?"

"그거야 네 하기 나름이지. 지금 한국이 미국 없으면 죽냐? 이봐요. 미스터 프레지던트. 지금은 1950년대가 아니에요. 정신 차리세요."

"결국 한국은 돌이킬 수 없을 텐데. 한국이 미국 없이 홀로 설 수 있을까?"

"미국이 한국을 홀로 안 놔두겠지."

"……?"

"네가 미국의 이익이 아닌 네 재선이 더 중요하듯 미국도 그래. 너랑 갈라서도 미국이 다시 찾아올 거야. 동맹 맺자고. 미국이 어떤 나라인데 동아시아의 포지션을 포기하겠어. 한국의 지정학적 위치 몰라?"

"……"

"한국이 미국과 동맹을 파기하고 중국과 동맹을 맺는다는 소식만 흘러도 넌 끝이야. 민주당이 스테이크 썰다 말고 튀어오겠지. 나랑 협상하려고. 협박을 하려면 이 정도 스케일은 돼야지 않겠어?"

"하아…… 넌 어떻게 그렇게 극단적일 수 있지?"

"너만 할까. 그리고 당연하잖아. 주위를 둘러봐라. 위쪽에
선 핵 만들고 서쪽에선 덩치 큰 이웃이 지랄해 대고 동쪽에선
야비한 섬나라 놈들이 뒤통수를 노려. 더구나 수십 년 혈맹인
척하는 인종 차별주의자 백인 놈이 자꾸 시비 터네. 등지느러
미를 안 세울 수 있을 것 같아?"

"……내가 인종 차별주의자라고?"

"멕시코 국경 방벽은 왜 쳤는데?"

"그건……."

"야, 너 나가!"

"나가라고?"

"내일 다시 와. 애가 아직 정신을 못 차리네."

"……?"

기껏 앉았더니 1분도 안 돼 가라니. 이게 뭔…….

"가라고. 가란 말 못 들었어?"

"……."

"끌려 나갈래? 걸어 나갈래?"

"후우…… 걸어 나가지."

황당하고 또 황당하고 너무 황당했다.

미국 대통령이었다. 위대한 미국의 대통령.

미국의 대통령인 자신을 이렇게나 초라하게 대할 수 있나?
천대할 수 있나?

도대체 저놈의 머리엔 무엇이 들어 있길래……?

그날 밤 도람프는 방송을 통해 장대운의 의중을 또 보았다.

≪나는 오늘 인류애와 인류 공동체적 책임감이 없는 사람과
는 1초도 같이 있기 싫어한다는 걸 깨달았습니다. 도람프 미국
대통령이 대통령 당선 후 한 게 뭡니까? 멕시코 국경에 방벽을
두르고 파리 기후 협약을 탈퇴한 거 아닙니까. 인종 차별이 어
디에서 일어나고 있나요? 세계에서 가장 많은 오염원을 배출
하는 국가가 어딥니까? 전부 미국 아닙니까. 겉으로는 위대한
미국이라며 세계사 온갖 곳에 죄다 끼어들면서 어째서 의무는
나 몰라라 할까요? 덩치 큰 아이가 남의 사탕 빼앗는 꼴과 무엇
이 다를까요? 이런 국가와 언제까지 심도 싶은 관계를 맺어야
할까요? 저는 심히 의심되기 시작했습니다……. ≫

돌아가라더니. 뒤통수를 까?
못 참고 벌떡 일어난 도람프를 어떻게 알고 달려온 참모진
들이 막았다.
다른 영상을 보여 준다.
이건 또 뭐지?
미국이었다.
영상 속 놈은 공화당 다음 대 대선 경선 후보였다. 대선 후
보 경쟁자.

≪……실로 안타깝기 그지없습니다. 당선 후 임기 4년간 해

185

놓은 게 결국 인종 차별과 지구사적 의무에 대한 외면이라니.
저 마이클 댐프시는 이에 대한 상당한 책임감을 느낍니다. 바
로 잡길 원합니다. 저라면 자기 기분에 따라 수십 년 혈맹과의
관계를 파괴하는 짓은 하지 않을 겁니다. 미국의 국익에 하나도
도움 되지 않기 때문이죠. 저라면 혈맹들과 더욱더 공고한 관계
를 만들 겁니다. 그게 미국의 국익에 합당하니까요…….≫

"……."

분노가 치달았지만. 도람프는 반박할 말을 찾을 수가 없었
다. 미국이 자신과 별개라는 장대운의 말을.

그제야 참모진들이 동맹 파기라는 단어가 나오는 순간 재
선은 끝이라는 조언이 가슴에 와 닿았다. 머리론 알고 있었어
도 가볍게 외면했던 말이 벼락처럼 날아와 심장에 콕 박혔다.

칼자루는 자신이 아닌 장대운이 쥐고 있음을.

"……."

무력감이었다. 실로 오랜만에 느껴 보는 패배감.

맥이 빠진 도람프는 소파에 털썩 앉았다. 눕듯 등을 기대
고 눈을 감았다.

어찌하다 일이 이 지경이 됐을까?

초반 중국을 요리할 때만 해도 좋았는데.

강한 미국, 미국을 위한 미국을 부르짖으며 바람을 몰 때만
해도 세상을 다 가진 듯했는데.

어찌하다 이 꼴이 됐나?

"이 내가…… 레임덕이라고?"

장대운이 내일 다시 오라 했던 이유도 알 것 같았다.

대화를 할 수 없었던 거다.

협상할 자세가 안 됐던 거다.

마지막 기회를 준 거다.

도람프는 평소 마음에 안 드는 직원들에게 즐겨 하던 짓이 떠올랐다.

You fire!

"……."

수틀리는 순간 가차 없었던 내가…… 수십 년 쓴물 단물 다 빨아먹으며 여기까지 올라온 이 도람프가 그놈한테는 안 된다는 건가?

그래서 처음부터 폭력적으로 나왔던가?

그 사실이 처절하게 다가왔다. 너무도 고통스럽게.

"……."

거의 뜬눈으로 새우듯 밤을 지낸 도람프는 다음 날 아침이 되자마자 청와대로 향했다.

장대운이 어제와 다름없이 맞이한다.

"얼굴이 괜찮아졌네. 흐음, 밥 먹었어요?"

"……."

"안 먹었으면 같이 합시다."

앉으라 해서 앉았다.

식탁에 금방 김이 모락모락 나는 밥이 올려졌다. 뜨거운

물에 담긴 밥이었는데 뒤이어 스크램블과 스팸 구운 것이 올라왔다.

"난 아침은 이렇게 간단히 끓인 밥이랑 이렇게 먹는 게 좋던데 어때요?"

"나도…… 괜찮소."

"다른 거 더 안 필요해요? 평소랑 똑같이 준비하라고 해서 갖고 왔긴 한 건데."

웬 젊은 여자가 음식을 가져다주며 말도 건다.

친근하게.

뭐지?

"으응, 됐어. 미안. 이렇게 일찍 올 줄 몰랐어."

"알았어요. 나는 따로 먹을게. 즐겁게 얘기해요."

스탭인 줄 알았는데.

엇! 영부인이었다.

그럼 이 상차림을 영부인이 했다고?

서둘러 인사하려 했으나 영부인은 이미 등 돌려 나갔다.

"으음……."

"드세요. 끓인 밥은 속을 편안하게 해 줘요. 뜨거우니까 조심하고요."

장대운이 후후 불며 먹는다.

한술 뜨고는 스크램블을 집는다. 스팸 조각을 잘라먹는다. 아주 맛있게.

반복이었다. 한술 뜨고 스크램블이랑 스팸.

도람프도 따라서 한술 떴다.

확실히 스팀이 올라오는 라이스라 뜨겁긴 했다. 들어가니
속이 뜨끈하다. 열이 후끈하고 이마의 땀구멍이 열리는 느낌.

'으음……'

스크램블도 부드러웠다. 간이 약한 게 흠이긴 한데 스팸이
짭짤하니 아주 잘 어울렸다. 스팸이 이렇게나 맛이 좋았나?
뜨끈한 라이스도 아주 좋았다.

식탁이 비워질 때쯤 홍차가 나왔다.

"식사는 어땠어요?"

"좋았소. 라이스가…… 뭐랄까 개운한 느낌이더군."

"맞아요. 끓인 밥에 한번 맛 들이면 못 벗어나죠. 뭘 대단
한 걸 먹어도 종래엔 그거 한 그릇 해야 속이 편해지니까."

"그렇소?"

"적당히 먹으면 소화도 도와주니 참 좋습니다. 한국인의
주식답게."

환하게 웃는 장대운이었다. 적의 하나 없는 깨끗한 미소.

그러고 보니 이렇게나 편했던 게 언제인지 기억도 나지 않
았다.

매일매일 어떻게 하면 경쟁자를 죽이고 무엇이라도 하나
더 빼앗아 올까의 반복이었으니.

그 덕에 이만큼까지 올라왔지만.

무언가 큰 걸 잃은 건 아닌 건지…….

"그래, 슬슬 본론으로 들어갈까요?"

"……."

"어떻게 정리는 좀 됐어요?"

"으음…… 내가 어떻게 해 주면 좋게 끝내 주겠소?"

"없던 일로 하면 됩니다."

"내 사정을 봐줄 생각은 없소?"

"국익을 위한 자리잖아요. 우리 서로."

"그것도 맞군."

"……."

"……."

"……대안은 있나요?"

"철강 쿼터제는 어떻소?"

"수출 할당제인가요?"

"그렇소."

"한국만?"

"몇 개국 겸사겸사 넣어야겠지."

"수준은요?"

"60%."

"70%로 해 주세요. 나머진 감수하죠."

"……!"

끝이라고? 벌써? 더 협상 안 하고? 80%로 올려 달라든가. 준비 다 해 왔는데.

'뭐가 이렇게 쉬워?'

풀려도 너무 술술 잘 풀린다. 그동안의 아옹다옹이 다 뭔가 싶을 만큼.

'그런가? 애초에 장대운은 나와 싸울 생각이 없었던가?'

정말 건드려서 반응한 것뿐이라고?

알다가도 모를 인간이다.

장대운이 갑자기 상체를 앞으로 기울인다.

"난 말이에요. 상식선에서 조금 손해 보고 이익 보고 하는
정도는 이웃 간의 배려로 생각하는 사람입니다. 자꾸 다 먹으
려 하니까 발악한 거죠. 그냥 죽어 줄 순 없잖아요."

"……."

"한국의 것이 탐난다면 그냥 와서 조금만 떼어 달라고 하
세요. 다른 나라도 아니고 혈맹인 미국인데 모른 척할까요?
억지만 안 부리면 서로에게 도움이 될 겁니다."

"……."

"그동안의 무례는 사과할게요. 이해해 주세요. 나도 집을
지켜야 하는 사람이니까요. 미스터 프레지던트 당신이 미국
의 영광을 재현하고 싶듯."

정중하게 사과하는 장대운을 보는데 도람프는 정말 졌음
을 깨달았다.

이게 설사 장대운만의 레퍼토리더라도.

마음이 이미 움직이고 있었다.

그랬다. 처음부터 이렇게 했으면 될 일이었다.

괜한 머리싸움 없이.

도람프는 환히 웃으며 손을 내밀었다. 장대운도 그 손을

잡았다.

그날로 그는 돌아갔고 실무진은 따로 꾸려져 협상하는 척약 일주일간 언론 플레이에 들어갔다.

그렇게 한미 FTA가 개정됐고 한국은 25% 관세를 때려 맞는 대신 전년도 물량의 70% 수준으로 철강 쿼터제에 들어가는 국가가 됐다.

미국으로 가는 54개 철강 수출 품목 중 어느 것의 합이든 총량의 70%를 차치하는 순간 관세 25%가 발동한다는 조건인데 한국도 1년에 대략 260만 톤 정도는 이전처럼 수출할 수 있게 된 거로 마무리했다. 25% 관세보단 나으니. 25% 관세란 한국산 철강 제품을 수출할 수 없다는 뜻과 같았다.

물론 이도 가변적이긴 했다.

백악관이 이번 한미 FTA 개정을 무시하고 뒤로 미국 기업을 조종해 한국의 철강이 일부러 외면할 수도 있었다. 또 정치적으로도 도람프가 물러가고 민주당이 득세할 때가 되면 또 어떻게 변할지도 모른다.

제일 좋은 건 관세 면제인데.

여간해서는 거기까지 가기가 쉽지 않아 보였다. 한 번 가기가 어렵지 간 후부턴 되돌리기가 더 어려운 세상이니까.

이렇게 또 한고비를 넘기는가 싶었다.

이를 갈고 있을 중국은 일본을 주도로 구성되는 EAEB(East Asia Economic Belt. 동아시아 경제 벨트) 때문에 정신이 없었다. 무역이 비록 중국의 열 개 기둥 중 하나밖에

차지하지 못하나 그 하나가 외부 영향력의 기반이 되는 셈이
니 어떻게든 훼방 놓아야 했다.

일본은 7광구 개발에 앵앵대는 것 외 딱히 움직임이 없어
(미국 석유 카르텔이 입성한 후부터) 한국은 잠시 숨 돌릴 시
간을 갖게 되었다.

후읍, 후우우우.

스읍, 푸우우우우~~.

몇 번이나 심호흡했을까?

이제 좀 내치에 집중해 볼까 마음먹는데.

생각지도 못한, 아주 의외의 곳에서 어퍼컷이 날아왔다.

퍽.

"예?"

"환경 단체들이 난리입니다."

"왜……요?"

그린피스, 지구의 벗, 세계자연기금 같은 거대 외국 환경
단체들이 한국으로 몰려왔다고 한다.

그 때문에 녹색 연맹, 환경 정상, 환경 운동 협회 같은 한국
의 환경 단체들도 덩달아 일어나 국격이 손상됐다고 시위를
해 댔다.

"태평양의 쓰레기 섬이라고 아십니까?"

"알죠. 온갖 나라에서 버린 플라스틱 쓰레기들이 둥둥 떠
다니다 태평양 한가운데 모여 거대한 섬을 이룬…….."

"지금 그 규모가 한반도 면적의 7배에 달한답니다."

"예?! 남한도 아니고 한반도를 기준으로요? 아아, 그렇게나 넓어졌구나. 2011년만 해도 남한의 절반 정도였는데. 근데 왜 난리죠?"

"문제는 그게 아니기 때문입니다."

"……?"

"저들이 대통령님의 발언을 문제 삼고 있습니다."

"……! 제가 뭘요?"

"인류애와 인류 공동체적 책임감이 없는 사람과는 1초도 같이 있기 싫다고 하셨잖습니까. 철강 분쟁 때 도람프가 파리 기후 협약을 탈퇴했다느니 뭐니 하시면서요."

"아…… 그렇죠. 그 말을 하긴 했어요. 그 자식 공격하느라."

그게 왜?

우린 파리 기후 협약을 성실히 이행하려고 준비 중인데.

"이 일로 혹시나 하여 제가 해양수산부를 따로 방문해 봤습니다."

"……?"

해양수산부는 또 왜?

"해양 폐기물이 어느 정도인지는 알아야 뭐라도 대화가 되지 않겠습니까?"

"아…….."

"2017년 기준 한국에서 나온 해양 폐기물이 연간 14만 5천 톤이랍니다. 올해는 더 넘을 것 같답니다."

"……?"

그래서?

아직까지 멍한 장대운을 두고 김문호는 설명을 이었다.

"해양수산부에서 영상을 하나 봤습니다. 미국 연구진이 2017년 6월부터 2018년 5월까지 바다에 흐르는 미세플라스틱을 추적한 결과라고요."

"……예."

"심각하더군요. 온 바다가 울긋불긋했습니다. 6월에 들자 북태평양 전체가 시뻘게집니다. 동남아시아는 빨갛게 칠했고요. 9~10월에 비로소 그 붉은색이 인도양과 남태평양으로 이동하긴 하는데 문제는 그 쓰레기 섬 또한 점점 더 세력을 키워 가고 있다는 겁니다. 거기에서 나오는 미세플라스틱에 오염된 개체수가 어마어마하다는 거죠. 그때 조사단이 이런 의문이 들더랍니다. 인간이 만든 오염원이 틀림없고 저걸 제거하기 위해 인류 전체가 공동으로 대처해야 한다면……그렇다면 도대체 어떤 나라가 저 쓰레기 섬에 지분이 가장 높을까? 궁금하더랍니다. 그래서 네덜란드의 비영리 환경 단체 오션클린업에 의뢰를 하게 됐고요."

"……!"

느낌이 싸해졌다.

"오션클린업이 북태평양의 플라스틱 고농도 밀집 지역에 그물을 펼쳐서 100톤이 넘는 플라스틱을 수거했답니다. 종류를 헤아려 보니 6천여 점이라더군요. 그걸 분석해 쓰레기를 바다에 버린 나라를 역추적했답니다. 그 결과가 궁금하지 않으십니까?"

"설마…… 우리가?"

"아니요. 1위가 일본이랍니다. 34%."

"아……."

그나마 다행이다.

"2위가 중국이랍니다. 32%. 곧 역전하겠죠?"

"……."

"3위가 우리 한국이랍니다. 10%. 저 미국이 7%로 4위고요."

"말도 안 돼!"

어떻게 한국이 미국보다 많을 수가 있지?

인구부터 시민 의식까지 무엇도 부족하지 않은 나라인데.

"말이 안 되는 게 아닙니다. 한국의 플라스틱 사용량은 해가 갈수록 기하급수적으로 늘고 있습니다. 포장은 전부 플라스틱입니다. 아시지 않습니까. 해마다 엄청난 양이 쏟아져 나오는 거."

"……."

"물론 어민들이 쓰다 버린 폐그물과 폐어구, 부표 찌끄레기가 80%에 달하긴 한다더군요."

"아아……."

그러면 어느 정도 이해가 갔다. 해양을 정화하려면 폐그물과 폐어구부터 정리해야 했으니까.

아닌가? 아님 말고.

"올해 세계에서 사용할 플라스틱 총량이 4억 6천만 톤이라

합니다. 40년 전인 1980년대보다 5배나 껑충 뛰었다네요. 이 계산법으로 앞으로 40년 뒤엔 12억 3천만 톤에 이를 거라 보고요."

"흐음, 심각하군요."

"예, 아주 심각합니다. 이번에 케냐 나이로비에서 제5차 유엔 환경 총회가 열렸다고 하는데요. 175개 나라가 이 문제에 대해 2024년까지 구속력이 있는 제도를 만들겠다 합의했다고 합니다. 하필 이럴 때 대통령님께서 환경 문제를 거론하셨죠. 처들어올 명분도 좋게."

"하아…… 내가 내 무덤을 팠구나."

아주 뺨 때려 달라 얼굴을 들이민 격.

중국과의 대치, 미국과의 갈등을 연거푸 터트리며 그렇지 않아도 세계적인 이슈 몰이 중인 한국이었다. 그뿐인가? 영화, 드라마, K팝, K푸드가 널리 퍼지며 한글까지 세계 속에 자리 잡기 시작했다.

그야말로 인싸의 나라.

얼마나 까기 좋나.

인싸인 한국을 까면 깔수록 환경 문제에 대한 국제적 인식이 강렬해질 테니 환경 단체로선 이보다 좋은 교보재는 없었다. 아마도 죽을 때까지 물고 늘어지겠지.

"그래서 대응은?"

"해양수산부에서는 하천에 부유식 차단막을 설치하겠다 의견을 냈습니다. 이것만으로도 수거 비용의 90%가 절약된다더군요."

"그거로 될까?"

"안 되죠. 더 강력하고 획기적인 게 필요할 때입니다."

씨익 웃는 김문호에 장대운은 썩은 미소를 날렸다.

"애초부터 염두에 두고 보고하는 거구나."

"얼마나 좋아요. 알아서 홍보해 주겠다고 달려왔는데요. 저들이 도랑을 쳐 주니 우린 가재만 잡으면 됩니다."

"그런가?"

꿩 먹고 알 먹고, 마당 쓸다 동전 줍고, 떡 본 김에 제사 지내고…….

김문호는 자신만만했다.

"위기는 위협과 기회 아닙니까. 저들이 발광할수록 우리의 카드는 더욱 빛날 겁니다."

"하긴 언제 꺼내나 고민하고 있긴 했는데……."

"이참에 거하게 따귀 한번 날리시죠."

"……."

거하게라…….

"수십억 달러 이상의 홍보 효과가 날 겁니다."

"알았어. 알았어. 잠시 대기. 생각 좀 해 보자."

김문호를 물리고 지켜봤다. 며칠간.

언론이고 환경 단체고 한국의 부끄러운 민낯이라며 온통 정부를 까 댔다.

듣다 보니 좀 억울했다.

아니, 씨벌, 막말로 그 태평양 쓰레기 섬을 내가 만들었나? 왜 나한테만 지랄들이야~~~.

저들의 얘기를 귀 기울이다 보면 내가 꼭 지구적 환경 재앙의 원흉인 것 같았다.

그래서 태평양 쓰레기 섬 지분 1위라는 일본의 상황은 어떤가 살펴봤다.

"어쭈."

시위를 하긴 하는데 영~ 관심이 없다. 호응도 없고.

일본 시민들은 물론 일본 정부, 일본 언론도 도통 한줄 기사 이상의 임팩트가 없었다. 다들 자기 일이 아니라는 듯 비껴 지나가기 바빴고 시위하는 이들이 당혹스러울 만큼 건조하기만 했다.

하긴 일본이 그렇지.

2위인 중국을 보았다.

"뭐야?"

시위는 개뿔. 외국인 몇몇이 피켓 들고 있는 것이 전부였다. 그나마도 공안이 오는 순간 해산.

나 원 어이가 없어서. 한국만 시끄럽다.

오직 한국만.

"또 호구 잡힌 거야?"

왜 한국만 난리야~~~~~~~~.

만만한 건 또 한국이냐~~~~~~~~~~~.

기분 좋아지게 말이야.

절로 미소가 나온다.

이때부터 본격적인 고민에 들어갔다.

- 이 상황을 조금 더 한국의 이익에 걸맞게 움직이려면 어떻게 해야 할까?

- 이놈들을 어떻게 요리해야 우리의 이익이 극대화될까?

신에겐 도신유전과 부성 테크가 있소이다.

플라스틱을 기름으로 환원해 버리는 무지막지한 기술력이 왼손에 있었고 거기에서 나온 그나마의 폐기물마저 완벽하게 분해해 버리는 정화력이 오른손에 있소이다.

두 개의 여의주. 비와 구름이 손에 쥐어졌다.

그렇다면 남은 건 하나였다.

바람.

"좋아. 너희들이 그렇게 원한다면 바람을 키워 주지."

아주 폭풍우로.

세계 환경 포럼이 열렸다.

대한민국 환경부가 주최하고 기업들이 후원하여 지식 공유를 통한 세계 환경의 균형 있는 유지와 인류 번영을 위한 위대한 목표를 둔.

주제는 '위장 환경주의'의 퇴출이었다.

환경을 위한다며 대대적으로 홍보하며 이익을 꾀하나 실제로는 아무것도 하지 않는 것들 그린 워싱(green washing)에 대한 대안들.

급박하게 조성했어도 꽤 많이 모였다.

이미 한국에 들어와 있던 그린피스, 지구의 벗, 세계자연기금 외 씨 셰퍼드, DxE, PETA 같은 해외 단체들이 들어왔고 한국 소속 환경 단체들은 전부 참여했다.

보통 언론사나 세계적 환경 기업이 주최하는 것과는 달리 정부인 환경부가 나섰으니까.

이들이 보는 현시점 환경 문제의 극단적 문제점이란 아주 공통적이고 명확했다.

지구 온난화. 이 지구가 뜨거워지고 있다는 것.

이에 대한 원인으로 온실가스(이산화탄소·메탄·아산화질소)와 프레온가스, 냉매, 계획적 구식화(일회성 혹은 소모품)를 들고,

그리하여 비롯될 해수면 상승, 해양 산성화, 인류 멸망(에코 아포칼립스, 페름기 대멸종, 홀로세 대멸종)을 예고한다.

그래서 우리 인류는 앞으로 채식주의로, 생태주의(에코파시즘, 에코페미니즘)로, 금욕주의(맬서스 트랩)로 돌아가자고 말이다.

수학 공식인 건지.

아주 점잖이.

우아하면서도 질기게.

우긴다.

한정실 환경부 장관의 화답 연설이 이어졌다.

"환경 정책 기본법 제3조의 4를 보면 환경 오염이란 사업 활동 및 그 밖의 사람의 활동에 의하여 발생하는 대기 오염, 수질 오염, 토양 오염, 해양 오염, 방사능 오염, 소음 및 진동, 악취, 일조 방해, 인공조명에 의한 빛 공해 등으로서 사람의 건강이나 환경에 피해를 주는 상태를 규정합니다. 그러나 이제 우리가 말하는 환경 문제(環境問題)는 자연이 더 이상 스스로 정화할 수 없는 임계점에 도달하여 생기는 각종 문제점을 이릅니다."

특별히 임대한 호텔 연회장에 그녀의 낭랑한 목소리가 울려 퍼졌다.

"환경 오염은 현시점, 인류의 존망을 가장 크게 위협하는 문제이며 이와 비견될 위협은 군사적 위협밖에 없을 겁니다. 아니, 그 군사적 위협조차 개념상 인류라는 종의 멸종까지 갈 가능성은 핵전쟁으로 돌이킬 수 없을 만큼 환경이 파괴되는 상황을 이릅니다. 사실상 없을 일이지요. 왜냐하면 군사적 위협은 그래도 인류가 어느 정도 통제할 수 있기 때문입니다. 반면 환경은 그렇지 못합니다……."

그녀의 발언을 시작으로 각 환경 단체에서 나와 현시점 우리가 풀어야 할 숙제들을 나열했다.

이 문제를 해결할 수단으로 기후 공학(탄소 포집), 대체 에너지(에너지 저장 체계, 수소 경제, e-Fuel, 핵융합 발전), 히트 펌프, 대체육 같은 뻔한 것들을 들고나와 이것들의 효용을 발표하고 속한 단체가 이걸 어떻게 활용하고 있음을 나불댔다.

자본 투자도 탄소 배출권이나 그린뉴딜, ESG, RE100 같은 것들로 구분해야 함을 역설하였다. 택소노미, 친환경적인 동력 개발을 통해 지속 가능한 환경 운동을 독려하자는 것.

이 일을 위해 유엔 환경 계획(UNEP, 몬트리올 의정서)· 유엔 기후 변화 협약 당사국 총회(UNFCCC COP, 교토 의정서·파리 협정)·기후 변화 정부 협의체(IPCC, 공통 사회 경제 경로(SSP))·녹색 기후 기금(GCF)·기후 기술 센터 네트워크(CTCN)·국제 재생 에너지 기구(IRENA) 등이 참여하고 있음을 밝히며 자기 권위를 높였다. 닥치고 내 말을 들으라고.

묘하게 뒤틀린 느낌이었다.

누구도 이 환경 문제가 인간이 계속 살아가기 위한 최소한의 수단임을 꺼내지 않고…… 지구가 아파서, 동식물을 보호하기 위해서 등등 이상한 이타주의를 들며 그 이면에 꽂힌, 지구가 제공하는 생태계 서비스에 의존하는 인간이 초래할 결과들이 인간이 인간으로서 계속 살아가기 위한 것에 얼마나 방해되는지에 대해서는 의견을 아주 끝머리에 살짝씩만 언급하고 만다. 전부가 똑같이.

이도 눈 가리고 아웅인 건지.

너무도 익숙해졌는지.

매너리즘마저 느껴졌다.

'모아 놓으니 제 잘났다 하기 바쁘네.'

우리는 이런 것도 연구했어.

우리는 이렇게나 파고들었어.

우리는 이런 것도 할 생각이야.

소속 단체의 품격을 높이려만 들고 절실함은 보이지 않았다.

이마저도 그들만의 리그인 것 같았다.

아니면, 진짜 일하는 실무진이 나오지 않아서일지도 모르겠다. 그들에겐 이런 자리보다 눈앞 상황이 더 급할 테니까.

이래저래 실망만 컸다.

더 재밌는 건 세계 환경 포럼을 열어 주자 시위가 사라졌다는 것이다.

홀연히. 소리 소문 없이.

이놈들도 정치적이라는 것. 이놈들도 똑같다는 것.

물론 다 그렇다고는 절대 생각하지 않는다. 암 그렇고말고. 다 그랬다면 저 거대 단체들이 여태 유지되지 않았을 테니까.

"시작하자."

"예."

포럼이 막바지에 이르렀다.

슬슬 가방을 싸며 옆 사람과 친분을 나누고 본격적인 인맥 활동을 위해 연회장으로 이동하기 직전, 그들만의 리그로 올라가 샴페인 잔을 부딪치기 직전, 시커먼 경호원들이 우르르 몰려가 자리 잡았고 김문호가 연설 석상에 올라갔다.

"아아, 곧 대통령님께서 도착하십니다. 약 30분간 여러분과 대화를 할 예정입니다. 연회장으로 가실 분들은 가시고 대통령과의 대담에 참여하실 분들은 남아 주십시오."

모두가 멈췄다.

이들이 아무리 세계적 명성을 떨치고 있더라도 한 나라의 정상급과 마주할 기회는 거의 없었다.

장관급도 잘 마주치지 못하는데 하물며 보통 대통령도 아닌 장대운이었다. 세계적 톱스타 출신의 대통령.

언젠가부터 각 나라 정계에 또라이라는 말이 나돌긴 하나 이도 어쨌든 기회였다.

이들이 동아시아의 이 작은 나라까지 날아온 건 한국을 제물 삼아 환경 문제에 대한 위험성을 널리 키우기 위함이 컸으니.

장대운을 잡는다면 소속 단체의 위상이 더욱 높아질 것이다. 그에 급부하여 커질 후원금 규모를 생각하면 무조건 자리에 남아 있어야 한다.

한 명도 움직이지 않았다.

기자들도 마찬가지였다.

식상한 주제에, 식상한 대안으로, 식상한 시간만 때운 그들에게 장대운의 등장은 흡혈귀에 쫓기는 누군가의 머리 위로 떠오른 태양과도 같다.

또 어떤 특종이 떨어지려나?

더구나 방송용 카메라까지 등장한다.

해외 단체들은 어리둥절했지만. 한국인은 알았다.

이거 생방송이다. 뭔가 일이 터질 모양이다.

"안녕하세요. 세계 환경 지킴이들을 이렇게 한 자리에서 뵙게 되다니 참으로 영광입니다."

환한 미소로 시작하는 장대운에 플래시가 터졌고 참석자들도 전의를 다졌다.

"오면서 대략의 내용을 살펴보니 여러분들이 얼마나 우리 환경에 대해 진심이고 또 얼마나 노력하는지 알 것 같았습니다. 지구인을 대신해 감사의 인사를 드리겠습니다. 참으로 훌륭하십니다."

장대운은 능수능란했다.

아이스 브레이킹을 하듯 전혀 관계없는 주제…… 날씨가 점점 추워진다고 단단히 입고 다니라는 등 이럴 때는 뜨끈한 국밥 한 그릇이 제격이라는 등 너스레를 떨어 가며 분위기를 만들어 갔다.

"우리 한국도 2000년대에 들어서며 환경 문제에 대한 심각성을 아주 잘 인지하고 있습니다. 겨울만 되면 저쪽 서쪽에서 몰려오는 미세먼지 때문에 숨을 쉴 수가 없어요. 이 때문에 우리 아이들의 건강이 심각하게 위협받고 있지요. 옆 나라는 뭐 하나 모르겠습니다. 그렇게 돈이 많다면 인민들 가스보일러나 좀 설치해 주지 그 오염된 공기가 다 누구 코에 들어가겠습니까."

"……그래서 우리 한국은 이미 종량제를 실시하고 있고 쓰레기 분리수거에 온 국민이 참여하고 있지요. 참으로 굉장한 국민성이 아닙니까. 환경 오염이 심각하다니까 자발적으로 돕겠다 나섰으니 말입니다. 이런 나라 보셨습니까?"

"물론 한국도 화력 발전을 하고 있습니다. 그러나 옆 나라처럼 막 떼는 게 아닙니다. 환경 규제에 맞게 실시하고 있지요. 국민이 이렇게 자발적으로 나서는데 국가가 뭔데 제멋대로 행동하겠습니까."

"우리 한국은 이미 대체 에너지 개발과 환경 보호에 상당한 투자 중이고 앞으로도 국가적 차원에서 앞장설 것을 약속드립니다. 말로만 하는 것이 아닌 진짜 실천하는 국가가 될 것이며 이도 여러분들이 잘 지켜봐 주셨으면 좋겠네요. 감사합니다."

이제부터 본격적인 타임이라는 듯 질문할 사람을 찾자 수십 명이 한꺼번에 손들었다.

장대운이 그중 한 명을 콕 집자.

허연 수염이 난 노년의 남성이 일어났다.

"그린피스의 로이드 후커입니다."

"오오, 그린피스군요. 예, 무슨 질문이 있으십니까?"

"아까 하신 말씀 중에 상당한 투자 부분이 궁금한데요. 구체적으로 알 수 있습니까?"

너도 말만 내뱉은 거 아니냐고 묻는 거다. 건방지게.

"으음, 대체 에너지 개발과 환경 보호 말씀이십니까?"

"예, 어디에서 어떻게 투자를 하고 있는지 들어도 될까요?"

"어렵지 않습니다. 우리 한국은 2000년부터 환경 오염에 대한 심각성을 인지하고 그에 관한 투자를 상당 부분 이어 왔습니다. 그러다 인류의 발전, 인류의 안락함을 위해 희생된 자연을 회복시키려면 다시 또 기술의 발전만이 그 해답이라 결론을 내렸습니다. 이후부터 연간 1억 달러 이상씩 연구 개발에 몰두하고 있지요. 대답이 됐습니까?"

"어느 분야인지도 알 수 있습니까?"

"당연히 재생과 처리죠. 우리가 이 자리에 있는 것도 결국 재생과 처리가 안 돼서가 아닙니까."

"그렇……습니다. 그런데…….."

"무엇이 궁금하신 줄은 아는데 끝머리에 다시 언급하겠으니 지금은 다른 분들께 기회를 주심이 어떨까요?"

"……예."

다음으로 넘어갔다.

또 손 드는 이들 중 한 명을 집었다.

젊은 여성이 일어났다.

"지구의 벗에 크리스틴 로빈슨입니다. 이번에 태평양 쓰레기 섬 조사 보고서를 읽어 보셨습니까?"

"예, 그렇습니다."

"한국이 3위던데 이에 대한 입장이 궁금합니다."

첫마디부터 공격적이다 했더니. 너네가 그렇게 해양에 쓰레기를 버린다며? 따귀부터 날린다. 싸가지 없이.

이러면 또 우리는 곱게 못 나가지.

어차피 곱게 나갈 생각이 없었더라도 더 격렬하게 조져 주마.

"저도 그 보고서를 봤습니다. 그 보고서대로라면 우리 한국이 저 깨끗한 바다에 무단으로 플라스틱 쓰레기를 버리는 나라로 봐도 무방하더군요. 보고서 내용이 이렇지 않습니까? 태평양에 떠다니는 플라스틱 쓰레기 100톤을 수거하여 분석한 6천여 종 중 10%가 한국산 제품이라고요."

"예."

"근데 말입니다. 어디에도 우리가 버렸다는 증거는 없더군요. 그냥 한국산 제품이 10%였다는 거였죠."

"예?"

"한국산 제품을 우리 한국에서만 씁니까?"

"아니, 그래도 한국 플라스틱 제품이 10%나 나온 것 아닙니까?"

"난 그만큼 한국산 제품이 세계에 널리 퍼졌다고 이해했습니다. 미국의 어떤 연구소가 해류를 떠도는 미세플라스틱을 1년간 추적했다네요. 그 영상을 보면 계절에 따라 미세플라스틱 분포가 달라지던데요. 1년 내내 한국의 동해와 남해는 아주 양호한 것으로 드러났습니다. 동남아, 북태평양에 비하면 새파랄 정도더군요. 만일 이 문제가 심각했다면 한국의 동해와 남해부터 시뻘겋게 나와야 했을 겁니다. 즉 2위 32%를 차지한 중국산 플라스틱도 중국산 제품이 널리 퍼진 바람에 생긴 오해라고 봐야겠죠. 다만 34%를 차지한 일본은, 일본과 맞닿은 해양의 색깔이 좋지 않은 거로 보아 어느 정도 책임이 있을 테고요."

"그렇다면 한국은 태평양 쓰레기 섬에 책임이 없다는 겁니까?"

"없다는 게 아니라 공교롭게도 동아시아 삼국이 1, 2, 3위를 했다는 게 우습다는 겁니다. 그 지표로 마치 세 나라가 공공의 적이 된 것처럼 구는 것도요. 사실상 오염 하면 미국 아닙니까. 미국은 역대 최다 이산화탄소 배출 국가이자 쓰레기, 수질 오염, 토양 오염 문제 등에서 타 국가들에 비해 독보적으로 심각한 수준 아닌가요? 물론 중국도 1, 2위를 다투죠."

"……."

얘도 불리한 건 대답 안 한다. 한 번 더 찔렀다.

"샌프란시스코에 본부가 있는 지구의 벗이라면 더 잘 아실 텐데요. 미국의 환경 오염 수준이 어떤지."

"……."

뭔가 욱 올라오는 표정이다.

장대운은 크리스틴 로빈슨에게서 시선을 뗐다.

"미국, 중국 뒤로 인도, 브라질, 러시아가 뒤를 바짝 쫓고 있다죠? 인도는 개발 수준이 초기 상태인데도 벌써 이산화탄소 3위의 배출 국가에 2014년 WHO에서 조사한 오염된 도시 리스트의 최상위권을 대부분 먹었다죠? 러시아는 꾸준히 줄어들고는 있다지만 여전히 세계 4위의 이산화탄소 배출 국가이고. 카라차이 호, 체르노빌, 핵 잠수함으로 대표되는 핵폐기물 문제가 심각한 편이고. 브라질은 아마존 파괴 문제가 압도적이죠. 세계 산소 공장이 무너지는 중."

들으라는 듯 이곳에 모인 전부를 쳐다보았다.

해외에서 이름 좀 터는 환경 단체란 결국 선진국 소속이었다.

너희들이 과연 환경 오염에 대해 타국에 간섭할 자격이 있나?

"자동차 등록 대수만 봐도 인구 자체가 많은 중국, 인도 외엔 전부 선진국이 최상위예요. 국제 사회엔 지구 온난화를 막고 탄소 배출을 줄여야 한다고 호소하면서 자동차는 또 그렇게 열심히 몰고 다니시더군요. 앞에서는 환경 보호를 부르짖으면서 뒤에서는 자국 산업이 침체할까 봐 전전긍긍하는 것이 소위 선진국이란 말입니까?"

그렇게나 환경 보호를 하고 싶다면 너희들부터 자동차를 줄이는 게 맞지 않겠나?

미국인은 자동차 모는 게 당연하면서 어째서 아시안, 아프리칸은 안 되니?

요새 또 전기차가 혹 올라오니까.

우리 미국인은 친환경적인 전기차를 탑니다. 이런다.

지구 온난화 때문에 내연 기관을 줄여야 하니 콩고 분들은 비싼 전기차를 타시거나 아니면 걸어 다니세요. 중고차요? 안 돼요. 환경에 너무 나빠요. 타지 마세요!

씨벌.

작년에 중국에서 이런 발표를 한 적이 있었다.

- 환경 문제 때문에 앞으로 중국은 재활용 쓰레기 받지 않습니다.

이 정책 하나에 선진국에선 2018년 올해 쓰레기 대란이 일어났다.

겉으로는 깨끗한 척, 돈 주고 개도국에 쓰레기 처리 맡기다 뒤통수 거나하게 맞은 것이다.

환경 운동에 대한 불만은 당연했다.

개발도상국에 바보만 살까?

지들은 신나게 자동차를 타면서, 우리가 먹고살려고 석탄 때는 건 왜 욕하냐?

지들은 환경 규제 없던 시절 중화학 공업 발전시켜 강대국이 되었으면서, 왜 이제 와 환경 규제로 우리를 가로막느냐?

우리가 외화에 허덕일 때 너희는 그걸 빌미로 쓰레기를 덤탱이 씌웠잖아.

한국이라고 다를까?

한국에도 일본산 쓰레기가 무지막지하게 들어온다.

'짜증 나는데 이것도 털어야겠어. 아, 아니야. 아니야. 플라스틱은 계속 가져와야지. 다 기름인데.'

열받은 김에 더 갈궈 주려는 순간 다른 이가 손들었다.

아직 크리스틴 로빈슨의 시간이 끝나지 않았는데. 쳐다보니 또 별 불만이 없어 보이길래 고개를 끄덕여 줬다.

중년의 남자가 일어났다. 남미계 사람 같았다.

"세계자연기금의 마르셀로 비즐리입니다."

"예, 말씀하세요."

"대통령님의 고견을 잘 들었습니다. 몇 가지 오해의 소지가 있어 정정하려고 합니다. 우리가 이 자리에 모인 건 서로의 탓을 하자는 게 아니라 좋은 방향을 모색해 보자는 취지입니다. 우리도 지금의 행태에 문제가 많은 걸 알고 있고 이를 개선하려고 노력 중이니 서로에게 도움이 될 만한 이야기로 이끌어 가는 건 어떨까요?"

에헤이, 알 만한 사람이…… 대충 넘어갑시다. 공격적으로만 나오지 말고.

"그래서요?"

"환경 문제만 보자는 겁니다. 인류 전체를 위한 일이니 개발도상국들도 협조하는 게 좋지 않을까요? 물론 각국 정부가 합의했다 하더라도 경제 주체들의 이기주의로 인해 그것이 잘 지켜지지 않을 수도 있지만 말입니다."

이놈도 웃겼다.

결국 자기들도 대안이 없다는 것이다.

대안이 없는 거 너도나도 다 아니까 괜히 얼굴 붉히지 말자고.

장대운은 피식 웃었다.

"이래도 안 되고 저래도 안 된다면 환경 단체는 왜 필요한가요?"

"예?"

"여긴 이래서 안 되고 저긴 저래서 안 되니 어쩔 수 없다면 너희들은 왜 존재하냐고 질문하는 겁니다."

"……."

"환경 오염이라면 목숨 걸고 덤비는 일선 단체원들에게 부끄럽지도 않으십니까? 그들의 활약상을 보면 거대 기계를 상대로 맨몸으로 막아서던데. 수뇌부라고 하는 사람들이 여기 앉아서 정치 타령이나 하고 있다니. 이래서 오래되면 썩는다는 말이 나오는 겁니다."

"대통령님, 말씀이 지나치십니다."

"너희가 자연에 지나치세요!"

일갈한 장대운은 마르셀로 비즐리가 아닌 카메라를 보았다.

"태평양 쓰레기 섬에서 나온 플라스틱 제조국 중 우리 한국이 3위를 했다고 얼마 전까지 시위가 컸지요. 아주 난리를 부렸습니다. 그런데 말입니다. 이렇게 세계 환경 포럼을 열어 주니, 포럼 후에도 샴페인 마시며 친목 도모할 수 있게 연회장도 마련해 주니 어떻습니까? 지금 광화문에 시위가 있습니까?"

없다. 조용하다.

온갖 피켓 들고 소리치던 인간들이 싹 사라졌다.

"이게 환경 운동의 민낯입니다. 물론 일선에서 고생하시는 분들을 탓하고자 하는 말은 아닙니다. 그런데 말입니다. 여러분은 1위 한 일본에서 이들이 진행한 캠페인이 어떻게 됐는지 아십니까? 일본은 아무도 신경 안 씁니다. 무관심 속에서 자기들만 몇 번 외치다 끝냈습니다. 2위 한 중국은 어떨까요? 우르르 모여 있지도 못합니다. 몇 명이 피켓 들고 왔다 갔다 하는 걸 사진 찍고는 공안이 오는 순간 알아서 해산입니다."

장대운이 포럼에 참석한 이들을 가리켰다.

카메라가 그 손짓에 따라 그들을 비췄다.

"저들은 분명 환경 문제가 전 인류적 문제라고 하지 않았나요?"

"……."

"……."

"……."

"……."

"……."

"……주둥이만 살아 있다는 거죠? 입으로만 나불나불. 율
법만을 외치는 바리새인같이요. 즉 저들이 관심 있는 건 환경
이 아니라 자기 영욕이라는 소리겠죠."

이 순간 얼굴이 붉어지는 건 한국 소속 환경 단체들뿐이었다.

다른 이들은 한국어를 못 한다.

장대운이 한국어로 바꾼 순간 일이 어떻게 돌아가는지도 모
르고 어리둥절한 표정만 짓는다. 그 모습이 전부 생중계됐다.

"1901년 미국 캘리포니아 리버모어라는 도시의 한 소방서
에 전구가 하나 설치됩니다. 사람들은 이 전구의 빛이 좋아
절대 끄지 않았죠. 100여 년이 지난 지금에도 말입니다. 재밌
는 건 지금도 그 전구는 첫날처럼 여전히 빛나고 있다는 겁니
다. 중간에 간 게 아니에요. 그놈이 100년간 계속 빛을 내고
있다는 겁니다."

이곳이 강연장이었으면 '말도 안 돼' '에이' '설마' 같은 부정
형과 '정말이요?' '우와~' '그런 전구가 있었어요?'라는 긍정형
이 뒤섞여 나왔을 것이다.

이런 반응은 발언자에게 힘이 되는데.

여긴 그걸 기대할 수 없었다.

215

"이 전구는 어째서 100년 두고도 망가지지 않았을까요? 무엇이 특별하길래 이토록 수명이 긴 걸까요? 1881년 에디슨이 발명한 것과 비슷한데. 참고로 에디슨의 것은 수명이 1,500시간이었다고 합니다. 소방서의 전구는 에디슨의 것을 조금 개선한 모델이고요. 정상적인 사고력이라면 여기에서 한 가지 질문이 나오게 됩니다. 왜 소방서의 것만 특별할까?"

잠시 뜸을 들인다.

다른 이들이 생각할 시간을 주기 위해서였다.

이 과정을 통한 것과 그렇지 않은 건 인식의 정도에서 상당한 차이를 보인다.

"설마 그때의 기술이 더 뛰어나서일까요? 모든 게 앞선 현대를 생각한다면, 논리적으로 보아도 오늘날 생산하는 전구가 더 나아야 하는 게 아닌가요? 그 반대가 아니라? ……이참에 전구가 아닌 다른 기기들을 살펴볼까요? 옛날 구형 TV들은 오늘날의 TV보다 수명이 길었습니다. 아니, 모든 전자 기기들이 초기 모델의 수명이 훨씬 깁니다. 왜 이런 걸까요? 설마 현대의 기술이 그때보다 부족해서인가요?"

"……계획적 구식화!"

누군가의 목소리였다.

참석자 중 하나인 것 같은데 찾을 수가 없었다.

"맞습니다. 1924년 이런 일이 벌어집니다. 제너럴모터스가 자전거의 유행에서 힌트를 얻어 새 시장 전략을 내놓는데 출시 전에 자기 제품의 수명이 단축되도록 설계해 버린 겁니다. 단가 문제와 상관없이 일부러 저질 부품을 사용하고 과도한 마모를 유발하는 부품을 넣는 식으로 말이죠. 수리도 어렵게. 소비자들에게 그 제품을 버리고 새 제품으로 구입하게 유도하려고 말이죠."

말 끝머리에 슬쩍 참석자들을 살폈으나 반응이 없었다.

또 호응이 나올까 기대했건만.

아간 자기도 모르게 튀어나왔나 보다.

이럴 때 티키타카 하면 효율이 배가 되는데. 아깝게.

"제대로 만든 장난감 속에 작고 부서지기 쉬운 플라스틱 부품을 넣습니다. 최대한 빨리 닳는 배터리를 만듭니다. 쉽게 올이 나가는 스타킹을 제조하죠. 스타킹도 처음에는 수명이 1년이 넘었다죠? 요즘은 어떤가요? 두 번 이상 입는 여성 있나요? 옷감에도 손을 대 조금만 잘못하면 뜯어지고 세탁 관리도 어렵고 잘 보관하지 않으면 금세 헤지고 금세 털이 날리게 만듭니다."

지그문트 바우만(Zygmunt Bauman)이라는 폴란드 출신 사회학자가 이런 말을 남겼다.

- 과도와 낭비의 경제가 되는 것 외에도, 소비주의는 또한 그리고 똑같은 이유로 사기의 경제이다. 소비주의는 소비자의 정통한 결정이 아니라 소비자의 비합리성에 투기한다. 그것은 소비자의 이성을 일깨우는 것이 아니라 소지자의 감정에 투기한다.

그렇다면 장대운이 주장하는 계획적 구식화란 무엇인가?

이것은 상품의 유용한 유통 기한을 인위적으로, 계획적으로 제한하는 관행을 뜻했다. 제조업자들이 상품을 기획할 때부터 특정 기간이 지나면 쓸모가 없어지게 만든다는 것.

소비주의를 증진시키기 위해.

오래 가는 상품을 사면 그 사람은 수년간 그 제품을 다시 살 필요가 없잖나.

반면에 제품이 상대적으로 빨리 소모되면 소비자는 자주 다시 사야 할 것이다. 제조업자들은 덩달아 더 많은 매출이 생기고.

"똑같은 해, 1924년 크리스마스 데이에 말이죠. 스위스 제네바에 제법 영향력 있는 인물들이 모입니다. 훗날 이 단체를 '포이보스 카르텔'이라고 불렀는데요. 이름은 참 좋습니다. 태양신 아폴론을 염두에 두고 만든 거라. 그런데 말입니다. 이놈들의 행위가 아주 고약합니다. 지들끼리 모여서 쑥덕쑥덕 맺은 첫 협약 중 하나가 뭔지 아십니까? 바로 10만 시간 이상 지속되는 전구 특허를 금지하는 것이었습니다."

그 외 그들은 많은 다른 제품에서 계획적 구식화를 부과하는 협정을 만든다.

아주 많은 곳으로 이 개념이 퍼져 나가게끔 한다.

그들의 지갑을 위해. 그들의 논리를 위해.

현대에 들어 이 개념은 제조 회사의 바이블이 된다.

1. 기능의 구식화

- 제품의 기능은 점점 더 향상되기에 소비자는 늘 새로운 모델을 구매해야 한다.

2. 품질의 구식화

- 일정 시간이나 사용 후에는 제대로 돌아가지 않아야 한다.

3. 호감도의 구식화

- 패션과 경향(트렌드)을 조작하여 제품의 호감도가 떨어지게 한다. 디자인의 개선 외 자질구레한 것들로 소비자가 스스로 '업데이트'를 요구하도록 유도한다.

오늘날에는 한발 더 나아가 계획적 구식화를 감정과도 밀접하게 관련시켰다.

크게 개선이 되지 않았더라도 소비자가 최신 모델을 얻고 싶은 욕망이 생기도록.

이런 소비 이면에는 높은 매출을 유지한다는 회사들의 최종 목표가 있는데 계획적 구식화는 이 목표를 성취하기 위한 거대한 전략이었다.

문제는 소비자들이 어느새 제품의 품질이나 유용성에는 관심조차 주지 않는 영역에 도달했다는 것이다. 필요가 아닌, 갖고 싶은 것에 대한, 계속 소비하려는 강력한 욕구로서.

시장 조종의 한 형태였던 것이 뒤돌아보니 소비자의 갈망으로 바뀌었다는 것.

사람들의 뇌리에 어느덧 계획적 구식화가 장착되어 버린 것이다.

- 중고 물품은 빨리 버리고 새것으로 대체하자.

이러한 행태의 소비는 소비자에게 만족감, 통제감, 심지어 권력감까지 준다.

빠져나올 수 없는 쾌감과 중독으로.

"1965년 발명된 플라스틱 백 즉, 비닐봉지는 분명히 말씀 드리건대 되풀이하여 재사용하는 아주 오래 가는 제품이었습니다. 그런데 오늘날 비닐봉지의 사용 기간은 얼마나 될까요? 평균 15분이랍니다. 그리고 그것이 분해되는 데에는 1000년이 걸린다고 추산하죠. 보십시오. 해마다 생산되는 플라스틱 제품의 50%가 일회용이랍니다. 어쩌면 우리는 그것을 사용한다기보다 맹렬히 확산시키고 또 간단히 폐기 처분함으로써 플라스틱 산업이 계속해서 번창하도록 돕고 있는 건 아닌지요."

다시 참석자들을 쳐다보는 장대운이었다.

너희는 정말 가슴에 손을 얹고 최선을 다했다 말할 수 있는가?

"주요 플라스틱 제조업체 대부분이 석유, 가스 회사를 소유하거나 산하에 있고, 2014년에는 전 세계 석유 소비의 6%를 썼다 합니다. 이들은 자신들을 비판하는 환경 보호 운동에 대해서도 초자연적인 저항을 보여 주었죠. 너희들이 뭐라 한들 플라스틱은 소각되어 사라진 일부를 제외하고는 지속적으로 너희 곁에 존재한다는 거죠. '쓰고 버리는 세계'를 구성한 놈들의 의도에 따라. 그런데 그들이 초래한 재앙은 누가 책임지죠? 감당이 안 됩니다. 플라스틱 1년 생산량이 인류 전체 몸무게 총량과 맞먹는다는데. 태평양 거대 쓰레기 지대의 면적이 이미 프랑스 영토의 3배라 하고, 코카콜라사가 뿌린 플라스틱병은 지구를 700번 감을 수 있다던데."

BBC에서 '플라스틱 인간'이라는 주제로 다큐멘터리를 제작한 적이 있었다.

공적 정화 운동, 지역 사회들에 의한 플라스틱 수집과 재활용, 해초로 바이오플라스틱 만들기 시도, 물에서 플라스틱 걷어 내는 도구와 장치 등등 아주 다방면으로 이 문제를 해결하려는 노력을 방영했는데.

결론은 같았다.

- 효과는 극히 미미하다.

이 모든 것을 멈추려면 플라스틱 생산을 멈춰야 한다고 시사했다.

그러나 오늘날 사회 시스템은 플라스틱 사용을 기본으로 한다. 따라서 사회를 구조적으로 변화시키지 못한다면 아무것도 못 바꾼다는 것만 확인한 방송이었다. 성장에 중독된 산업계와 정치가들은 이마저도 읽씹한다는 것까지.

그들에게 선(善)은 곧 성장이었고 살아갈 이유였다는 걸 우린 너무 늦게 알았다.

"지구 생태 용량 초과의 날이 있다죠? 2016년은 8월 22일이었고 2017년은 7월 29이었다고 알고 있습니다. Earth Overshoot Day. 곧 지구 생태 용량 초과의 날이란 물, 공기,

토양 등 자원에 대한 인류의 수요가 지구의 생산 및 폐기물 흡수 능력을 초과하게 되는 시점을 일컫습니다. 다시 말해 지구한테 받은 용돈 같은 겁니다. 1년간 써야 할 용돈을 우린 8월과 7월에 탕진했다는 거죠. 그 시기가 점점 줄어들고 있고 남은 기간만큼 빚이 쌓인다는 겁니다."

"……."

"……."

"……."

"……."

"영원한 번영이라는 달콤한 속삭임 속에 우리는 우리의 토대를 일시적인 것과 쓰고 버리는 것들 위에 세우고 있는 건 아닐까요? 이 사실을 인식한다 한들 우리가 앞으로 닥쳐올 자원 전쟁이나 쓰레기에 덮여 질식하고 있는 지구에 대한 이야기 때문에 성장을 포기할까요? 아니요. 절대 그러지 않을 겁니다. 성장은 우리 시대의 도그마이기 때문입니다."

도그마.

기독교의 교리로 구체적 조건을 고려하지 않고 고정적으로 주장되는 명제.

논증이나 증명은 거부하면서 다른 논증의 근거는 되는 막다른 벽을 말한다.

신앙심(信仰心)으로 번역되는…… 굳은 믿음과 그러한 가치관으로서, 이 단어를 사용할 때 보통 부정적인 어감으로 독단, 집념 또는 고집 같은 맥락에서 쓰일 때가 꽤 많다.

"성장 위주의 경제에서는 내구성은 저주이고 계획적 구식화는 신(神)입니다. 소비자들은 정부가 산업에 내구성, 수선 가능성 등 가급적이면 수명이 다할 때까지 업그레이드할 수 있도록 강제하는 조치를 취하기 바라는데 애석하게도 오래가는 상품에 지속적으로 수익이 생기는 경제적 모델은 없습니다. '파타고니아(브랜드)'처럼 틈새를 공략하는 경우가 아니라면 말이죠."

에너지 효율이 높고, 재활용이 가능하고, 자연 분해되면서 독성이 없는 상품들이 눈에 띄게 호황을 누리고 있다지만.

자원 착취는 계속해서 악화된다. 아이러니.

이때 누가 손을 들었다.

아까 나왔던 젊은 여성 크리스틴 로빈슨이었다.

"말씀하세요."

"지금까지의 말씀을 종합해 보면 생산자의 책임에 대해 중점을 두시는 것 같은데 환경 오염이 꼭 생산자의 책임인지 묻고 싶습니다. 현 세계는 이미 생산자 책임의 확대라는 개념으로 순환경제를 시도 중입니다. 시스템 보정을 통해 회수한 물자와 부품을 재활용함으로써 최신 버전으로 업그레이드하고 있죠. 성장은 하되 물질적인 투입량을 줄이고 있다는 겁니다. 이 노력조차 폄훼하시는 겁니까?"

애 봐라. 갑자기 누구 편을 드는 거냐?

너 환경 운동가 아냐? 개념마저 상실했나?

의아했다. 왜 자기가 찔린 것처럼 나댈까?

"나는 그 약간의 속죄 행위 정도로 용서받으려는 시도 자체가 문제라는 겁니다. 그들은 극단적 이기심으로 세상을 망쳤어요. 이제 와 조금 내놓는다고 이 위기가 없어진답니까? 그래서 문제가 사라지고 있나요? 그 기다림 동안 현실은 과잉 생산, 과잉 소비로 인한 쓰레기 홍수에 시달리고 있어요. 그걸 막아 줄 댐이 없으니까요."

"댐이 없다고 제방 건설마저 막자는 건 오히려 역설이 아닙니까. 근원적 차단은 불가능하다는 것쯤 우리도 알고 있습니다. 재활용 분류를 의례적인 속죄 행위로 생각하는 것도 알고요."

"알고 있다면서 어째서 이 모든 걸 소비자의 처신에 초점을 맞추지요? 애초에 더 오래 쓰는 물건을 만들면 되지 않습니까. 더구나 당신이 말하는 그 재활용도 또한 상당량의 에너지를 요구하는 산업적 공정이고 독성 폐기물을 만들어 내는 다운사이클이 아닌가요?"

"……."

"지금 말씀하시는 것도 따져 보면 사실, 문제를 위한 문제 제기가 아닌지 모르겠습니다. 돌이킬 수 없는 것에 대한 지적은 자칫 방향성 상실로 이어질 수 있음을 염두에 두시면 좋겠습니다."

그녀를 돕겠다는 건지 마르셀로 비즐리가 멋대로 끼어들었다.

로이드 후커마저 슬그머니 한마디 꺼낸다.

"맞습니다. 현 세계가 이렇게 된 건 되돌릴 수 없습니다.

그렇다면 최소한의 노력이라도 더해야 하지 않겠습니까? 생산자든 소비자든 제어하지 않는다면 지구는, 우리 인류는 정말 심각한 문제에 도달하게 될 겁니다."

봇물이 터진 건지.

"맞습니다. 당장 우리 한국은 해양으로 나가는 플라스틱 쓰레기 처리 방안부터 논의해 봐야 합니다. 세계 3위랍니다. 세계 3위요."

"폐수 문제도 심각하죠. 생활 하수 문제도 논의 사항입니다. 분출되는 오염도가 바다의 정화 능력을 한참 상회했어요. 이대로 가다간 정말로 인류는 아포칼립스를 맞이할 수도 있습니다."

"전부 옳은 말씀입니다. 한국도 어느새 신선한 공기, 좋은 먹거리 문제에서 벗어날 수 없게 되었어요. 음모론을 건들기 전에 우리가 해야 할 일부터 해야 하는 게 응당 현시대를 살아가는 우리의 숙제입니다."

여태 한마디도 안 하던 한국의 녹색 연맹, 환경 정상, 환경 운동 협회에서 나온 이들까지 거들어 댔다.

힘을 얻은 크리스튼 로빈슨은 다시 마이크를 잡았다.

"지구라는 한 행성에 살기 위해 소비를 줄이고 거대한 쓰레기를 더미를 만들어 내는 체제에 맞서야 한다는 인식은 모두가 공유 중입니다. 우리는 낭비적이고 변덕스러운 기업 주도의 악순환의 고리에서 벗어나 필요한 것을 지속 가능한 방식으로 생산하는 경제 체제를 원합니다. 논란만 일으키는 음모론 따위가 아니라."

쳐다본다.

너도 결국 별 수 없지 않느냐?

너도 대안이 없으니 우리와 같지 않느냐?

따위라고 표현하며.

'기고만장하기는 쥐뿔도 모르는 것이.'

장대운은 비웃어 주었다.

크리스틴 로빈슨의 외투를 검지로 가리켰다.

"필요한 것만 생산하는 경제 체제라…… 글쎄요. 플라스틱 먹는 애벌레, 음식물 처리를 위한 바퀴벌레 농장, 아스팔트에 플라스틱을 섞자는 과학자를 말하고 싶은가요? 당신이 입은 버버리는 어떤가요? 그 손목에 찬 시계는? 반지는? 귀걸이는요? 입술에 바른 립스틱은요? 허영을 없애자면서 내 눈엔 허영의 최첨단을 달리는 거로 보이네요."

순식간에 카메라가 그녀의 의복과 액세서리, 얼굴을 훑었다.

기가 막히다는 듯 입을 떡 벌리는 그녀를 대신해 녹색 연맹에서 나온 여자가 나섰다.

"대통령님, 인신공격은 지양해 주셨으면 좋겠습니다. 환경 문제를 논의하다 갑자기 개인을 공격하는 건 국격에도 문제가 생길 수……."

"당신은 누군가요?"

"녹색 연맹의 조소현입니다."

"내 발언의 무엇이 문제라는 겁니까?"

"예?"

"묻는 겁니다. 내 발언의 어디가 문제라는 거죠?"

"그야…… 대승적 토론에서 너무 개인적인……."

너무 유치하지 않냐는 것.

"그럼 더더욱 그 대승적 토론이 환경 문제를 소비자의 처신으로 초점을 맞추면 안 되죠. 자기 멋대로 재활용 안 하면 양심 없는 인간들로 만들어 놓고 너희는 허영을 부려도 된다는 겁니까?"

"그건……."

"저기 로이드 후커라는 양반이 쓰는 펜을 보십시오. 저 안경을 보세요. 메이커가 뭔지, 그가 신은 구두를 보세요. 이뿐입니까. 마르셀로 비즐리의 외투, 셔츠, 손가락에 낀 반지. 이 모든 게 자원의 착취에서 나온 게 아니라는 보장이 있습니까? 조소현 씨 당신은 당신의 삶을 제대로 살고 있습니까?"

"……."

"그래도 이만큼 싸운 덕에 사람들이 재활용에 애쓰고 있지 않습니까?"

또 누가 끼어든다.

"누구세요? 말씀하시려면 본인부터 밝히세요. 여기가 마음대로 자기 말을 하는 장소는 아니지 않습니까?"

"아, 죄송합니다. 환경 정상의 김정미입니다."

"네, 무엇을 말씀하시고 싶은 건가요?"

"세계적인 운동인 재활용을 말씀드린 겁니다."

"업사이클링을 말씀하시는 거죠?"

"예."

"애석하지만 나는 그것마저 조종의 한 유형이라고 생각합니다. 대의는 좋죠. 재갈 풀린 소비주의를 제한하고 환경을 보존하자는데 말이죠."

"예?"

"그걸 소비자가 주창한 건 아니지 않습니까? 소비자는 소비할 뿐입니다. 생산자가 만들어 놓은 울타리 안에서 삶을 영위하는 거죠."

"그럼 재활용도 잘못됐다는 말씀이십니까? 아, 저는 환경 운동 협회의 유영아입니다."

"이런 식의 재활용이 잘못됐다는 겁니다. 문화 운동이 말이죠. 아무런 효용도 없는 눈 가리고 아웅 하기잖아요."

"어떻게 그런 말씀을…… 우리는 정말 필사적으로 노력하는……."

유영아가 한마디 더 하려고 하는데 크리스틴 로빈슨이 끼어들었다. 독살스러운 눈빛으로.

"그러는 대통령님이 입은 의복과 헤어스타일링은 괜찮다는 겁니까?"

그새 회복하고는 까분다. 다 죽어 가던 주제에.

이래서 독고다이가 힘들다.

하나를 완벽히 박살 낼 시간이 없다. 날파리들이 많아서.

그러나 나는 장대운이다.

"나는 괜찮습니다."

"예?"

무슨 말도 안 되는 소리냐는 표정이었다.

"나는 내가 쓰는 소비의 모든 것을 책임질 수 있습니다. 당신과는 다르게."

"그, 그건…… 아!"

그제야 눈앞의 대통령이 누구인지 떠올린 크리스틴 로빈슨이었다.

대통령 이전에 세계적 기업의 총수이자 세계 최고 투자사의 빅보스.

그가 자기 소비를 컨트롤 못 한다는 건 말도 안 된다.

하지만 이 발언에는 심각한 오류가 있었다.

이 자리는 개인의 영역을 따지러 온 게 아니니까.

크리스틴 로빈슨은 반격하려 했다.

"물론 대통령님은 괜찮겠죠. 그럼 다른……."

"우리 대한민국도 괜찮습니다."

"예?!"

개인이 아니라 국가 단위도 괜찮다고?

태평양 쓰레기 섬 지분의 10%나 차지한 게 한국산인데?

"말도 안 돼."

"무엇이 말이 안 되죠?"

"대통령님, 막 던지시면 곤란합니다. 정확한 근거에 의해 발언하셔야 합니다."

"맞습니다. 환경 오염은 전 지구적인 문제입니다. 그런 식의 발언은 포럼의 취지에서 한참을 벗어납니다."

또 우르르 달려든다.

"너희들의 태도는 안 그렇고요?"

니 옷, 니 액세서리, 니 재산. 일일이 가리켰다.

그러나 이 와중에도 유교 탈레반 같은 주둥아리는 여전했다.

"우리의 태도가 문제 된다면 기꺼이 수정하고 사과하겠습니다. 하지만 한국이 환경 문제에서 자유롭다는 발언은 추후 문제의 소지가 될 겁니다. 일시간의 충동적으로 나온 말씀일 수 있으니 정정의 기회를 드리겠습니다."

"맞습니다. 토론 중 감정이 격해질 수도 있고 의견 교환 간 오해가 있을 수도 있습니다. 서로 좋은 쪽으로 결론을 내렸으면 좋겠습니다."

허튼소리 말고 끝내자.

지금까지의 무례는 넘어가 줄 테니 너도 사과해라.

아주 웃기는 놈들이었다.

불리하다 싶으면 우르르 몰려와 대의명분적 말만 던진다. 자기들이 전부 옳다는 듯. 그러곤 나는 대인배는 관대하게 용서하겠다. 대신 뒷구녕으로 뭐라도 내놔라.

어디에서 많이 본 행태 아닌가?

한민당.

'아서라. 이놈들아. 내가 그 한민당을 십수 년간 조진 사람이다.'

이때 카메라맨은 장대운의 입꼬리가 살짝 올라가는 걸 발견했다.

포커스를 제대로 잡았다.

온 국민이 장대운의 입꼬리에 주목했다.

"이 사람들은 참으로 이상하네요. 이래서 세계 환경 운동이 결실 없이 표류하는 건지도 모르겠습니다. 한 나라의 대통령이 꺼낸 발언마저 자기 입맛에 맞지 않으면 부정합니다. 이게 현 환경 운동의 실태인가요?"

"그럼 토론을 계속 이어 나가시겠다는 겁니까?"

으르렁댄다.

하룻강아지 주제에.

"못 할 게 뭐 있나요? 나 장대운입니다. 대한민국 국민이 5년간 우리 대한민국을 올바른 길로 이끌라고 뽑은 리더. 한낱 기업도 리더의 말이 천금과도 같은데 감히 너희 따위가 대한민국 국민의 염원을 의심해요? 똥통에 던져도 부족할 거짓말쟁이들 주제에."

"거짓말쟁이요?! 명백한 모욕입니다. 우리 그린피스는 절대로 이 일을 참지 않을 겁니다."

"지구의 벗도 동참하겠습니다. 상종 못 할 분이셨군요."

"……"

세계자연기금의 마르셀로 비즐리만 입 다물었다.

그만이 한국의 환경 단체와 가까이 앉아 있었기에 속삭임을 들을 수 있었다.

지금 분위기 이상하다고. 대통령이 저렇게 나올 때는 꼭 일이 벌어졌다고. 한두 번도 아니고 지금까지 대통령과 토론한 모든 이들이 박살 난 건 이 맥락을 읽지 못해서라고. 우리는 조용히 하자. 더는 나서지 말자.

설마 했지만.

분쟁에 동참하는 것도 좋지 않은 이미지라 참았다.

한국말을 알아듣나?

"안 참으려면 어쩌시려고요? 우리나라랑 전쟁이라도 하시게요?"

"못 할 것도 없죠. 한국산 제품에 대한 전량 재검토를 요구하겠습니다."

"맞습니다. 제품에 무엇을 섞었는지 알 수 있나요? 전부 조사해서 명백히 밝히겠습니다."

무릇 환경 조사라는 것이 코에 걸면 코걸이, 귀에 걸면 귀걸이였다.

기준을 통과해도 어떤 성분이 검출된다면 그 성분이 검출됐다고 떠들면 끝나는 것이라 저들이 작정하고 각 나라를 압박한다면 그 나라의 수출 기조에 상당량 피해가 갈 것이다.

장대운은 이도 비웃었다.

"이것 좀 보십시오. 환경 단체란 것들의 행태가 이렇습니다. 이런 놈들이 지구 환경을 지키겠답니다. 일국 상대로 서슴없이 협박해 대고. 이런 놈들을 우린 깡패라고 부르죠? 심히 거슬리는군요. 다 잡아다 수용소에 처넣고 싶을 만큼."

"사과하십시오. 방금의 발언은 전 세계 환경 운동가들을 모욕하는 것입니다."

"네 행동이 그분들을 모욕하겠지요. 쥐꼬리만 한 권력에 취해 샴페인이나 마시려는 주제에."

"국가의 수반이 던지는 인신공격도 가히 좋은 모습은 아니죠."

"공부 좀 더하고 오세요. 아까 보니까 환경 운동과 기업 옹호도 헷갈리던 것 같던데 지구의 벗이 참으로 딱합니다."

"뭐, 뭐욧?!"

뾰족한 소리도 터지고.

"건방짐이 하늘을 찌르는군요."

"대통령님 발언이나 책임지시죠. 한국은 환경 문제에서 자유롭다는 말 책임질 수 있습니까?"

"책임질 수 있습니다."

"무슨 근거로요?"

"그건 알 거 없고요. 이왕지사 말이 나온 김에 계약이나 하나 하죠. 서로의 말을 지키나 못 지키나. 지키는 순간과 못 지키는 순간에 대한 베네핏과 페널티를 상정하고요."

"……."

"왜 입을 다물죠? 그린피스와 지구의 벗은 자기가 뱉은 말도 책임 못 지나요?"

"……."

"……."

"그럼 이 자리에 있을 자격이 없군요. 나가 주세요."

"무, 무슨 권리로 우리는 내쫓는다는 거죠?"

"맞습니다. 우린 정식으로 초청을 받아……."

"주최자가 그 초청이 잘못됐음을 깨달은 겁니다. 환경 운동가를 불렀더니 사기꾼이 왔어요. 사기꾼은 내쫓아야 마땅하지 않겠습니까? 포럼의 질이 떨어지니까 말이죠."

경호원들이 움직이고. 바로 내쫓을 기세라.

크리스틴 로빈슨이 망설이다 마이크를 잡았다.

"……그래서 페널티가 뭡니까?"

"한국이 약속을 이행하면 그린피스, 지구의 벗이 태평양에 떠다니는 플라스틱 쓰레기들을 전부 수거해 한국에 보내 주세요."

"예?!"

잠시 이해 못 하는 표정을 짓는다.

이곳에 모인 모두의 표정이 그랬다.

베네핏과 페널티를 헷갈린 게 아니냐고.

"어차피 환경 단체로선 이득 아닙니까? 한국이 해양으로 흘러가는 플라스틱 쓰레기 14만 5천 톤에 대한 문제를 50% 이상 낮추면 그린피스와 지구의 벗이 어떻게든 태평양에 떠다니는 플라스틱 쓰레기를 한국으로 운반해 주시면 됩니다. 꿩 먹고 알 먹고. 도랑 치고 가재 잡고 아닙니까?"

"안 됩니다!"

"대통령님, 이건 안 됩니다."

"그랬다간 한국이 온통 쓰레기 천국이 될 겁니다."

이번엔 한국 단체가 난리 났다.

매년 바다로 흘러가는 14만 5천 톤의 쓰레기 처리도 문제지만 면적만 이미 한반도의 7배 면적이라는 태평양 플라스틱 쓰레기를 어떻게 소화할까?

　그들의 다급함에 용기를 얻었는지 움츠렸던 로이드 후커와 크리스틴 로빈슨이 나섰다.

　"14만 5천 톤의 50%를 절감 못 하면 어떻게 되는 겁니까?"

　"매년 10억 달러 상당의 기부를 하죠. 한국 정부 명의로."

　쿵!

　포럼 회장에 폭탄이 떨어졌다.

　마르셀로 비즐리는 주먹을 꽉 쥐었다.

　나도 나설걸. 젠장.

　불안한 예감이 어떻든 그냥 나설걸.

　자그마치 10억 달러짜리 딜이었다.

　고개를 돌려 로이드 후커와 크리스틴 로빈슨을 보았다. 입이 찢어지고 있었다.

　심장이 폭발할 것 같이 부러웠다.

　이 일이 잘만 된다면 10억 달러나 되는 후원금을 유치하는 성과가 될 것이다. 그것도 매년.

　'하아…… 이걸 놓치다니. 이대로 돌아갔다간 틀림없이 징계감일 텐데.'

　대놓고 불이익을 줄 순 없겠지만.

　명분은 충분했다.

　반대파가 움직일.

머리가 찌릿.

'태평양 쓰레기 섬 지분의 10%, 한국이 3위란 보도에 입 다무는 대가로 약간의 후원금 좀 받아 볼까 기획한 것이 이렇게나 커지다니.'

한국은 쓰레기를 처리할 능력이 없었다.

아무리 장대운이 세기의 천재라 해도 마음대로 안 되는 것이 인프라란 괴물이었다.

시간이 필요하고 그에 걸맞은 자원과 인력이 투입되어야만 하는 것.

그런 면에서 한국은 후진국에 가까웠다. 환경 후진국.

그때 장대운이 시선을 이쪽으로 돌렸다.

'으응?'

눈이 마주쳤다.

"세계자연기금은 어떤가요? 이 계약에 동참할 생각 있나요?"

【역대급 환경 딜. 세계자연기금, 그린피스, 지구의 벗 vs 대한민국 정부】

【환경 딜 계약 임박. 세계자연기금, 그린피스, 지구의 벗 변호사들이 줄줄이 한국 입국. 한국 환경 단체들 일제히 반대 성명. 이는 대한민국을 망치는 행위다】

【계약 조건 보도. 연간 한국에서 나오는 해양 쓰레기 14만

5천 톤의 50% 절감. 이행치 못했을 경우 매년 10억 달러씩 기부. 이행할 경우 태평양 플라스틱 쓰레기를 세 환경 단체가 한국으로 가져온다】

【누구를 위한 계약인가? 점점 도를 넘어가는 대통령의 독단. 언제까지 봐줘야 하나?】

【50% 절감한단들 한반도의 7배나 되는 플라스틱 쓰레기들이 몰려온다. 한국의 운명은?】

【한국 환경 단체들. 이는 명백한 이적 행위다. 대통령을 탄핵해야 한다】

【도대체 대통령은 어쩌려고 이런 짓을 벌이는가? 한국의 환경 실태 보고】

【쓰레기 홍수가 다가오고 있다. 거대한 쓰레기 쓰나미가 몰려오고 있다. 위기 보고. 환경 실태를 분석해 봅니다】

경악의 경악의 경악을 넘어서는 보도가 줄을 이었다.

국민은 이게 웬 날벼락이라며 놀랐고.

세계의 언론도 즉시 이 사실을 실어 나르며 자국에 보도하였다. 환경부 장관 한정실이 세 환경 단체와 계약하는 장면을.

각국 정부가 귀추를 주목했다. 이외 다른 세계적 환경 단체들도 하던 일을 멈추고 지켜보았다. 10억 달러에 배 아파하였다.

온 세상이 한국을 쳐다보기 시작했다.

"분위기가 만들어진 것 같네요."

"옙."

"후우…… 나중에 문제는 안 생기겠죠?"

"뭐가요?"

"사기라든가……."

"도 비서실장님, 그건 염려 안 하셔도 될 것 같습니다."

"……?"

"계약 조건이 심플하거든요. 매년 해양으로 빠져나가는 플라스틱 쓰레기의 50% 절감. 이걸 못 지키면 10억 달러. 이걸 지키면 저들이 태평양 플라스틱 쓰레기를 우리에게 가져온다. 매년 4억 톤 이상씩."

"무슨 수를 써서든 그리만 하면 된다는 건가요?"

"예. 파묻든 뭘 하는 줄이기만 하면 된다는 거죠. 특약에 쓰레기 처리 중 환경 오염이 심각해지면 안 된다는 단서 조항이 들어가 있긴 하지만 대통령님께서 기지를 발휘하신 겁니다. 가만히 있어도 저들이 우리에게 기름을 가져오게 말이죠. 덩달아 온 세계가 알게 되는 겁니다. 도신유전을. 부성 테크를 말이죠."

자신 있다는 김문호에 도종현도 살짝 불안감이 줄어드는 걸 느꼈다.

장대운은 마무리 지었다.

"비서실장님이 걱정을 더셨다면 남은 건 쇼케이스겠네요."

"화려하게 세팅 중입니다."

"최대한 화려하게 해 주세요."

"3일 전, 건설을 완료했고 가동 시험까지 완벽하게 끝냈습니다. 이제 우리는 매일 1백만 톤씩 플라스틱 쓰레기를 처리할 수 있습니다."

2016년 도신유전의 플라스틱 처리 규모는 매일 6만 톤이었다.

수율이 최소 40% ~ 최대 90%로 매일 2,500 ~ 5,300리터 정도 추출 가능했다.

이 설비가 단 2년 만에 100만 톤 규모로 성장했다.

산술적으로 16배.

향후 발전 가능성을 본다면 우리 한국에 천문학적인 이득을 가져다줄 사업이었다. 그야말로 쓰레기에서 원유가 터진 것.

"100만 톤짜리로 공장 몇 개 더 지으면 어떨까요?"

"안 그래도 순차적으로 세 개까지 늘릴 생각입니다. 유류저장고도 이미 건설 중이고요."

3개라면. 매일 3백만 톤이다.

1년이면 11억 톤.

올해 세계에서 사용할 플라스틱 총량이 4억 6천만 톤이라 했다. 40년 뒤엔 12억 3천만 톤에 이를 거라 봤다.

도신유전 하나면 지구를 갉아먹던 플라스틱 쓰레기 문제가 사라진다는 뜻이다.

끝.

"됐네요. 그럼. 이참에 캐치프레이즈나 하나 정할까요?"

"캐치프레이즈요?"

"Emancipation into Plastic. 어떠세요?"

"플라스틱으로의 해방. 말입니까?"

"예."

"엇! 어감이 좀 이상한데요. 플라스틱으로의 해방이라고 하니 왠지 중의적인 것 같습니다."

"아! 아아, 그러네요. 왠지 플라스틱으로 가자는 것 같기도 하네요."

"Liberation from Plastic은 어떻습니까?"

"플라스틱으로부터의 해방?"

"오오, 이게 낫겠네요. into와 from의 구별도 그렇고 Emancipation보단 Liberation이 훨씬 더 강력하잖습니까. 그렇게 합시다."

"좋아요. 날짜 잡아서 거나한 쇼케이스를 해 보죠. 더는 국민이 불안해하지 않게."

"옙."

정말 끝.

이렇게 하나를 끝내 놓고 개운해 할 새도 없이 다음 문제가 나왔다.

김문호가 말한다.

"배터리 말입니다. 이게 좀 곤란하게 됐습니다."

뜬금없는 안건에 장대운은 깜짝 놀랐다.

갑자기 배터리라니.

배터리에는 문제가 있으면 안 된다.

앞으로 세계 전기차 시장과 배터리 산업을 한국을 위주로 개편하는 핵심인데 문제가 생기다니.

"곤란하다뇨? 기술적으로 문제가 있나요?"

"아닙니다. 아! 아니군요. 이도 기술적 문제긴 하군요."

"뭔데요? 속 시원하게 말해 보세요."

"효율 때문입니다."

"효율이라면 30% 상향 조정했던 것 말입니까?"

현 최고의 배터리보다 30% 성능 개선한 것으로 가자.

한 번 충전에 700km 운행 가능에서 900km로 늘어난 거로 가자.

50%도 논의됐으나 나중에 가자.

"예, 그게 안 된다는 겁니다."

"왜요? 전에 된다고 하지 않았나요?"

"언젠가 나중에야 될 날이 올지 모르겠지만 아무리 해도 2배수밖에 진행이 안 된답니다. 세밀한 조정이 안 된다고요."

"아~~ 그 문제군요."

장대운은 일단 안심했다.

배터리 자체에는 문제가 없다는 것.

다만 맞춤 효율이 어렵다는 것.

"최소가 2배수 단위밖에 조정이 안 된다는 건가요?"

"예."

그러니까 아무리 다운그레이드시켜도 1,400km짜리가 나온다는 얘기였다.

1,400km짜리.

곤란할 만했다.

16배가 강력해진 배터리를 굳이 줄이고 줄여 30% 성능 개선으로 시장에 내놓으려 했던 이유는 오직 하나였다.

한국의 국력이 미약하므로.

전 인류적으로야 경사겠지만, 한국은 그야말로 쑥대밭이 될지도 모른다. 어쩌면 전쟁이 날지도…… 저 강대국들이 미래 산업의 키를 절대 한국에 넘겨줄 리 없으니.

이는 도신유전과는 결이 달랐다.

원유 환원 기술은 부럽긴 해도 인류 공영이라는 명제 아래 어느 정도 욕망을 제어할 수 있었다. 지들도 골치 아픈 일이 쓰레기 처리잖나. 배는 아파도 박수 쳐 줄 정도라는 것.

그러나 배터리는 완전히 달랐다.

미래를 선도할 도깨비방망이라.

이걸 손에 쥔 자와 그렇지 못한 자의 차이는 판자촌과 타워 팰리스만큼 극단적이었다.

'자칫 잘못하면 아주 우스운 꼴에 빠질 수도 있겠어.'

홍길동이 아버지를 아버지라 부르지 못했던 것처럼 우리도 우리 건데 우리 거라고 주장하지 못할 기상천외한 꼴을 볼지도 모른다.

어쩌면 그보다 더 엿 같은 상황으로 내몰리게 될 수도 있었다. 벼랑 끝 전술도 통하지 않을 정말 개떡 같은 일이 눈앞에 펼쳐질 지도…….

김문호도 동의하며 미간을 찌푸렸다.

도종현도 동감하며 고개를 저었다.

장대운만 냉정을 잃지 않았다. 상황을 직시했다.

지금 중요한 건 효율이 아니었다.

보안이다.

목숨을 건 처절한 보안.

"근데 말이에요. 그것보다 우선인 게 배터리 보안이잖아요. 어떻게 진행되고 있나요?"

"동진 배터리 말입니까? 동진 배터리의 보안은 세계 어느 곳과 비교해도 강력합⋯⋯."

"아니요. 전에 얘기했던 거 말이에요. 시장에 곧 성능 좋은 배터리가 시판돼요. 자그마치 30%나 개량된 물건이요. 저들이 우리 배터리를 안 까 보겠어요? 그 까 볼 때의 대책 말이에요. 일일이 다 분해해서 연구해 볼 건 뻔하잖아요."

"아아~ 그 문제는 오성, 엘진, SY가 해결하기로 했습니다. 강제 분해 시, 교통사고 등 배터리 파손 시, 배터리 내부가 전부 녹아 뭉개지게 설계하기로 말입니다."

"녹아서 뭉개지게요? 폭발은 안 하나요?"

"그냥 녹는 겁니다. 속과 겉을 감싼 용해액에 의해. 화학식이 뒤섞여 버리는 융합 형태로. 이러면 누구라도 절대 내부를 볼 수 없을 거라 했습니다."

"호오⋯⋯."

"동진 배터리도 역시 같습니다. 누군가 강제로 개방하려는 순간 내부 구조가 녹아 버리게 설계했습니다."

뭐지? 배터리 내부에 강산이라도 넣었나?

그럼 더 위험하지 않나? 왠지 화재가 날 것 같은데.

김문호가 자신하는 걸 보면 아닌 것 같고.

모르겠다. 아무튼 화재만 안 나면 된다. 화재만 안 나면 뭐든 상관없다.

'이중 보안이라.'

딱 좋았다. 이러면 오성, 엘진, SY도 동진 배터리 기술을 알 수 없을 테고 세계의 추적은 오성, 엘진, SY가 1차적으로 막아 주게 된다.

한국으로선 어떻게 해도 부족한 시간을 벌 수 있었다.

특허도 낼 생각이 없으니 잘만 하면 꽤 오랜 기간 버틸 수 있을지도 모르겠다.

희망이 솟는다.

장대운은 그제야 뭔가 가슴이 시원해지는 기분을 느꼈다.

"그래요? 그럼 굳이 배터리 효율로 고민할 필요가 없잖아요."

"예?"

"우리 배터리를 어디까지 보여 줘야 하냐고요? 2배수밖에 안 된다고요? 그걸 왜 우리가 고민해요. 우리가 안 되면 그놈들을 조지면 되지."

"예?"

"오성, 엘진, SY 배터리 효율을 낮춰요. 안에 들어갈 셀의 수를 줄이든가. 30% 수준에 맞게 만들면 되잖아요. 그게 어려우면 50%짜리로 해 주던가. 우리는 2배수짜리로 주고 알아서 하라고."

"아……."

"헐~~ 그러네."

이런 발상의 전환을.

그러네. 맞네. 배터리 셀을 줄이면 끝날 일이다. 엄한 동진 배터리를 재촉할 이유가 없다.

왜 그 생각을 못 했지? 라며 자책하는 김문호에 장대운은 짱돌을 하나 더 던졌다.

"그건 그렇고 그 아가씨랑 데이트는 했어?"

"예?"

"뭘 놀라. 동진 배터리 사장 만났을 거 아냐."

"아! 그렇긴…… 한데."

"그 자리에 이정희 씨 없었어?"

"그건……."

대답을 주저하는 김문호의 어깨를 장대운이 짚었다.

"문호야."

"예."

"내가 중매 섰잖아."

"……."

"결혼해도 돼. 너도 마음에 있잖아."

"전……."

"없다고 자신해? 이정희 씨 볼 때마다 네 눈엔 갈망과 회한

이 겹쳐. 네 마음이 소용돌이치고 있다고 알려 줘. 나에게마저 감출 거야?"

"……."

"방금 내 멋대로 결혼하란 말은 사과할게. 다만 혐오에 극치를 달려 극혐의 영역이 아니라면 기회는 줘라. 영~ 안 되겠으면 이혼하고. 요새 이혼이 뭐 흠이냐. 돌싱 몰라? 돌싱."

결국 결혼하란 말이었다.

이쯤 되니 김문호도 궁금했다.

장대운은 도대체 이정희의 무엇이 마음에 들었길래 결혼을 종용할까?

우리가 만난 지 14년 차다.

감복한 이후 단 한 번도 그 능력에 대해 단 한 번도 의심한 적이 없었다. 자신을 얼마나 아끼는지도 알고.

그런 사람이 이정희를 짝으로 민다.

'동진 배터리? 그 관계는 덤일 뿐이야. 나에게 해가 된다면 동진 배터리는 물론 동진 배터리 할아버지가 와도 절대로 안 시킬 양반이…… 왜 이리 이정희를 좋아할까.'

곁에 있다 보면 기괴할 정도로 사람 보는 안목이 탁월한 사람이 장대운이다.

정은희 기획재정부 장관도 그랬다. 이 사람도 인사의 스페셜리스트.

이 두 사람이 이정희 씨와 만나라고 조언한다.

'……'

다른 사람의 말이라면 코웃음 쳤겠지만. 이들은 진짜였다.

진짜 중의 진짜.

그게 정말 사람을 헷갈리게 했다.

'이정희는 남편이 죽을 걸 알았던 여자야. 윤정훈 그 배신자 놈이 분명 다음 날 아침에 와서 나의 죽음을 확인할 거라고 했어. 낙선된 날 집을 비우고 홀로 둔 것도 그렇고.'

······!

몰랐을 수도 있나?

이정희야 집으로 돌아왔을 뿐인데 남편이 죽은 건가?

'나의 의심마저도 정황일 뿐이라는 건가? 윤정훈에 의한, 윤정훈의 시선에 의한······ 그 개새끼에 의한?'

김문호는 문득 느껴지는 따스함에 고개를 돌렸다.

창가로 넘어온 햇살이 어느새 어깨를 비추고 있었다. 상처를 어루만져 주듯.

'정희야, 정희야······ 우리 정말 다시 시작할 수 있을까?'

◇ ◆ ◇

우우우우우우우우우우웅

우우우우우우우우우우웅

시커멓고 거대한 기계가 꿈틀꿈틀 용음을 천하에 진동시키며 동작에 들어갔다.

20만 톤급 다섯 대가 연신 불을 밝히며 자기 소리를 낸 지

얼마나 됐을까.

반대쪽에 위치한 도신유전 정연훈 대표가 밸브를 돌렸다.

"나온다! 나온다! 나온다!"

"우와~~~~~~~~~~~~~~~~~."

"와아~~~~~~~~~~~~~~~~~."

콸콸콸콸콸.

콸콸콸콸콸콸.

마구 흘러나오는 기름에 사람들은 열광하였고 만세를 불렀다. 기자들이 몰려가 플래시를 터트리고 방송국 카메라 이 장면을 여과 없이 송출하고…….

다시 한쪽에 선 정연훈 대표가 브리핑하였다.

"무척 영광스러운 날입니다. 이 기술에 매달린 지 어언 15년. 보시다시피 저희 도신유전은 파동 에너지를 이용한 폐플라스틱 분해 처리 기술을 완벽하게 구현해 냈습니다. 이것 보십시오. 폐플라스틱을 넣으면 기름이 나옵니다. 폐플라스틱의 오염도와 상태에 따라 그 수율이 달라지긴 하지만 이렇게 기름이 나오지 않습니까? 분리수거가 철저한 우리나라에서는 이도 사실상 그리 큰 문제가 아니라 봅니다……. 여기 이 세라믹을 보십시오. 이 세라믹을 가열하면 고유한 파장이 나오는데 이 파장을 이용해 폐플라스틱을 오염 물질 배출 없이 환유하는 것이 바로 핵심입……."

모두가 보는 앞에서 폐플라스틱을 집어넣고.

모두가 보는 앞에서 기름을 뽑아냈다.

기계엔 굴뚝이 없었다.

불이 밝혀지며 무언가 진동한다는 느낌만 받았을 뿐인데 기름이 나온다. 아무런 오염 물질 배출 없이 폐플라스틱이 기름으로 바뀌었다.

물론 기겁할 일은 아니었다.

이 자체는 누구나 할 수 있었다.

플라스틱을 녹여 기름으로 환유하는 작업은 그리 어려운 게 아니니까.

여기에서 중요한 건. 환유 자체가 아닌, 환유 작업 시 오염 물질 배출이 없다는 것이다.

"지구 환경 문제의 심각성이 대두되며 플라스틱이나 폐비닐과 같이 분해되지 않는 폐기물을 불에 녹여 다시 원료 혹은 유류로 환원하는 유화 환원 기술은 현재 전 세계적으로 연구 대상입니다. 하지만 환경 오염 물질 배출과 고비용이라는 치명적인 벽에 막혀 손을 놓고 있는 상황이기도 하죠……. 유화 환원을 하려면 우선 400도 이상의 열을 통해……."

플라스틱을 녹이려면 400도의 열을 가해야 한다. 400도의 열을 가하기 위해서는 그만한 화석 연료가 필요하고 이를 녹이는 과정에서 또 환경 오염 물질이 화산 분출처럼 뿜어져 나온다.

환경을 위하다 되레 더 악화시키는 꼴인데.

도신유전엔 굴뚝이 없었다.

굴뚝이 없다는 건. 오염 물질 배출이 없다는 것.

300도 이하에서 플라스틱과 폐비닐이 녹았다는 뜻이었다.
보통 플라스틱은 300도부터 오염 물질을 배출시키니까.

"기뻐해 주십시오. 우리 대한민국은 이제 산유국입니다.
기뻐해 주십시오. 우리 대한민국은 이제 산유국입니다. 우리
는 이제 산유국입니다~~~~~~."

◇ ◆ ◇

【한국 오염 물질 배출 없는 완벽한 폐플라스틱 환유 기술
확보】

【기적의 환유 기술. 폐플라스틱이 다시 싱싱한 기름으로
돌아오다】

【역사적 현장. 폐플라스틱을 넣었더니 등유급 기름이 나온다!】

【하루 100만 톤의 괴물 같은 폐플라스틱 처리량. 한국 정
부, 내년 100만 톤급 처리 시설 추가 건설 발표】

【두 개의 처리 시설만으로도 세계 플라스틱 배출량을 커버
하고도 남는다. 한국 정부, 플라스틱 신드롬의 조기 졸업을 위
해 그 이듬해에도 100만 톤급 처리 시설 추가 건설 논의 중】

【어메이징 코리아! 세계 환경 연합. 오늘을 플라스틱 독립
의 날로 선포!】

【폐플라스틱 환원유. OPEC의 품질 인증을 통과하다!】

【한국 정부, 아직 멀었다. 폐플라스틱 환원유를 정제하면
고품질의 가솔린을 얻을 수 있다!】

【인류는 드디어 플라스틱이라는 무덤에서 벗어나는가? 세계적 환경 기업이 된 한국의 도신유전에 대해 파헤쳐 본다】

【기존의 열분해 방식과는 차원이 다른 기술. 이 볼품없는 세라믹이 열쇠였다!】

【각국의 축하를 가장한 기술 이전 문의 폭주. 노노노. 폐플라스틱만 가져와라. 다 처리해 주겠다】

세계구급 축제가 벌어졌건만. 웃지 못하는 이들이 있었다.

저 OPEC마저 지구 환경 파괴자라는 오명에서 벗어난 거로 만족하는데.

【그린피스, 지구의 벗, 세계자연기금. 내가 지금 웃는 게 웃는 게 아니다】

【태평양 플라스틱 쓰레기 섬. 그린피스, 지구의 벗, 세계자연기금이 전부 한국으로 옮겨야 한다. 예산은?】

【매년 10억 달러의 후원금과 4억 톤의 폐플라스틱 수거를 두고 벌어졌던 계약. 세 환경 단체는 계약을 이행할 수 있을까?】

【세 환경 단체 두 팔로 환영한다 발표. 지구 환경 보호를 위해 앞장설 것. 그러나 계약 당사자는 어디로?】

세계 언론도 이토록 난리인데. 한국 언론은 어떨까?

얼마 전까지 탄핵까지 거론하던 놈들은 전부 어디로 갔는지 장대운이란 이름은 어느새 세계구급 구원자로 바뀌어 있었다.

국민도 완전히 찬양으로 돌아섰다.

무턱대고 까기부터 하는 비틀린 놈들이야 이 순간에도 트집 잡느라 여념이 없었지만, 설마 그냥 일을 벌였을까 하며 중립 기어 박고 기다리던 이들은 '역시 장대운'이라며 엄지 척! 대거 돌아오며 여론은 온통 '좋아요' 일색에 지지율도 다시 85%대로 솟았다.

장대운은 당당하게 춘추관으로 나섰다.

"보십시오. 제가 자신하지 않았습니까. 우리 한국은 플라스틱 쓰레기 홍수를 막아 줄 댐이 있습니다. 그 댐이 전 지구적 문제도 감당할 만큼 큽니다! 보십시오. 환경 문제에 관한 한 세계 최고의 기업이 바로 우리 국민 손안에 있다는 겁니다. 그럼 이제부터 우리가 할 일이 뭐겠습니까? 좋은 것에는 늘 똥파리가 붙듯 벌써부터 온갖 귀찮은 것들이 달라붙으려 하고 있어요. 귀하고 소중한 알토란 같은 우리 기업을 지켜야 하지 않겠습니까? 국민 여러분. 여러분의 손으로 지켜 주십시오. 국민이 직접 감시하시고 직접 보듬어 주십시오. 결국 그 기름이 어디로 가겠습니까? 전부 우리 곁으로 오지 않겠습니까?!"

브리핑을 마치고 개선장군처럼 나서는 장대운의 곁으로 김문호가 얼른 다가왔다. 일이 있다는 것.

눈으로 물었다.

왜?

"미국에서 연락이 왔습니다. 자기들 폐플라스틱 좀 어떻게 해 달라고요."

"호오, 그래요?"

발 빠르네. 간도 안 보고.

"일단 보내라고 했습니다. 대신 제대로 분리해서 말이죠."

미국의 플라스틱 쓰레기 배출량은 연간 4,200만 톤으로 세계 1위였다.

1인당 130kg의 사용량.

미국 국립 과학 공학 의학원(NASEM)이 '세계 해양 플라스틱 쓰레기에 대한 미국의 역할 평가'란 보고서에서 2016년 기준 각국의 국민 1인당 배출량을 산출한 적이 있었다.

이 보고서에 따르면 한국은 1인당 연간 88kg으로 미국 130kg, 영국 99kg에 이어 3번째로 많았다. 이어 독일 81kg, 태국 69kg, 말레이시아 67kg, 아르헨티나 61kg 등이 있었고 중국은 16kg, 일본은 38kg으로 나타났다고 하는데(해양으로 떠내려가는 쓰레기 포함)······ 글쎄, 중국과 일본의 배출량을 보니 어쩐지 데이터에 신뢰가 안 가지만.

그걸 제쳐 놓고서라도 한국도 보통 심각한 게 아니었다.

"입질이 왔어요. 중요한 건 마수걸이네요."

"그렇긴 하죠."

미국이 온다.

세계가 그 현장을 지켜볼 것이다.

한국이 어떤 선택을 할지.

"단순히 그네들 폐플라스틱을 처리해 준다는 명분으로는

불만이 남을 겁니다."

"그렇습니다. 처음엔 감지덕지였다가 차차 손해 보는 느낌이 들 테니까요. 한국까지 오는 운송비도 그렇고요. 참여도도 점점 떨어질 겁니다. 차라리 인근에 묻어 버리자는 식으로 말입니다."

"절반 떼어 주는 건 어떨까요?"

"떼어 주는 것에 대해선 찬성합니다. 적당한 당근이 될 테고 추후 명분 싸움에서도 한국에 큰 힘이 될 테니까요. 문제는 그게 아닙니다."

"다른 게 또 있나요?"

"그 절반을 나눠 줌이 수율에 비례한다는 건데요. 환원유의 수율이 일정치 않습니다. 우리도 계산이 안 될 만큼."

"아~~."

전에도 말했다. 폐플라스틱 상태에 따라 최소 40% ~ 최대 90%의 수율이라고.

낙차가 어마어마하다.

90%의 절반과 40%의 절반.

"이도 그럼 판정할 기준이 필요하다는 거네요."

"세계 최초인 만큼 무엇보다 공정해야 합니다. 안 그럼 틀림없이 잡음이 생길 테니까요. 그래서 제가 한번 구상해 봤는데 이번 기회에 폐플라스틱 등급제를 시행하면 어떨까요?"

"폐플라스틱 등급제요?"

"1등급부터 10등급까지 나누는 거죠."

"아아, 수율이 최대 60% 차이가 있으니 6%씩 준다는 건가요?"

"아닙니다. 수율은 최대 80%로 상정할 겁니다. 어차피 최상급은 거의 없을 테니까요."

아마도 중하 등급이 제일 많지 않겠나?

"아아~~ 그것도 맞네요. 새걸 버리지 않는 이상. 분리수거가 개판이거나 세월의 풍상을 받았거나 오염 물질이 묻었거나가 대부분일 테니."

"예, 각 단계별로 5%씩 차등을 둔다면 최대한 공정하지 않을까 생각해 봤습니다."

"정연훈 대표와는 상의해 봤나요?"

"등급제를 시행하려면 배에서 폐플라스틱을 내릴 때부터 판단해야 한다고 했습니다. 그 자리에서 바로 등급을 매겨 주지 않으면 다시 또 논란이 될 거라고요."

"거의 고물상과 시스템이 같겠네요."

"맞습니다. 평균값과 무게로 값을 쳐주게 될 테니까요."

고물상처럼 해야 한다는 뜻이었다.

장대운도 고개를 끄덕끄덕.

"잘 만들어 보세요. 대신 등급별 조건을 상세히 적어 놔야 할 겁니다. 워낙 따지는 걸 좋아하는 인간들이라."

"걱정 마십시오."

끝난 듯 집무실로 돌아가는 와중 장대운이 우뚝 멈췄다.

무언가 떠올렸다는 듯이.

"잠깐만."

"예."

"폐플라스틱을 싣고 온다는 거죠? 그 미국이?"

"예."

"절반 떼어 주려면 기다려야 하는 거 아닌가요? 그 물건 녹일 때까지."

"……예."

"시간이 곧 돈인 이들한테 그거 내려놨다고 무작정 기다리게 할 순 없을 노릇 아니에요? 첫 사례야 뭐 그냥 지나간다고 쳐도 나중에 배가 몇 대씩 오면 어떻게 할 거예요? 그들도 기름 나올 때까지 해상에서 기다려야 해요?"

"아……."

거기까진 생각 못 했다는 듯 김문호의 입이 벌어졌다.

Chapter. 55

"내리자마자 판정받고 기름 받아 가는 시스템이 돼야 해요. 그게 선행되지 않는다면 그 기름은 언제 받나요? 다시 받으러 와야 하는 건가요? 우리가 배달해 줘야 해요?"

"……!"

"항구는요? 울산처럼 석유 화학 단지가 있는 것도 아닌데 큰 배가 접안할 장소가……."

아뿔싸. 김문호는 자기 머리를 한 대 치고 싶었다.

냉철해야 할 참모진이 이 큰 문제를 놓치고 있었다니.

당장에 비서실로 가서…….

"이거 마냥 좋아라 해선 안 될 일인데요. 우린 준비가 안 돼 있어요."

"맞습니다. 제가 놓쳤습니다. 제 불찰입니다."

"아무래도 내년에 건설할 공장 부지는 인천 석유 화학 단지 내로 변경해야 할 것 같네요."

접안 -> 하선 -> 등급 및 무게 판정 -> 기름 적하 -> 출항.

이 과정이 원스톱으로 이루어지려면 인프라부터 챙겨야 한다.

한국에서 이런 인프라가 제대로 갖춰진 곳은 울산과 인천뿐.

업적에 눈이 빼앗겨 엄한 곳을 긁을 뻔했다.

"틀림없이 해 놓겠습니다."

"미국 선박이 오면 일단은 우선 서부 매립지에서 등급 판정을 받고 인천 석유 화학 단지로 가 기름 받아 가라고 해요."

"알겠습니다. 그럼 서구 쓰레기 매립장 시설은 국내용으로 쓰는 겁니까?"

김문호는 확실히 빠르다.

도신유전의 중심이 어디로 갈지 금방 캐치해 낸다.

"그게 맞겠죠. 하나는 국제용. 하나는 국내용. 이렇게 이 두 개로 조율해 봅시다."

이 결정이 또 한번 세계를 강타했다.

폐플라스틱을 처리해 주는 것만도 감지덕지인데. 한국이 글쎄 거기에서 나온 기름의 절반을 나누어 준다는 것이다.

미국의 폐플라스틱을 실은 선박이 인천 서구 매립지에 도착, 가져온 폐플라스틱을 모두 내려놓자마자 전체 등급과 무게를 판별하더니 대뜸 인천 석유 화학 단지로 가라길래 고개를 갸웃대며 갔다가 완전히 정제된 기름으로 값을 받았다는 매머드급 뉴스가 전해지자 난리가 났다.

이토록 인류 공영에 근접한 국가가 있었냐며 아직도 움직이지 않는 국가는 무엇이냐며 온통 찬사에 찬사가 터졌다.

폐플라스틱도 국익에 도움이 된다.

한국으로 가라. 한국이 폐플라스틱을 기름으로 바꿔 준다.

이 와중에 도신유전이 인천 석유 화학 단지로 터를 옮기는 것도 말끔하게 끝났다.

무엇보다 장대운이 움직였고 무한대로 뿜어낼 기름밭이 자기들 안마당으로 오겠다는데 반대하는 석유 화학 기업은 타이틀을 내려놓아야 옳았다.

그들은 도신유전의 터를 위해 십시일반으로 부지를 내어 주었고 아직 기름을 뿜어내지 않았음에도 기꺼이 정제유를 값으로 치렀다.

외상으로 달아 놓긴 했지만. 모든 게 일사천리였다.

"빨리 도신유전 두 번째 공장을 건립을 추진하세요. 아니, 터가 닦이는 대로 서부 매립지에 있는 것부터 옮기세요. 이참에 서부 매립지는 규모를 줄여 20만 톤급만 둡시다. 국내 전용으로. 나머지는 전부 인천 석유 화학 단지로 올인하죠."

거기에 더해 정부의 지원책까지 빵빵해지니 건설 속도는 이래도 되나 싶을 만큼 빨라졌고 한국인의 근면 성실은 여기에서 또 한번 포텐을 터트린다.

첫 삽 뜬지 단 다섯 달 만에 일일 160만 톤급 환유 처리 시설이 인천 석유 화학 단지에 자리 잡게 되었다.

유후~~~~~~~~.

◇ ◆ ◇

≪오등(吾等)은 자(玆)에 아(我) 조선의 독립국임과 조선인의 자주민임을 선언하노라. 차(此)로써 세계만방에 고하야 인류 평등의 대의를 극명하며 차로써 자손만대에 고하야 민족자존의 정권을 영유케 하노라.

반만년 역사의 권위를 장(仗)하야 차를 선언함이며 이천만 민중의 성충(誠忠)을 합하야 차를 포명(布明)함이며 민족의 항구여일(恒久如一)한 자유 발전을 위하야 차를 주장함이며 인류적 양심의 발로(發露)에 기인한 세계 개조의 대기운에 순응병진(順應并進)하기 위하야 차를 제기함이니 시(是)이 천(天)의 명명이며 시대의 대세이며 전 인류 공존 동생권의 정당한 발동이라 천하 하물(何物)이던지 차를 저지 억제치 못할지니라.

구시대의 유물인 침략주의, 강권주의의 희생을 작(作)하야 유사 이래 누천년에 처음으로······ ≫

능청스러운 표정으로 기미 독립 선언서를 낭독하는 장대운을 보던 남자가 TV를 꺼 버렸다.

기분이 나쁜지 씩씩대며 리모콘마저 던져 버린다.

"칙쇼."

갑작스러운 소란에 문이 열리며 이지적인 미모의 여성이 들어왔다.

"총리 각하, 무슨 일 있으십니까?"

"후우……."

부서진 리모콘과 TV 앞 소파에 앉아 미간을 잔뜩 찌푸린 간노 고이치를 교차로 살핀 비서 후쿠다 아케미는 대략의 상황을 유추하곤 침을 꼴깍 삼켰다.

아마도 한국 때문일 것이다.

총리 간노 고이치는 근래 들어 한국으로 인해 스트레스가 심각할 지경이다.

국격, 외교, 경제 산업, 문화 컨텐츠에 이르기까지 한국은 어느새 세계 일류를 달리고 있었다. 예전 일본이 가졌던 왕관을 송두리째 가져간 것.

게다가 일본의 젊은이들은 이런 상황과 관계없이 한국에 열광하고 동경한다.

완전한 역전(逆轉). 참담하다는 것이다.

그러나 비서는 섣불리 위로하거나 공감하려 해서는 안 된다는 것도 알았다.

경험상 이럴 때는 차라리 위로보단 화제를 돌리는 게 더 낫다는 것도.

"개조내각 국무대신 회의가 곧 시작됩니다. 총리 각하."

"흐음⋯⋯."

그래도 반응이 없자.

"1시간 정도 연기할까요?"

"⋯⋯아니. 지금 출발하지."

분기를 가라앉히고 서서히 일어서는 간노 고이치에 후쿠다 아케미는 틈을 두고 문을 열었다.

두 사람이 나가자 다른 비서 한 명이 새 리모콘을 들고 총리실에 들어왔다.

내각 회의실에는 열 명이 넘는 인원이 자리하고 있었다.

현 일본을 이끄는 얼굴들로 이들은 간노 고이치가 특단으로 구성한 인원들이었다.

그동안 일본 각료는 관료나 전문가가 아닌 정치가들로 임명되는 관행이 있었다. 국가의 행정을 도맡아 할 각료를 당내 파벌의 세력 비율이나 야당과의 제휴 정도에 따라 배분하고 여당의 경우 5선 이상의 중진급 국회의원 가운데 대충 임명해 왔는데. 그 폐해의 심각도가 더는 못 봐줄 정도였다.

전문성이나 능력보다는 정치적 배려에 의해 뽑힌 이들이 각 성·청에서의 관리, 조정 기능이 있을 리 만무.

정무는 당연히 매끄럽게 돌아가지 않았고 획기적인 정책은 기대도 할 수 없었다. 늘 삐걱대다 좌초되기 일쑤. 그 잔재들이 내각의 곳곳에 쌓여 발목을 붙잡았다.

이런 마당에 세계정세마저 심상치 않게 돌아가자 중대한 위협을 느낀 간노 고이치가 특단으로 내세운 조치가 개조내각이었다.

정치가가 없는 진짜 전문가로 구성된 내각.

끼이익.

내각 회의실을 바깥과 분리시키는 고동색 두꺼운 원목 문이 존재감을 드러내며 열렸다.

미모의 후쿠다 아케미가 먼저 들어와 간단한 인사와 함께 간노 고이치의 등장을 알렸다.

"총리 각하께서 오십니다."

그 말이 떨어짐과 동시에 모든 인원이 일어났다.

간노 고이치는 그들 면면에 살짝 눈인사로만 화답하고 자리에 앉았다. 다른 이들도 자리에 앉았다.

"시작합시다. 바로 본론부터 가죠. 재무성부터 갈까요?"

기다렸다는 듯 왜소하고 곱상하게 생긴 중년이 입을 열었다.

사카이 마모루 재무대신이었다.

"민간 기업의 결산 방식에 근거해 지난해 일본 재무 상황에 대해 보고합니다. 먼저 도로 등의 인프라와 유가 증권 등 자산이 2017년보다 38조 5천억 엔 늘어난 710조 5천억 엔이 됐으며 부채는 108조 3천억 엔이 증가한 1,426조 엔으로 집계됐습니다. 그 결과, 자산을 웃도는 초과 부채액은 2017년보다 69조 2천억 엔이 증가한 670조 3천억 엔(약 7천조 원)에 달해 재무 상황 공개가 시작된 2003년 이래 최대 규모를 기록했습니다."

"670조 엔이라고요?"

"예."

"부채가 더 늘어난 원인은 뭐죠?"

"수출 악화와 더불어 이에 대한 대책으로 3차례나 걸친 추가 경정 예산을 확보하기 위해 국채 발행액을 늘렸기 때문입니다. 특히 정부는 2019년 올해에도 40조 엔이 넘는 규모의 추가 경정 예산을 편성하고 있어 재무 상황은 더욱 악화될 것으로 보입니다."

이 대답에 미간을 찌푸린 이는 두 명이었다.

한 명은 간노 고이치.

다른 한 명은 가와구치 신지 경제산업대신이었다.

역시나 간노 고이치의 시선이 그에게로 향했다.

가와구치 경제산업대신도 할 말은 있었다.

"무역 손실의 증가는 갑작스러운 국제 환경 변화의 영향이 큽니다. 특히 지난 미중한 분쟁에서 봤듯 수출이 주춤할 수밖에 없었고 국제 원유를 비롯해 원자재와 식량 가격이 크게 급등했습니다. 여기에 2012년 들어 가속화된 엔화 약세도 수입 인플레이션을 부추겼습니다."

"엔화 약세는 수출에 도움 되는 게 아닌가⋯⋯요?"

"애매한 약세이기 때문입니다. 공교롭게도 세계 경제마저 둔화됨에 따라 엔화 약세가 수출 증가에 별다른 도움이 되지 못했습니다."

"그래서 경상 수지는요?"

"수출은 45조 9천억 엔을, 반면 수입은 53조 8천억 엔으로 집계되면서 무역 수지는 7조 9천억 엔의 적자를 기록했습니다."

"총리님, 만일 올해 달러당 엔화 환율이 120엔, 국제 유가가 배럴당 110달러 수준으로 지속될 경우 일본의 경상 수지는 9조 8천억 엔의 적자를 기록할 것으로 전망됩니다."

옆에 있던 사카이 재무대신이 끼어들었다.

가와구치 경제산업대신은 아픈 곳을 찌르는 그런 그를 노려보았고. 그러든 말든 사카이 재무대신은 코웃음 쳤다.

두 사람을 보는 간노 고이치는 두통이 올 것 같았다.

이도 악순환이었다.

개조내각이라 불리는 이 조그만 회의실도 하나 제대로 통합이 안 되는데 나란들 돌아갈까?

전부 예견된 일이었다.

불신…… 불신…… 불신…….

수십 년 자민당 장기 집권은 일본을 정당 정치가 아닌 자민당 계파 정치로 탈바꿈시켰고 자민 막부라는 헛소리까지 나돌게 하였다.

'그렇다고 이대로 갈 순 없잖아.'

간노 고이치는 아직 희망은 있다고 봤다.

그동안의 악습이 일본을 좀먹었다면 그 악습을 제거하면 된다.

영광의 제국이 빛을 잃어 가고 있다면 영광을 재현하면 된다.

최고의 인재를 뽑아 최고의 내각을 구성하여 잃어버린 30년을 회복하겠다 포부를 밝혔건만.

그 최고의 인재들조차 이미 자민당 계파 소속이다.

'하아…… 갈 길이 멀어. 도대체 어디에서부터 잘못된 걸까?'

그래도 희망을 잃지 않는다.

나름대로 잘해 왔다고 자부했다.

주변에서야 변하지 않는 게 제일 큰 잘못이라고 떠들지만.

자민 공산당 체제로는 한계가 명확하다 꼬집지만.

간노 고이치는 일본의 저력을 믿었다.

일본은 해외에서 빌린 돈보다 빌려준 돈이 411조 엔이나 더 많은 순채권국이었다. 1년 이자만 20조 엔이 넘는다. 참고로 일본은 2018년 기준 1년 예산이 97조 엔으로 한화로 약 970조 원에 달했다. 2019년은 약 101조 엔으로 한화로는 1,030조 원.

일본은 이자만으로도 1년 예산의 20%를 충당하는 나라였다.

'조금만 더 나아가면 된다. 우리에겐 아직 기회가 있어. 이렇게 우리끼리 싸우고 웅크리지만 않으면.'

그의 목적은 국민이 일념으로 뭉치고 그 통합된 힘으로 국가 경제를 다시 한번 세계 일류로 끌어올리는 데 있었다.

1970년대처럼, 국민과 경제가 상호 보완적으로 시너지를 일으키며 정부의 뒤를 탄탄하게 받쳐 주기만 하면 못할 게 있을까?

이런 시점, 역대 내각이 저지른 정책적 실수에 얽매여 서로 화살을 겨누고 뒤를 노리게 된다면 일본에는 더 이상 기회는 없다고 봤다. 이를 막기 위해 수많은 반대에도 무릅쓰고 개조 내각을 구성했건만.

초장부터 싸우기 바쁘다. 답답했다.

이렇게 정치가 답보하는 사이 일본 기업은 경쟁력을 잃고 일본이 약해진 틈을 타 간악한 한국이 시장을 차지했다. 어느새 성장해 초일류라 불리고 있었다. 바로 일본의 턱밑까지 쫓아와 뒷머리를 잡는다. 아니, 어쩌면…… 이미 넘어섰을지도…….

'대일본의 10대 전자 회사 매출액을 전부 합친 것보다 오성 전자 하나가 높아.'

경제 구조적으로는 한국을 기형적이라고 폄훼할 수도 있지만.

잊어선 안 된다. 본디 '전자' 하면 일본이었다는 걸.

일본 전자 제품은 세계 시장을 석권했고 세계인이 갖고 싶은 물건 중엔 '반드시'라고 할 만큼 일본 전자 제품 목록이 들어가 있었다.

그런데.

'언제 이 모양이 됐을까?'

해외 순방길에 오르면 보이는 건 전부 한국 제품이었다.

일본 전자 제품은 눈 씻고 찾을 수조차 없다. 전부 오성, 엘진이 판친다. 저 러시아조차 전부. 만만한 동남아도 이젠 한국 제품에 엄지를 추켜세운다.

이런 마당에 같은 팀끼리도 못 잡아먹어서 난리라고?

'다 죽여 버릴까?'

확 다?

간노 고이치는 치솟는 화기를 꾸욱 내리눌렀다.

이들마저 쳐내면 누가 일하나?

"그래서 방안은……요?"

"내수 시장부터 활성화시켜야 합니다."

"안 됩니다. 내수 시장 활성화 대책은 이미 수없이 다뤄 봤습니다. 결국 또 기업의 배만 불리게 될 겁니다."

"……"

바로 받아치는 반대에,

간노 고이치는 속으로 한숨만 내쉬었다.

"내수 시장 활성화 없이 경제는 돌아가지 않습니다. 우리 일본은 내수 시장만으로도 충분히 회복할 여지가 있습니다. 계단을 오르듯 내수를 살린 후에……"

"몇 번의 활성화 대책으로 보셨듯 돈을 뿌린다고 소비로 이어지지 않는다는 걸 우린 깨달았습니다. 이 시점, 또 한번의 간노노믹스를 자처했다간 회복 불가능한 타격을 입게 될지 모릅니다."

"……"

"전부 억측입니다. 경제 회복은 내수의 선순환이 기본입니다. 당장 국민의 지갑부터 채우지 않는다면 경기는 더더욱 얼어붙을 것이고 우린 다른 대책을 세울 시간조차 갖지 못하게 겁니다."

"그것이야말로 우리 일본의 생명줄을 스스로 자르는 것과 같은 말도 안 되는 제안입니다. 일본은 수출입 없이는 생존이 불가능합니다. 이럴 때일수록 과감한 투자로 미래 산업을 키워야 합니다. 내수 시장은 수출입이 활성화되면 자연스레 올라올 일입니다."

"……."

후우…….

"그러면 얼어붙은 내수 시장을 이대로 계속 놔둬야 한다는 겁니까?!"

"내가 언제 그런 말을 했습니까. 일본의 성장 동력부터 키워야 한다고 제안했지요."

"GDI(Gross Domestic Income)를 보세요. 국내 총소득, 모든 임금, 이익, 세금의 합계에서 정부 보조금을 빼는 순간 국가 내에서 발생한 모든 소득의 합이 전기대비 연 1.2%나 감소했어요. 국민의 실질 구매력이 줄어들었다는 뜻입니다."

"똑바로 말씀하셔야죠. GDI는 한 국가가 벌어들인 생산물 가치(국내 총생산·GDP)에서 수출입 단가 등 교역 조건 변화로 생긴 무역 손익을 반영해 산출한 금액입니다. 일본의 실질 국내 총생산(GDP)은 전기대비 연 2.2% 증가로 3분기 연속 플러스 성장세를 기록했습니다. 개인 소비 증가와 기업의 설비 투자 확대 등이 영향을 미쳤죠. 통계를 호도해선 안 됩니다."

"그것참 말씀 잘하셨습니다. 결국 무역 적자가 개인의 소비에 영향을 끼쳤다는 것 아닙니까? 그래서 언제까지 무역만 쳐다보고 있을 겁니까? 그래서 언제까지 그 적자를 개인에게 전가할 겁니까? 닛케이도 이 문제를 지적했습니다."

- 수입 가격 상승을 판매 가격에 전가할 경우 가계의 부담은 커지고 전가할 수 없다면 기업의 부담이 늘어난다.
- 원가 상승에 걸맞은 수익을 올리지 못하는 기업은 임금 인상 여력이 줄어들며 간접적으로 가계에 오히려 부담을 줄 수도 있기 때문에 이 같은 무역 손실의 증가는 경제 성장 여력을 훼손할 수 있다.

"말도 안 되는 거짓입니다. 닛케이는 '최근 지표들을 보면 수입 물가의 상승에도 기업의 가격 전가는 진행되고 있지 않다'고 명확하게 말했습니다."

"우리 일본은 전형적인 수요 부족 국가로 디플레이션 압력이 높습니다. 미중한 분쟁 위기로 인한 글로벌 원자재 가격 상승이 겹치며 중요 물자를 해외에 의존하는 경제 구조와 성장력의 취약성이 재차 드러났습니다. 더 얼마나 기다려야 한다는 겁니까?!"

…………

…………

간노 고이치는 머리가 아팠다.

오직 대립만 있었다.

토론이 아닌 갈등. 첨예한 갈등.

이런 식의 방향성은 원망과 파탄만 낳기 마련.

잘해 보자고 모였다가 도리어 망조가 들겠다.

그러나 문제는 둘 다 옳다는 것이다.

이게 진짜 문제였다.

"그만, 그만, 그만!"

"……."

"……."

말을 멈추는 두 사람에게 간노 고이치가 경고했다.

"잊지 마십시오. 이 자리는 일본의 부흥을 위해 마련됐습니다. 이 이상의 논쟁으로 논점을 흐리는 짓은 참지 않겠습니다."

"……예."

"……예."

다소 수그러들긴 했지만 간노 고이치는 알았다. 두 사람이 서로를 바라보는 눈빛이 전혀 변하지 않았다는 걸.

결국 총리란 위엄도 미봉책에 불과하다는 것이다.

더 놔뒀다간 야심차게 준비한 개조내각도 속에서부터 곪을 것을 눈치챈 간노 고이치는 교통정리의 필요성을 절실히 느꼈다.

특히나 이런 유에는 강력한 권위가 필수.

"얼마 전, 뉴욕시립대 교수에게 자문을 구한 적 있습니다. 우리 일본의 경제에 대해."

"……."

"……."

시큰둥.

하버드나 예일도 아니고 뉴욕시립대 교수쯤은 가볍게 밟아 줄 수 있다는 자신감의 발로인 것 같은데.

경제 분야에서만큼은 누구에게도 지고 싶지 않다는 의지는 부리는 입장에서 환영할 만한 일이긴 한데.

애석하게도 그 뿌리가 얕다는 게 함정이었다.

"우연히 알게 된 분입니다. 2008년에 노벨 경제학상을 타셨더라고요."

"아~ 그렇습니까?"

"오오, 노벨 경제학상이라니. 그분이 무슨 말을 했습니까?"

자세가 확! 변한다.

호기심 만발.

"……."

이것만 봐도 알겠다. 뼛속 깊은 관료주의가 뭔지.

일반 뉴욕시립대 교수와 노벨 경제학상을 탄 뉴욕시립대 교수가 이렇게나 다를까?

같은 사람일진대 하나는 능력조차 보지 않고 하나는 무턱대고 호의를 표한다.

이게 현 일본의 민낯이다.

"그분이 말했습니다. 앞으로 세계에 인플레이션의 파도가 닥칠 거라고."

"인플레이션이라 말씀하셨습니까?"

"인플레이션, 인플레이션……."

"세계 경제 성장률이 2.0%이거나 미만 혹은 마이너스로 돌아설지도 모른다고 전망하더군요. 이로 인한 경기 침체도 말이죠."

"2.0% 밑까지 내려간다 했습니까?"

"어찌…… 현 세계 경제 성장률이 3.2%입니다. 10년 후 예측입니까?"

"아니요. 적어도 5년 이내에 터질 거라고 보더군요. 빠르면 2, 3년 사이."

"허어…… 이거 큰일이군요. 2.0% 미만도 모자라 최악엔 마이너스까지 내려가다니."

"이러면 준비한 것들이 한순간에 무용지물이 되지 않습니까. 총리님, 설마 여기에서 대화가 끊긴 건 아니시죠?"

한숨이 나왔다.

방금 전까지 이 악물고 치고받던 주제에.

말 몇 마디에 바로 믿는다고?

갑자기 왜 이렇게 얌전한 고양이가 됐을까?

고작 노벨 경제학상을 탄 뉴욕시립대 교수의 말일 뿐인데.

간노 고이치는 심히 답답해졌다.

절대 그럴 일 없다는 말을 듣고 싶었건만.

그 근거를 나열하며 따박따박 대들길 원했건만.

뿌리부터 인정하고 있었다. 그 권위를.

'하아…… 이런 놈들이 일본 최고의 석학이라니.'

권위에 복종하길 주저하지 않는다는 건 부리는 입장에서는 땡큐지만 동반자로선 꽝이다.

어느 누가 머슴에게 파트너십을 바라겠나?

자신이 원하는 건 머슴이 아니라 파트너였다.

"후우…… 그분이 말했습니다. 미국 소비자 물가 지수가 7% 이상 상승할 것이며 그 파격이 제2차 오일 쇼크 직후인 1981년을 넘어설 거라 했어요. 물론 그 기세가 그리 길게 가진 않을 거라 하긴 했습니다. 1년 혹은 2년 이내에 진화될 거고 글로벌 공급망 정상화, 에너지 수요 완화 등 인플레이션율이 다시 3% 이내로 축소되며 경제 성장을 기대할 수 있게 될 것이라고요."

"호오……."

"그렇습니까?"

얼굴에 화색이 돈다. 빠가들이.

"문제는 그게 아닙니다."

"예?"

"무슨……?"

"이는 어디까지나 '일본 이외 국가들'에 한한 것이고 '일본의 경기는 현 추세대로라면 디플레이션의 굴레에 갇혀 악화 일로를 거듭할 것' 확정을 지었습니다."

"일본만 제외하고 전부 회복으로 돌아선다고요? 아아…… 이런!"

"역시 디플레이션이 문제였군요."

"우리 정책에 대해서도 이렇게 꼬집었습니다. 일본의 물가 상승률이 전년 대비 2%로 상승했다고 자랑하던데. 약 30년 만에 최고치라고 말이죠. 일견 간노노믹스가 목표로 내걸었던 2%대 물가 상승률을 달성한 것처럼도 보이지만 이는 정책이 효과를 발휘했기 때문이 아니라 글로벌 위기에 따른 '엔저' 가 원인이라는 겁니다. 이도 미국이 겪을 7% 이상의 인플레이션에 비하면 턱도 없다고요. 일본의 디플레이션 탈피는 요원하다고요."

"……."

"……."

"딱 두 가지를 내게 주문하더군요. 그게 뭔지 아십니까?"

"……?"

"……?"

"임금 인상과 에너지 확보."

"……!"

"……!"

결국 자신들이 여태 줄기차게 말한 것과 같았다.

수입으로 연명하는 국가. 내수 시장이 죽은 국가.

"그래서 특단의 조치를 내리기로 했습니다. 우선 기업의 과도한 내부 보유율부터 낮추세요. 일정 이상의 내부 보유율을 가진 기업은 전부 분류해 세무 조사에 들어간다고 알리세요."

"그 이익을 임금 인상으로 돌리도록 하시겠다는 말씀이십니까?"

"예."

"그렇다 한들 소비력을 증진시킨다는 보장은 없습니다. 세 번의 노믹스를 통해 우리가 얻은 건 얼어 버린 소비 심리의 확인입니다."

반대하는 사카이 재무대신에 간노 고이치는 냉소를 지었다.

"사카이 재무대신은 일본의 1980년대를 잊었나 보네요."

"아……."

흥청망청, 열락의 길을 걸었던 일본.

1980년대의 일본은 환락의 천국이었다.

"안 쓰는 게 아니라 못 쓰는 겁니다. 그만큼 임금을 주지 않아서."

이 말에 가와구치 경제산업대신이 끼어들었다.

"하지만 이 정책이 효과를 얻으려면 최소 10년의 이행으로 국민의 신뢰를 얻어야 합니다. 그사이 기업은 성장 동력을 잃거나 성장할 잠재력을 탕진할 수도 있습니다."

간노 고이치는 고개를 저었다.

"아닙니다. 과도한 내부 보유율에 손대는 것뿐입니다. 국가와 국민이야 어떻게 되든 기업 혼자만 잘살겠다는 이기심은 되레 일본을 망칠 겁니다. 이 기회에 법령까지 정비해 안착시켜야 합니다."

"안 됩니다. 단순히 그렇게만 볼 일이 아닙니다. 세계정세가 우리가 예측한 대로 흘러간다는 보장이 없습니다. 어느 곳이든 전쟁이라도 벌어진다면 그 여파에 따라 이 정책이 가져다줄 폐해가 우리 일본과 일본 기업에 치명적으로 작용할 수도 있습니다. 신중을 기해 주십시오."

"이도 억측에 불과합니다. 이런 망상이, 언제 터질지 모를 전쟁에 대비한다며 그동안 우리는 우리 일본을 속에서부터 곪게 한 겁니다. 과감한 탈피만이 우리 일본을 다시 승천시킬 계기가 될 겁니다."

또 싸운다.

슬슬 지칠 것 같았던 간노 고이치는 선을 그었다.

"잔말 말고 이대로 진행하세요. 다음은 원자력 발전소 건립입니다."

"원자력 발전소요?"

이번엔 여태 찬성하던 가와구치 경제산업대신이 뜨악한 표정을 지었다.

그뿐만 아니라 전 대신들이 기겁해 입을 벌렸다. 단 한 사람만 빼고.

사카이 재무대신이었다.

"옳은 결정이십니다. 에너지 확보를 위해 당장 할 수 있는 것 중 가장 효율적인 것이 원자력 발전소 건립이겠죠."

"총리님, 세계가 아직 후쿠시마를 보고 있습니다."

인근 지역은 물론 오염수마저 처리가 안 된 상황에 또 원자력 발전소를 짓는다고?

"그러니 더 강하게 나가야 합니다. 이전보다 훨씬 더 안전을 강화해."

"안 됩니다. 안 그래도 IAEA(International Atomic Energy Agency)가 경고했습니다. 우린 그 경고에 대해 아직 아무것도 해결점을 찾지 못했습니다."

"세계 원자력 기구 따위에 흔들려선 안 됩니다. 에너지를 확보 못 하면 훗날의 위험을 대비할 수 없습니다. 화석 연료로는 한계가 명확하고 세계 원자력 기구는 우리 일본의 미래를 책임져 주지 않습니다."

"원자력 발전소를 짓는다는 말만 나가도 세계가 경악할 겁니다. 특히나 한국은 기를 쓰고 막을 겁니다."

"한국이요?"

간노 고이치가 반응하자 가와구치 경제산업대신은 더욱 강하게 발언했다.

"안 그래도 우리 자료를 못 믿겠다고 실사팀을 보내겠다는 나라입니다. 잊으셨습니까? 한국이 후쿠시마를 두고 얼마나 난리를 피웠는지. 이 상황에 원자력 발전소를 건립하겠다 발표하는 순간 한국은 사력을 다해 일본의 치부를 건들 겁니다. 그건 곧 일본의 대외 신인도에 치명적인 악영향을 끼칠 겁니다."

"하아…… 한국…… 조센징……."

간노 고이치가 관자놀이를 꾸욱 눌렀다. 잘 꺼내지 않던 격한 말을 쏟으며.

이 자리에 모인 대신들도 그의 급변한 분위기에 자세를 바로잡았다.

"한국…… 한국이라…… 농림수산대신."

"하이."

좌측 끝에서 두 번째에 앉은 엔도 유지 농림수산대신이 답했다.

"후쿠시마 농산물 수입…… 통과됐나요?"

뜬금없는 말이었으나.

이 정도 맥락을 읽지 못할 이는 이 자리에 없었다.

"한국은 여전히 일절 금지입니다. 다른 지역에서 생산된 농산물까지 전량 검수하는 판이라 한국 수입업자들마저 일본 농산물에 등을 돌릴 판입니다."

"……"

다시 입을 다무는 간노 고이치에 회의실은 어느새 적막이 흘렀다.

분노하고 있는 것이다. 조용하지만 너무도 강력하게.

"……후쿠시마 농산물에 아직도 문제가 있나?"

"없습니다."

"후쿠시마 지역에 아직 사람이 못 들어가나?"

"일부 지역만 제외하고는 일상 활동이 가능해졌습니다."

이토 다카모리 환경대신이 답에 간노 고이치가 고개를 돌렸다.

"일상 활동이 가능하다고?"

"대대적으로 홍보 중입니다. 후쿠시마는 이제 안전하다고요."

안전하다고?

같은 편조차 믿지 못할 말이었으나,

지금은 그게 중요한 게 아니었다.

"음…… 후생노동대신."

"하이."

이시다 다쿠미 후생노동대신이 허리를 폈다.

"후쿠시마 지역인 중 건강에 문제가 있는 이가 있나?"

"없습니다. 후쿠시마 농산물을 섭취한 이들도 모두 추적 조사했으나 모두 건강합니다."

쾅.

간노 고이치가 탁자를 내려쳤다.

화가 머리끝까지 솟았지만.

설사 이 정도로 화가 나지는 않았더라도 이 만큼 화났다는 제스처는 취해야 했다.

"다 괜찮다는데. 다 괜찮다는데! 왜 조센…… 한국 놈들은 아직도 후쿠시마를 물고 늘어지는 거야?! 도대체 왜?!!"

"……."

"……."

"……."

"……."

빠드득.

화를 내니 더 화가 났다.

눈이 돌아가고 뒷머리가 먹먹해진다. 오늘 누구 하나 작살 내야 속이 풀릴 만큼.

결국 한국이었다. 한국이 문제였다.

이 같은 일본의 격동도, 일본의 경제가 아직까지 허덕이는 것도, 일본의 대외 신인도가 엉망이 된 것도, 일본이 세계 무대에서 입지가 좁아진 것도, 일본 내수 시장이 굳어 버린 것도, 모두 간악한 한국이 일본을 막아서였다.

그놈들이 쥐새끼처럼 숨어 일본의 잠재력을 갉아먹어 버린 탓에 이 더러운 꼴을 보게 된 것이다.

간노 고이치는 맹렬히 돌아가는 계산속에서 자기 포지션을 재정립했다.

일본이 살려면?

다른 방법이 없었다. 가장 가까이에서 방해되는 한국부터 망가뜨려야 한다.

한국이 더 커져선 절대 안 된다.

일본이 살려면 무조건 한국부터 죽여야 한다. 어차피 죽이려 했지만, 더 적극적으로 더 파격적으로 더 잔인하게 죽여야 한다.

그러기 위해선 내 편이 많아야 한다.

"EAEB(East Asia Economic Belt. 동아시아 경제 벨트) 진행 상황은 어떻게 되고 있죠?"

"그게…… 중국의 방해가 강력합니다."

"방해는 당연하겠죠. 무역이 비록 중국의 열 개 기둥 중 하나밖에 차지하지 못하나 그 하나가 외부 영향력의 기반이 되는 셈이니 어떻게든 훼방 놓아야 할 겁니다."

"문제는 그게 아니라 EAEB에 속한 국가들이 전부 우리 일본을 못 미더워하고 있다는 겁니다. 그래서 중국의 방해 공작이 먹히는 겁니다."

"뭐라고요? 아니, 그들이 왜 우리를 못 믿는다는 거죠?"

일본도 중국과 똑같은 짓을 하지 않았나?

차관을 빌미로 그 나라의 도로, 시설 등 인프라를 장악했고 경제 또한 좌지우지했으니. 결국 일대일로와 같았다.

차마 그 말은 꺼내지 못한 히라다 마사토시 외무대신은 다른 방향으로 선회했다.

"더 내놓으라는 것 같습니다. 제시한 조건으로는 만족할 수 없다는 거겠죠."

"……"

"여러모로 외교적 방법을 동원해 봤으나 돌아온 답은 한결같았습니다. 검토하겠다."

이도 한국 때문이다.

한국이 목에 걸려 모든 걸 방해한다.

"……미국은 뭐라 합니까?"

"EAEB 설립 이후 의견을 내놓지 않고 있습니다. 마치 우리더러 전부 알아서 하라는 듯이."

"7광구 협정 위반 제소도 태도가 같습니까?"

"예, 코소코필립스가 대놓고 탐사를 하고 있음에도 미국은 어떤 언급도 하지 않고 있습니다. 되레 우리 순시선이 항의하면 군을 움직입니다."

"칙쇼."

빌어먹을 석유 카르텔.

빌어먹을 미국.

빌어먹을 한국.

빌어먹을 장대운.

이도 다 노린 게 분명했다.

전부 다 노린 것.

이렇게 흘러갈 줄 알고. 일본을 골탕 먹이려고.

"크음…… 그 폐플라스틱을 기름으로 바꿔 준다던 도신유전은…… 어떻게 되고 있나요?"

"세계적인 히트입니다. 폐플라스틱만 가져다주면 추출한 기름의 절반을 나눠 주는데. 대기할 필요도 없이 바로 새 기름과 바꿔 주니 매일 같이 인천 앞바다로 거대한 화물선이 도착합니다. 지금 인천 앞바다는 폐플라스틱을 실은 배들로 가득 찼습니다."

자칫 껄끄러울 수 있는 사안도 한국은 너무도 완벽하게 구성해 냈다.

혼자 다 먹는 것이었다면 어떻게든 트집을 잡아 다른 국면으로 끌어갈 수 있었건만.

가져온 양의 절반을, 그것도 새 기름으로 바꿔 주니 불만을 말하는 것이 되레 지저분한 탐욕을 드러내는 꼴이 되었다.

게다가 초창기와는 다르게 이젠 폐플라스틱에다 장난질도 못 친다.

희한한 스캐너를 들고 와선 귀신같이 골라낸다. 불량 페널티로 배 자체를 되돌려 보낸다.

안 나가겠다고 버티지도 못한다.

기다리는 배들이 하도 많아서. 그들이 떠들어서.

"……."

그런다고…… 상황이 이 모양이라고 다 포기해야만 할까?

아니다. 우리는 아직 죽지 않았다.

절대 잊지도 않을 것이다. 한국이 잘되면 일본이 망한다.

"찾으세요. 환경 쪽으로 특히. 도신유전도 100% 완벽한 환경 수호자는 아니잖습니까. 더욱더 높은 도덕적 잣대로 약점을 잡으세요. 꼬투리라도 나오면 크게 키우란 말입니다."

"하이."

"다른 방면으로도 한국을 제어할 방법을 찾으세요. 다소 욕을 먹더라도 한국을 무너뜨릴 방안을 찾아야 합니다. 주저하지 마세요. 결국 역사는 승리자의 기록입니다. 반드시 찾으세요."

"하잇!"

뭔가 움직이는 듯 보이지만. 이것으로는 부족했다.

이것으로는 부족함을 인지한다.

우리는 우리 일본에 도움이 안 되는 것들은 미리미리 치워야 할 의무가 있다. 그래야 움츠렸던 몸을 풀고 기지개라도 켤 수 있을 테니.

간노 고이치의 시선이 저 멀리 큰 대륙으로 돌아갔다.

"미국 대선이 2개월 남짓 남았어요. 누가 유력합니까? 도람프입니까? 아니면 바이른입니까?"

≪해로즈 대법원장님, 로리스 부통령님, 펠로신 하원 의장님, 하머, 맥코넬 상원 의원님, 펜슨 부통령님, 귀빈 여러분 그리고 친애하는 국민 여러분, 오늘은 미국의 날입니다. 오늘

은 민주주의의 날입니다. 화해와 희망의 날이며, 오랜 시련을 딛고 맞이한 정의와 결실의 날입니다. 이미 미국은 새로운 시험에 들었고 도전을 맞이했습니다……. 오늘, 우리는 한 후보자의 승리가 아닌, 미국이 하나란 대의(大義)의 승리이자 미국을 위한 국민 의지의 표명이며 미국을 위해선 저 바이른이 바로 국민 의지의 발로인 것을 입증한…….≫

백발의 노년이 단상에 서서 드넓은 곳을 바라보며 외치는 승리의 연설이었다.

제59대 미국 대통령 선거가 끝났다. 도람프를 누른 바이른이 당당히 자신의 시대가 열릴 거라 제창하였고 이는 곧 민주당이 맞이하는 20년 만의 승리이기도 했다.

고비 때마다 터진 섹스 스캔들에 인종 차별에 고배를 마시다가 이제야 겨우 평행선을 찾은 민주당.

그 이면을 본 장대운은 입맛이 썼다.

도람프가 나았을까?

"……."

아니다. 도람프는 멕시코 국경에 펜스를 치면서 돌이킬 수 없었다.

혼합의 나라에서 순혈주의를 외치다니.

말도 더럽게 안 들어 처먹고.

"후우……."

앞으로가 문제였다.

바이른은, 민주당은 이 장대운에 유감이 많을 것이다.

그 유감을 거침없이 표현할 것이고 국익이라는 명분 아래 교묘하게 작전을 펼치겠지.

"피곤해졌어."

"바이른 대통령 때문입니까?"

"이를 갈고 있지 않을까?"

"……그동안 당한 게 많았으니까요. 저라도 한국을 괴롭힐 명분 수십 개를 만들어 냈을 것 같은데요."

찰스 그랜즐리 때가 컸다. 대놓고 공화당의 친구처럼 지내며 민주당과는 척을 졌다.

"어떻게 될까요?"

"보면 알겠지. 다만 우리가 첫 타깃은 아니겠지. 도람프가 싸질러 놓은 게 워낙 많으니까."

"축전은 보냈습니다만."

"그럼 됐어."

예측대로 바이른은 임기 첫날부터 아주 바빴다.

미국의 파리 협정 탈퇴를 철회하고 키스톤 XL 송유관 허가를 취소함으로써 도람프의 에너지 정책을 원점으로 되돌렸다. 또한 멕시코 국경 장벽에 들어가는 자금 공급도 중단하며 이전 백악관과 완전히 선을 그었다.

그리고 얼마 안 가 1조 9천억 달러 규모의 경기 부양 법안인 2019년 미국 구조 계획법(American Rescue Plan Act of 2019) 법안에 서명했다.

인프라, 제조, 연구 개발, 기후 변화 완화, 사회 안전망 확장을 목적으로 대규모 투자를 감행하였다.

"일련의 활동을 보니 우리 대한민국에 대한 건은 후 순위로 밀린 것 같네요. 몇 달 정도 시간은 번 것 같습니다. 그사이에 진행돼야 할 건들을 살펴볼까요?"

태풍은 온다.

지금 안 온다고 안 오는 게 아니라.

그렇기에 우린 더 내실을 다져야 한다.

"예, 우선 도신유전은 순항 중입니다. 초반 폐플라스틱 등급표로 인해 소요가 있었으나 객관적인 자료와 지속적인 설득으로 불만이 빠르게 줄어들었습니다. 현재 일일 평균 생산량이 80만 ~ 120만 리터에 육박하니 대박이라고 보면 됩니다."

만족스러웠다.

이게 얼마나 대단한지 이해를 돕기 위해 우리가 땅속에서 뽑아낸 원류 1배럴로 무엇을 할 수 있는지 잠깐 살펴보겠다.

우선 1배럴(USA)은 158.988L였다. 159L.

참고로 1드럼은 200L.

원유 1배럴을 정제공장에 집어넣으면,

1. LPG(2%) = 3.184L

2. 휘발유(8%) = 12.712L

3. 나프타(12%) = 19.068L

4. 등유(9%) = 14.301L

5. 경유(26%) = 41. 314L

6. 중유(38%) = 60. 382L

7. 각종 윤활유, 아스팔트, 석유, 코크스(5%) = 7.945L

이렇게 나온다.

약 70%가 5번 이하의 저품질유라는 것.

그런데 도신유전에서 나오는 기름은 100% 등유급이었다.

4번.

1번 LPG와 2번 휘발유의 용도를 모르는 이는 없을 거라 보니 생략하고, 주목할 건 나프타였다. 석유 정제 시 140~ 180℃에서 분리되어 나오는 고분자 탄소 화합물로 현장에서는 납사로도 불리는 현대 석유 화학의 꽃.

이걸 원료로 우리는 일상생활에 필요한 플라스틱, 각종 화학 섬유, 절연체, 부품, 일상 용품을 얻는다.

진짜 효자.

이외 등유 자체로도 제3세계에 싼값으로 수출이 가능하고 조금만 더 공정을 거치면 선박유로도 사용할 수 있으니 이는 곧 폐플라스틱계의 기적이나 다름없었다.

이런 기름이 하루에만 6,300배럴이 쏟아지고 있다는 것이다. 지구 환경 보호에 일조하면서도.

저 남쪽 바다에선 코소코필립스가 7광구를 마구 헤집고 있었다.

그들마저 제대로 된 빨대만 꽂아 준다면 한국은······.

"좋네요. 환유 기술 이전을 요구하던 국가들은 어떻게 됐나요?"

"아직까진 환경 단체들을 앞세우고 요구하긴 하나 그 강도가 현저하게 약해졌습니다."

"그렇군요."

본래 환경 문제는 초강성들의 세계였다.

환경이라면 눈에 불을 켜고 달려들어 온몸으로 막는 게 그들인데.

이들의 기세가 확 꺾인 계기가 있었다.

자본주의에 살면서 정상적인 경제 체제를 무시하면 곤란하다는 것쯤은 그들도 안다.

강탈도 비윤리적이니까.

도신유전이 하늘에서 뚝 떨어진 것도 아니고 이만큼 키우기 위해 들어간 자원이 얼마인데 공짜로 달라고 하나?

값을 치러야 했고. 기술 이전을 받으려면 로열티로 생산된 기름의 절반을 한국으로 이송하는 조건을 달았다.

- 생산된 기름을 한국까지 이송하라. 너희가 직접. 그럼 줄게.

여기에서 멈칫.

그들이 합심한다 한들 한국처럼 100만 톤 규모의 처리 시설을 뚝딱 지을 수 있는 것도 아니고 그런 시설을 지을 수 있게 한국도 허락하지 않겠지만.

고통 분담 차원에서 10톤 정도의 규모는 요구대로 원하는 장소에 지어 줄 수는 있었다.

다만 문제는 10톤짜리 처리 시설에서 나올 기름의 양인데.

기름값보다 한국까지 운송할 뱃값이 더 나온다는 것이다.

그럴 바엔 차라리 대량으로 실어 가 한꺼번에 기름을 받아 오는 게 경제적으로 더 낫다는 것.

즉 아직도 이전해 달라고 떠드는 것들은 글로벌급 환경 단체가 아니라는 뜻이었다. 마냥 우기는 애들. 무시해도 될 애들.

"그럼 정착된 거네요. 폐플라스틱은 한국으로."

"옙."

마음에 드는지 도종현도 입꼬리가 상승했다.

"다음은 EAEB 현황인데 일본은 어떻게 돌아가고 있나요?"

"총체적 난국입니다."

"호오……."

"미국을 등에 업고 기세 좋게 중국을 둘러싼 14개국을 상대로 경제 벨트를 주창했으나 난항입니다. 그들이 일본을 믿지 않습니다."

"일본을 안 믿는다고요?"

"믿기 힘들겠죠."

"하긴 당한 게 많을 테니."

중국의 일대일로가 기하급수적으로 퍼진 이유 중 하나가 일본 자본의 막장이었으니.

"미국도 일본만 앞세우고 어떤 액션도 취하지 않습니다.

지지부진한 상태인 데다 중국의 방해 공작도 만만찮고요."

"엉망이네요."

"이번엔 미국 대통령까지 바뀌었죠. 좌초될 겁니다."

그럴 거라 예상했다.

미국 놈들 말 바꾸는 게 한두 번인가?

저 지랄이 될까 봐 일본으로 돌린 건데.

덥석 물어서는.

"그래도 계속 일본을 주시해 주세요. 애들은 상식적이지가 않잖아요."

"옙."

다음은 김문호였다.

장대운이 쳐다보자.

"저는 2차 배터리를 최종 점검하였고……."

"잠깐만요."

"옙."

"그보다 더 궁금한 게 있는데. 데이트는 했습니까?"

"예?"

"동진, 그 아가씨요."

"아……."

"안 했어요?"

뚫어지게 쳐다보는 장대운에 김문호는 바로 항복했다.

대답해 주지 않으면 끝날 때까지 물고 늘어질 것이다.

"……했습니다."

"음…… 됐네요. 자, 시작하시죠."

자기 혼자 만족하는 장대운에 욱 올라왔으나 김문호는 아무런 저항도 못 했다.

이도 한두 번인가?

얼른 정신 차리는 수밖에.

"아…… 쓰읍, 최종 버전은 한 번 충전에 1,000km 주행으로 결론지었습니다. 1년 후 1,200km까지 가는 모델을 발표하기로 약속했고요."

"단계를 두기로 했네요."

"최대한 시장 충격을 완화하는 쪽으로 가자는 의견이 대세였습니다."

"내가 환경 포럼에서 계획적 구식화에 대한 논란을 일으킨 게 불과 몇 달 전인데. 전혀 신경 쓰지 않았나 보네요."

"그건 그거고 이건 이거라는 논리입니다. 어쨌든 가야 한다는 거죠."

틀린 말은 아니다.

계획적 구식화는 환경 단체에나 통할 언어였으니.

"흠…… 그래서 어디에서 데뷔한답니까?"

"다음 달 도쿄에서 국제 자동차 전자 기술 박람회를 개최한다고 합니다. 거기에서 선보일 예정입니다."

"호오, 일본에서요? 안 그래도 불만이 터질 것 같은 적진에서 연다고요? 그나마 자존심이 자동차인데 그것마저 우리가 주인공이 되면 아주 볼만하겠어요."

"이도 원래 우리나라에서 발표할까 고민했으나 아무래도 시장이 작고 미국은 예정이 없으니 방법이 없었습니다."

"일이 재밌게 됐네요. 아 참, 아직까지 일본산 분리막을 사용하는 곳은 없죠?"

"계약이 올해까지랍니다. 신형 모델은 전부 SY의 분리막을 사용하기로 약정했고요."

"잘됐어요. 굿."

"이뿐만이 아닙니다. 우리 삼사가 미국 컴퍼스미네랄과 탄산 리튬 장기 계약을 맺고 호주 시라와 천연 흑연 장기 공급 계약을 맺었습니다. 캐나다 일렉트라와는 황산 코발트도 확보했고 아발론, 스노우레이크와도 계약해 안정적으로 수산화 리튬을 수급하게 됐습니다."

"소재 확보의 다양성을 확립했다는 거군요."

좋은 소식.

"예, 거기에 공장 증설로 내년이면 도합 1년간 1,100GWh까지 생산량이 증대될 것 같습니다. 향후 2,000GWh까지 증설할 계획으로 말이죠."

"호오……."

제대로 움직이고 있었다.

현재 북미 전체의 배터리 생산 능력이 1,170GWh라 했다.

한국은 920GWh로 80% 수준인데.

1년 내 북미의 생산 능력을 따라잡고 세계 무대로 시선을 옮긴다는 계획이었다. 참고로 파나소닉은 103GWh, PPES(파나소닉, 도요타 합작 법인)가 80GWh, 테슬라도 70GWh에 불과했으니 배터리 시장 세계 제패의 위업은 단지 몽상가의 몫만이 아니었다.

전기차가 대세가 될수록 전기차의 핵심인 배터리의 수요도 늘어날 테니.

더구나 아직 2배수도 채우지 못한 기술력이 아니던가.

향후 50년간 한국을 배겨 낼 배터리는 없을 것이다.

"좋아요. 이대로 갑시다."

Chapter. 56

해외 뉴스였다.

지구촌 벌어진 뉴스를 다루는.

물끄러미 TV를 보던 도종현이 혀를 차며 껐다.

김문호도 차를 마시다 내려놓았다. 걱정스레 물어보았다.

"보기 안 좋으세요?"

"안 좋지."

"……"

"베네수엘라는 국민의 삶은 시궁창에 박아 놓고 대통령 자리 하나를 두고 민주 진영이랑 공산 진영이랑 대리 전쟁할 뻔했고 홍콩은 중국으로의 범죄인 인도 법안 강제 집행에 온 거리가 시위로 들끓잖아."

"하긴 미친 짓이죠?"

"새삼 우리나라가 그나마 괜찮다는 생각을 해 본다."

"그나저나 홍콩 괜찮을까요?"

"뭘 괜찮겠어? 안 그래도 우리 때문에 자존심 상한 중국 정부가 저놈들을 가만히 놔두겠어? 홍콩 정부 인사들을 친중국 인사로 싹 물갈이할 때부터 예견된 일이잖아."

전부 예견된 일이었다.

올해는 2019년이라.

이도 아홉수에 속한 건지 베네수엘라와 홍콩은 물론 세계가 온통 시위투성이였다.

수단 공화국과 알제리에서 대규모 반정부 시위가 일어나두 나라의 독재자들이 물러났고,

체코에서는 안드레이 바비시 총리의 뇌물 수수 의혹이 불거지며 사퇴를 촉구하는 대규모 시위가 있었다.

에콰도르에서는 석유에 제공되는 보조금을 폐지하는 방식으로 유류세를 인상하려는 꼼수를 부리다 시위가 터졌고,

이라크에서는 경제난으로 시위가 발생했다. 이 과정에서 실탄을 발사하는 등 과잉 진압으로 수많은 생목숨이 죽어 나갔다.

레바논에서는 왓츠앱이나 페이스북 이용 시에 세금을 물리려다가 시위를 촉발했고,

스페인령 카탈루냐도 독립운동이 격화됐다.

볼리비아에서는 대선 개표 부정 의혹으로 대규모 시위가

벌어졌고, 이 때문에 2006년부터 장기 집권한 에보 모랄레스 대통령이 사임하는 사태가 벌어졌다.

이란은 휘발유 가격을 50% 올리려는 시도로 군중이 폭발했고,

콜롬비아도 경제 문제와 남미 전체의 시위 물결에 영향을 받아 혼란스러운 중이다.

온통 개난리.

"CPTPP(Comprehensive and Progressive Trans-Pacific Partnership) 포괄적·점진적 환태평양 경제 동반자 협정에 대한 대응은 없나요? 나중에 대통령께서 물어보면 뭐라도 답해야 하잖아요."

"CPTPP? 쳇, 쌩까도 될걸."

CPTPP는 원래 TPP(Trans-Pacific Strategic Economic Partnership) 환태평양 경제 동반자 협정으로 아시아, 태평양 지역의 경제 통합을 목적으로 출범한 자유 무역 협정의 한 형태였다.

도람프가 당선되자마자 TPP 탈퇴 공약을 지키는 바람에 한차례 좌초 위기를 겪긴 했는데 일본 간노 총리가 멱살 잡고 이끌어 새롭게 변모시킨 공동체였다.

물론 이것도 미국이 재가입하게 된다면 다시 TPP로 이름이 돌아갈 거긴 한데.

"분위기가 심상찮아요. 일본을 포함해 호주, 캐나다, 멕시코, 칠레, 뉴질랜드, 말레이시아, 싱가포르, 페루, 베트남, 브

루나이 등 벌써 11개국이 묶여 있어요. 태국, 영국, 대만의 참가가 예정되어 있고 인도, 인도네시아, 콜롬비아, 중국이 참가 의사를 표명하고 있고. 우리도 유념이 봐야 하지 않을까요?"

"놔둬. 이 정도는 나도 파악해. 또 흐지부지될 거야. 일본은 EAEB도 하고 있잖아. 얼마 못 버티고 스스로 무너질 거야."

"그래도…… 답은 만들어 놔야잖아요."

"에이, 보호 무역이 왜 보호 무역이겠어?"

"예?"

"달리 먹고살 만한 게 없으니까 지들끼리 편 만들어서 으샤으샤 하는 거잖아. 지들끼리 똥구녕 맞추고 핥아 주고. 안 그래?"

"그……렇긴 하죠."

"한국이 먹고살 게 없어?"

"넘……치죠. 감춰 둔 거만 하나씩 꺼내도 향후 몇십 년은 끄떡없을 것 같은데."

"근데 왜 우리가 아쉬운 소릴 해? 나도 대통령께 배운 게 많다고."

"……."

독불장군과 튀어나온 못은 망치를 맞는다는 말을 하려다 김문호는 입을 다물었다.

우리에겐 세계구급 깡패 장대운이 있으니까.

문제가 생기더라도 장대운이라면 어떻게서든 해결책을 만들어 줄 거라 믿는다.

도종현 말대로 '저따위 협정'에 심력을 낭비할 이유가 없었다. 안 그래도 바쁜 몸, 적당한 포지션만 잡아도 끝일 것 같긴 했다.

"저도 모르게 또 제가 두려워했나 봐요. 요새 저도 노파심이 극렬해서."

"너도 허리가 아프냐?"

"관자놀이도 아파요."

"근데 말이야. 용맹 무식한 개는 오래 못 살아. 두려움을 알아야 명장급 반열에 오른다는 것쯤은 알지?"

"칭찬이죠?"

"문호 네가 아닌 나에 대한 칭찬이다. 난 두려움이 뭔지 알거든. 일찍이 그 두려움을 느껴 왔고."

"그런 분이 TPP 대응 준비도 안 해요? 쌩깐다고나 하고?"

반격이라고 했는데.

도종현은 도리어 휘파람을 분다.

"이정희 씨 오늘 뭐 하나? 데이트나 하라고 청와대로 부를까?"

"형님!"

"아 씨, 깜짝이야. 왜 소릴 질러."

"갑자기 이정희가 왜 나와요?!"

"어랍쇼. 방금 '씨'자도 안 붙였어. 벌써 그만큼 진도 뺀 거냐? 좀 있으면 '우리 정희'라고 부르겠네."

"이…… 이…….."

그때 집무실 문이 열리며 장대운이 들어왔다.

두 사람은 잘못한 것도 없는데 벌떡 일어나 대통령을 맞았다.

"오셨나요?"

"오셨습니까?"

"왜 그래요? 뭐 훔쳐 먹다 걸린 것처럼."

"아닙니다."

"아니긴 뭘 아니에요. 지금 문호 얼굴이 시뻘건데."

잠시 멈칫한 도종현은 방금 있었던 일 전부를 이야기했다. 이정희 이야기까지.

김문호는 아무리 그래도 그런 것까지 말하냐며 원망스럽게 쳐다봤지만 도종현은 당당했다. 뭐 어떠냐고.

하지만 동조해 줄 거라 봤던 장대운은 두 사람을 보며 혀를 찼다.

"아이고, 두야. 참모라는 사람들이, 그것도 대통령 최최최최최측근인 사람들이 세상 돌아가는 것도 모르고. 앉아서 노가리나 까고."

"예?"

"⋯⋯?"

장대운이 신문 한 부를 내놓았다.

"내일 자 신문이랍니다."

거기엔 이런 헤드라인이 걸려 있었다.

【황민석 줄기세포 이후 최대의 사기극? 도신유전을 파헤친다】
【세계 최고의 환경 기업 도신유전이 도리어 환경을 파괴한다?】

두 사람은 기사를 보면서도 도무지 이해 가지 않았다.

도신유전이 환경을 파괴한다고? 사기극이라고?

이게 무슨 심박한 개소린지.

"내일 자…… 신문이라는 겁니까?"

"이게 어떻게 된 거죠?"

물음에도 계속 혀만 차는 장대운.

"우리나라는요. 정치와 언론만 잡으면 똑바로 가는 나라라는 빼박 증거죠."

"……."

"……."

"예전 핵 잠수함 건조하려 할 때도 제일 먼저 세상에 끄집어내 망친 것도, 우리가 우리 무기 개발하는 데도 온갖 트집으로 방해한 것도, 우리가 제대로 가려면 그 길을 뒤틀어 엉뚱하게 정체시킨 것도 전부 이놈들이라는 겁니다."

"대통령님……?"

"……?"

"이참에 맹세 하나 하죠. 임기 끝나기 전, 반드시 언론을 손보는 거로요. 박살을 내 놓든, 언론 자체를 없애 버리든. 언론이라고 명함을 내놓을 수 없게끔 완전히 망가뜨려 놓는 거예요. 더는 까불지 못하게."

버젓이 내일 자 신문을 손에 쥐고 있음에도 막지 않고 기사가 나가게 놔뒀다.

이후 일이 아주 재밌어졌다.

처음엔 뜬금없는 기사에 어리둥절했던 다른 언론들도 어느 샌가 동조해 도신유전을 까 대기 시작한 거다.

- 페플라스틱을 환유하고 남은 폐기물은 전부 어디에다 버리냐?

- 규정도 없는데 자기 마음대로 처리하여 환경을 오염시키는 게 아니냐고?

아무런 증거도 없는 억측성 기사로 인류를 위한 공헌을 호도해 댔다.

기자들이 인천 석유 화학 단지로 몰려들어 마구잡이로 파헤쳤고 산처럼 쌓인 폐플라스틱의 흉측성만 드러낸 기사로 국민의 혐오를 일으켰다.

국민 머릿속에 이런 의문을 남기게 했다.

- 도신유전에 정말 폐플라스틱 환유 기술이 있나?

이렇게 일주일이 지나자 진실은 어느덧 중요하지 않게 되었고 언론은 이를 또 폰지 사기일 가능성까지 제기하며 세계를 경악케 했다.

장대운의 대 글로벌 사기극이라고.

환경 단체들이 난리가 났다. 이를 빌미로 그동안 불만이었던 걸 마구 쏟아 냈다.

- 도신유전의 기술을 한국에 한정한 것이 이런 이유 때문
이었냐?
- 기술을 이전하지 않은 게 아니라 못 한 거냐?

자기 나라에 기술을 이전하라고 외치던 환경 단체들이 이
젠 도신유전을 없애라고 난리를 쳐 댔다.
이럴 때 일본에서 이런 발표가 떴다.

≪국가 간 약속인 협정 또한 헌신짝처럼 내치는 후안무치
함을 보였을 때 일본은 이미 오늘 일을 예견하였다. 더는 양
의 탈을 쓴 한국의 가식에 속지 않을 것을 천명하며 오늘부로
한국을 화이트 리스트에서 제외하기로 결정하였다. 이로 인
해 한국은 2014년 이래 일본에서 누려온 혜택을 전부 잃게 될
것이며……. ≫

쾅.
폭탄이 떨어졌다.
일본의 경제 제재가 시작됐다.
발등에 불이 떨어진 청와대는 곧바로 국무회의를 소집했다.
"일본은 세 가지를 근거로 우리 한국을 화이트 리스트에서
제외한 이유를 들고 있습니다. 첫째 한일 공동 개발 구역 협

정 일방적 파기, 둘째 일본 강제 징용 피해자에 대한 대법원의 확정 판결과 신일철주금의 대한민국 내 자산 압류, 셋째 도신유전의 사기극입니다."

많기도 하다.

본래 역사에서는 대한민국 대법원이 강제 동원 피해자의 위자료 청구권 행사를 인정하여 2018년 10월 30일 강제 징용 피해자인 원고에게 피고 신일철주금이 각각 1억 원씩을 배상하도록 한 서울 고등 법원 판결을 확정하면서 발끈한 일본이 보복성으로 가한 조치인데.

이때 일본 외무성이 주일 대한민국 대사를 불러 항의하고 한일 청구권 협정 제3조에 따른 외교상의 경로에 의한 협의와 중재 위원회 설치를 요구하였으나 이도 한국 정부가 묵살하면서 일이 터졌다.

일본 외무성의 입은 잠시도 쉬지 않았다. 블룸버그 통신과의 인터뷰에서 이런 말을 했다.

- 국제법에 기초해 한국 정부와 맺은 협정을 한국 대법원이 원하는 아무 때나 뒤집을 수 있다면, 어떤 나라도 한국 정부와 일하는 게 어려울 것이라는 점을 그들(한국)은 알아야 한다.

한국을 신용할 수 없는 나라처럼.
한국은 상종 못 할 국가처럼.

짓밟았다.

이 조치로 일본은 2019년 7월 1일부터 플루오린 폴리이미드, 포토레지스트, 에칭 가스의 대한민국 수출 규제를 강화했고 7월 4일 예고한 대로 수출 규제 조치를 단행하였다.

"그동안 참은 것도 용하네. 대법원의 확정 판결 하나에 보복성 경제 제재를 던진 주제에 한일 공동 개발 구역 협정 일방적 파기와 도신유전은 어떻게 참았대?"

사실 대법원 판결이 이렇게나 질질 끌린 것도 이유가 있었다.

박진주 정부가 일본과 배상 협상을 위해 압력을 가해서였다. 고작 10억 엔 받아 내려고 벌써 끝났어야 할 판결이 13년이나 걸린 것이다.

"빨리 조치해야 합니다. 화이트 리스트에서 빠지면서 포괄 허가에서 개별 허가로 전환되는 품목들이 심상치 않습니다."

"어떤 것들입니까?"

"플루오린 폴리이미드, 리지스트, 에칭 가스 같은 반도체·디스플레이 핵심 소재 3개 품목을 포함해 주요 정밀 부품 857개가 우선으로 지정될 것 같습니다."

"일단은 반도체·디스플레이 핵심 소재 3개 품목이 핵심이라는 거군요."

"예."

"오성전자는 뭐라 합니까?"

"3개월 정도 쓸 물량만 확보했다고 합니다."

"허어…… 이거 큰일이군요."

큰일이었다.

핵심 세 품목이 들어오지 않으면 오성의 반도체 공장은 멈춘다.

단지 멈춘 것에서 끝난다면 차라리 다행이었다.

납기는 어떻게 하나?

계약대로 납기하지 못했을 때 벌어질 배상은?

설사 어떻게 되돌렸다 한들 일본에 목줄이 묶인 오성을 협력사들이 믿어 줄까?

그사이를 파고든 일본 반도체 회사는 무슨 수로 막고? 막았다간 다시 목줄을 죌 텐데.

즉 일본이 제재를 건 순간부터 이는 무조건 이기지 않으면 안 되는 총력전으로 전환됐다.

무슨 수를 써서든 이겨 내고 박살 내야 우리가 산다는 것.

국무회의는 아무런 소득 없이 끝났다.

기껏해야 국산화에 노력하자는 것뿐.

준비 안 된 자에게 주어질 건 오직 눈물밖에 없음을…… 일본이 한국의 이런 사정을 뻔히 읽고 있다는 것만 재확인한 시간이었다.

"오성이랑 SY 회장 불러요."

"옙."

도종현이 나가자 김문호가 옆으로 붙었다.

"알아봤어?"

"예."

"어떻게 된 거지?"

"본래 3월에 간노가 이 이슈를 터트리려고 했는데 도람 프가 막았다고 합니다. 이후 간노는 이 이슈 즉 경제 제재를 이번 7월 중순에 있을 선거에 이용할 생각이었던 것 같습니다. 문제가 있는 상황을 통계 조작으로 비틀어 외교적 성과로서 말이죠. 바이른이 집권한 데다 더는 기다릴 수 없었던 겁니다."

"그러니까 자기 권력 공고히 하려고 한국을 공격했다는 거네."

"예, 이걸 지지하는 일본 국민이 꽤 많다는 게 문제입니다. 예를 들어, 우리 한국에서 예전 한민당이 대통령을 빨갱이이고 김정운 대변인이라고 했던 것처럼, 달창 발언부터 청와대 폭파 발언, 반민특위 해산 옹호 발언 등 대통령 탄핵안을 가결시킬 때처럼 말이죠."

"결국 그놈들을 지지하는 놈들이 또 문제라는 거네."

"지금 언론은 장대운 정부가 일본을 자극하는 바람에 이 사달이 벌어졌다 말하고 있습니다. 중국 때의 예를 들면서 말이죠. 그때 참 힘들지 않았냐면서요. 우리가 주로 필요로 하는 원자재와 부품의 대부분이 일본에서 오고 있다는 걸 증거로 내밀면서 말이죠."

"미친 것들이⋯⋯지?"

"미친 것들 맞죠. 총칼이 다가오고 있다는 것도 모르고 주둥이를 함부로 놀리고 있죠."

"도신유전은 어떻게 되고 있어?"

"환경 단체들이 진을 치고 폐플라스틱 하선을 막고 있습니다. 진실을 밝히지 않는 이상 더는 용납할 수 없다며 말이죠. 보트를 이용해 항구로 들어오는 것도 막고요."

"실력 행사에 들어갔구만. 증거는 다 남기고 있지?"

"예."

여기에서 증거란 실질적인 증거도 될 수 있지만 이로 인해 벌어진 피해에 대한 자료 수집에 더 가까웠다.

장대운은 이번 기회에 더는 환경 단체도 성역이 아니라는 걸 보여 줄 참이었다.

"아주 눈물을 쏙 빼 주겠어."

오페라가 터졌다.

"반박 기사를 올려. 이는 일본의 일방적인 조치이고 한국은 용납 못 한다고. 우리나라를 IMF의 법정 관리까지 추락시킨 원흉을 기억하게 곁들여서. 일본이 지금 일제 강점기처럼 한국 경제를 종속시키려 하고 있다고."

"예."

"일본은 지난 54년간 매년 한국 수출에서 흑자를 기록했고 우리의 알토란 같은 자산 713조 원을 가져간 나라라는 것도 추가로 말이야. 이제라도 우리가 정신을 차려야 한다고."

"옙."

"일본이 핑계를 대는 부품의 북한 유출 우려도 미국 때문에 북한을 압박하지 못하게 되면서 중국에 대응할 억제력을 확보하지 못한 걸 꿩 대신 닭이라고 한국이라도 조종 대상으로 삼으려는 음모라고."

"하아……."

"다 밝혀. 그동안 우리가 일본 때문에 곤란했던 것들 이번 기회에 하나도 빠짐없이 국민이 알게 하자고. 얼마나 좋아. 일본이 저렇게 무대를 만들어 주는데."

기회였다.

울고 싶은 아이 뺨 때려 주듯 타이밍도 기가 막힌.

망상으로 점철된 일본은 지금 자기가 무슨 짓을 하고 있는지 전혀 모른다.

한국에, 이 장대운에 명분을 준다는 게 어떤 의미인지.

그동안 이날을 기다리며 준비했던 게 얼마인지 말이다.

그 포장지를 깔 날이 얼마 남지 않았다.

씨익 웃은 장대운은 신나게 퇴근했다.

참모들도 퇴근하는 그를 보며 1도 걱정하지 않았다.

준비는 오래전에 끝났고 무대에 오를 날만 손꼽았다. 부릉부릉 시동만 걸고.

당장 우리가 할 일은 사태 수습이 아닌 국민의 대 일본 인식에 대한 제고였다.

- 일본이 이렇게나 간악하다.

한 대 얻어맞았지만, 그래서 오히려 즐거웠다.

언젠가 누군가가 중국과 일본 사이에 끼어 너무 힘들지 않냐고? 물은 적 있었다.

전혀 그렇지 않다고 답해 주었다.

그놈들이 잊을 만하면 이렇게 사고를 쳐 주며 국민의 경각심을 일깨운다고. 우리 선량한 국민의 가슴에 차곡차곡 쌓이고 있는지도 모르고 까분다고 말이다.

"오늘 저녁은 뭘까? 간단하게 분식으로 할까? 아니면 크림 파스타로 갈까?"

웃으며 돌아갔더니 아이들이 우르르 달려와 반긴다.

아빠~~~~~~~~~ 하고.

매일 저녁은 온 가족이 함께.

잠시 눈인사한 아내는 서둘러 부엌으로 갔고 아이들은 오늘 있었던 일을 자랑하기 바쁘다.

무슨 게임 하며 놀았고, 미주알고주알 어떤 일이 있었고, 액체 괴물이 어쩌고저쩌고…… 못 알아듣는 이야기투성이나 성심성의껏 아는 척해 주고 공감해 주었다.

"뭐 하고 있었어?"

"책 봤어요."

"책?"

보여 준다.

초등 역사책이다.

옴마야, 요즘 초딩에게 역사는 주적이 아니던가? 고리타분한 옛이야기?

"이게 재밌어?"

"예, 재밌어요."

"정말?"

훑어보니 만화식으로 나와 있었다. 우리 때처럼 진지충 수채화 비슷한 그림과 글밥으로 가득 채운 게 아닌 쉽게 다가갈 수 있는 분량으로.

생각 외로 보기 좋았다. 단군조선 때부터 이어지는 우리 역사를 흥미 있게 풀어내는……!!!

"으응?"

좀 이상했다.

지도가 있는데 삼한 시대를 다룬다며 마한이 우리가 아는 백제 땅에, 변한이 가야국에, 진한이 신라 땅에 있다고 그려 놨다.

삼한 시대가 한반도도 아니고 남한에만 한정돼 있었다.

설명도 이렇게 적혀 있다.

- 삼한(三韓)은 고대 한반도 남부에서 거주하던 농경인들로서 고대 한반도 북부와 만주에서 거주하던 반농반목 수렵 민족인 예맥(濊貊)인과 함께 현 한민족의 주류 조상이 되는 한(韓)인들의 나라들을 말한다.

삼한이라는 개념의 시작이 기원전 194년에 고조선에서 쫓겨난 준왕이 새로 자리 잡아 왕에 오른 한(韓), 혹은 진국(辰國)에서 나뉜 고대 한반도 중남부 일대에서 형성된 소국들의 연맹체로 마한, 진한, 변한 등이 탄생하면서 시작된 개념으로 보는 것이 일반적이라고.

"……."

그러고 보니 나도 이렇게 배웠다.

나도 이 지도를 보고 배웠다.

좋던 기분이 싹 가신다.

백제는 마한 윗부분, 현재의 한강 이북 지역에서 시작한 소규모 부족 국가란다. 그럼 산둥반도에 마을 하나 건너 있는 백제시는 대체 무엇인데.

"이것도 심각하네."

여태 뭘 하고 있었던지.

내 나이 마흔셋.

세계를 돌아다니며 보고 들은 게 얼마인데 이따위 얼토당 토않은 지도를 아직도 한국 교육 과정에서 우리 어린 학생들이 공부하게 해 놨던가.

바로 김문호에게 전화했다.

"내일 아침 교육부 장관 들어오라고 해요."

◇ ◆ ◇

"교과 과정에 대해서는 새로 시작하는 학년부터 수시 비율을 조금 더 늘이는 방안을 계획 중……."

불러냈더니 엉뚱한 다리만 긁고 있다.

장대운은 교육 과정에 대해선 전혀 관심 없었다.

사회 여러 곳에서 우리 교육이 문제가 많다 부작용이 심하다 말은 많아도,

잘하고 있고 잘하고 있기에 우리 대한민국이 불리한 입장에도 불구하고 세계 속에서 우뚝 섰다고 생각했기 때문이었다. 억지라도 이런 교육량이 없었고 교육에 대한 국민적인 성원이 없었다면 한국은 아직 저 아프리카처럼 가난에서 허덕이고 있지 않았을까? 하고. 이런 교육을 통해 국민의 의식 수준이 껑충 뛰어오르며 잠재력이 발휘됐고 엉뚱한 세력을 견제하였기에 지금의 대한민국이 있는 거라고 장대운은 믿었다.

그렇기에 앞으로는 정부와 정치, 언론만 잘하면 된다 인식했다.

"그건 알아서 하시고. 이것 좀 보세요."

역사책을 넘겨줬다.

초중고 역사책 다 가져왔다.

하나같이 똑같다.

"이건…… 왜?"

"거기 붙여 놓은 곳만 확인하세요."

"……예."

본다. 봤는데도 별 표정이 없다.

이게 대체 무엇이 문제지? 란 의문만 가득하다.

한 나라의 교육부 장관부터가 역사 문제에 인식이 없으

니…… 하며 혀를 차다가도 결국 이도 우리 잘못이라는 생각
이 들었다.

"삼한이 한반도에만 국한돼 있잖아요. 이게 맞아요? 칠해
놓은 걸 보면 부여는 만주 지역의 일부만 장악한 작은 국가
같고 고구려는 압록강 인근의 미세한 부족 국가 같고 낙랑군
은 평양이네요. 대방군은 황해도고요. 옥저는 함경도, 동예
는 강원도, 마한은 경기도와 충청도, 전라도. 변한은 가야국,
진한은 신라예요. 참으로 다닥다닥 잘도 붙어 있네요. 이게
나라입니까? 부족입니까? 전부 다 중국을 위협한 강력한 국
가들 아니었어요?"

위에서부터 일자로 그은 듯 부여, 고구려, 낙랑군, 대방군,
마한이 그려져 있었다.

"……?"

"아직도 문제가 뭔지 잘 모르시겠어요?"

"……죄송합니다."

모르겠다는 듯 김은혜 교육부 장관이 고개를 숙였다.

그래서 물었다.

"뭐 모를 수는 있어요. 누가 안 가르쳐 주면 모르는 게 당연
하죠. 아주 옛일이니까요. 그런데 만약에 말이에요. 이 지도
가 잘못된 거라면 고칠 용의는 있으신가요?"

"예?"

"묻잖아요. 내가."

"그야…… 당연히 고쳐야죠. 근데 지도가 잘못된 겁니까?"

"잘못돼도 한참 잘못됐어요. 다시 묻죠. 국사책에서 이거 하나하나 고치는 데 얼마나 걸립니까?"

"그야…… 국사편찬위원회와 협의와 검수를 거쳐야 하고……."

"잠깐만요."

"예."

"국사편찬위원회요?"

"예, 대통령님."

"그런 게 있는데 국사 교과서를 이따위로 만들어요?"

"현행 모든 역사 교과서는 국사편찬위원회의 자문을 받습니다."

그제야 장대운은 이 문제가 어디에서부터 잘못된 건지 알 것 같았다.

너무 이상했다.

90년 초반, 이런 친일파 망종들을 한 번 솎아 낸 것 같은데…… 사회 저명인사란 것들부터 지도층이라고 까부는 승냥이들을 조져 놓긴 했는데…….

아닌가? 정작 중요한 것들은 건드리지 못했나? 피해 갔나?

"자문을 받으면 끝인가요? 걔들이 정통이라는 거 확실합니까?"

"그야……."

당연히 모르겠지.

답답함에 장대운의 언성이 높아졌다.

"이따위 지도를 한민족의 역사라 떠드는 것들이 정통이라고요?! 이거 진정이십니까?"

"대, 대통령님……."

"장관께서도 이 정도 인식이라면 방법이 없네요."

김은혜는 순간 경질이 떠올랐다.

잘린다는 것.

장대운은 대통령 오브 대통령으로 현 대한민국에서 전제 군주 이상의 권력자였다.

이 땅에서는 누구도 거역할 수 없는 존재. 그게 정치든 언론이든 경제든 어느 분야에서든.

젊은 층에서는 헌정 사상 최강의 대통령이라고 불리는 중이다.

밉보여 잘리는 순간 그동안 쌓아 왔던 커리어는 한순간에 망가질 게 뻔했다.

다급하게 고개를 숙였다.

"한 번, 한 번만 더 기회를 주시면 최선을 다해……."

"아아, 오해하지 마세요. 자르겠다는 얘기가 아니니까."

"아아……."

"나는 김은혜 장관님을 귀하게 쓰고 싶습니다."

쓴단다. 그것도 귀하게.

다행이다. 정말 다행이었다.

한순간에 지옥과 천국으로 오간 기분.

"우리 역사를 바로 세워야겠어요. 프로젝트를 하나 꾸려 주세요. 저 멀리 아득한 세월의 고대사부터 바로 어제까지의 한민족의 역사를 새로 편찬한다고 말이죠. 이를 널리 알리세요."

"널리……요?"

"전 국민이 관심을 가질 수 있게 대축제처럼 여세요. 우리 역사 바로 세우기. 끼리끼리의 편찬이 아닙니다. 가수들 데려다 쇼도 벌이고 상금도 1등에게는 1천억을 거세요."

"예?!"

입을 떡.

"총 1조 원 예산을 책정해드리죠. 내 사재로 집행할 겁니다. 우리 역사를 객관적으로 또 객관적인 증거로서 입증하겠다는 이들과 계약을 맺으세요. 그들이 얼마를 요구하든 연구비를 지원해 주세요. 하겠다면 다 받아 주세요. 1조가 모자라면 더 출연해 드리겠습니다. 무슨 말씀인지 아시겠죠?"

왜 모를까.

지금까지의 실수도 묻어 주고 일감까지 주겠다는데.

그것도 이 김은혜의 이름이 널리 퍼질 엄청난 이벤트를.

김은혜도 뱃심을 딱 줬다.

"대통령님…… 신명을 다해 해내겠습니다. 믿어 주신 만큼 저 김은혜, 절대적으로 대통령님께 충성을 바치겠습니다."

"그래요. 그래요. 이번 일 잘 해내시면 장수하실 겁니다. 장관님 일가족의 미래도 반석 위에 서게 될 거고요."

"감사합니다. 감사합니다. 교육부의 모든 역량을 동원해 해내겠습니다!"

"가세요. 그 열매를 어서 내게 가져오세요!"

"옙!"

나가는 김은혜의 등을 보는데. 가슴은 더 차가워졌다.

대화 도중 떠오른 기억 때문이었다.

원래 역사에서도 이런 일이 있었다.

정부가 1조 2천억이란 막대한 예산을 들여 역사 바로잡기에 들었는데 결과를 돌이켜 보니 임나일본부설만 복원하고 말았다는 걸.

똑같은 놈들에게 맡겨서였다.

똑같은 놈들에게 줬으니 토해 내는 것도 똑같을 수밖에.

저들로서도 부인했다간 일생에 지장이 많으니 필사적으로 막았겠지. 민족의 역사 따위 어떻게 되든 상관없이 말이다.

즉 우리도 그놈들 일생에 대해선 상관할 바 없다는 뜻과 같았다. 개한테 주든 말든.

"그래, 돼지든 말든. 각자도생해 보자고."

식어 버린 차처럼 장대운의 마음도 싸늘하게 변해 가고 있을 때.

문이 열리며 김문호가 들어왔다.

"오성과 SY 회장이 들어왔습니다."

"아, 이리로 모셔요."

"옙."

잠시 한눈팔긴 했지만, 일본의 경제 제재 문제도 보통 일은 아니었다.

특히나 오성 같은 경우는 숨통이 틀어 막힌 기분일 것이다.

두 사람이 들어왔다.

어제 잠을 못 잤는지 눈 밑이 거뭇거뭇하다.

"걱정이 많으신가 봅니다. 하하하하하, 어서 오세요."

억지로라도 웃어 줬건만.

"예, 대통령님."

"불러 주서서 감사합니다."

형식적인 인사만 온다.

안 그래도 기분 안 좋은데 이것들이 비위 맞춰 달라는 건가?

그래도 꾹 참고 몇 가지 이야기를 건넸다.

그래서 몇 달을 버틸 수 있겠느냐?

협력사들은 어떤 반응을 보이느냐?

일본은 아직도 요지부동이냐?

두 회장은 별 기대도 없이 시큰둥 묻는 말에만 대답했다.
지금 당장에라도 일본에 가고 싶은 걸 꾹꾹 눌러 참는 것처럼.

"간들 환영해 줄 거라 보세요?"

"예?"

"……?"

"작심하고 한국을 죽이려는 거잖아요. 두 분이 가신들 만
나나 주겠냐고요? 두 분이 죽어야 지들이 사는데?"

"크음……."

"끄으응……."

알고 있으니 이렇게 답답하지 않겠냐는 표현이었다.

그래도 가만히 있을 수만은 없으니 뭐라도 해야지 않겠냐고?

"정부도 형식적으로나마 일본에 항의하고 화이트 리스트

에서의 삭제가 일방적인 조치라고 다시 되돌리라고 하고는
있는데 콧방귀도 안 뀌더라고요. 이게 뭐겠어요? 오래전부터
차근차근 준비해 왔다는 것 아닌가요?"

"하아…… 그럼 어찌해야 한답니까?"

"맞습니다. 우린 어떻게 해야 합니까?"

"그러게. 다변화, 국산화에 신경 써야 한다고 10년 전부터
떠들었잖아요. 그때 뭐 하셨어요? 그 돈 벌어서 유보금 쌓느
라 바쁘지 않았어요? 그럴 거면 직원들 월급이나 올려 주지.
초일류라면서 하는 짓은 좀팽이처럼 굴고."

"대통령님, 말씀이 너무 심하십니다."

"그렇습니다. 저희도 저희 나름대로 고충이……."

따지고 드는데. 머릿속 인내를 담당하던 끈이 뚝 끊어졌다.

담아 둔 것이 입으로 바로 출력.

"이 씨발것들이 좀 어울려 주니까 같이 놀려고 하네."

"예?"

"……!"

"지금 당장 주총 열어 줘? 오성전자, SY하이닉스 너희 손에
서 계열 독립시켜줘?"

"그건……!"

"으음……."

바로 수그러든다. 코뚜레 걸린 황소처럼.

"너희들 경영 능력 부재잖아. 나는 경고했고 아니, 수없이
경고했어. 뭐 말씀이 지나쳐? 확 다 잡아다 중국 수용소에다

처넣을까 보다. 배에 기름기나 낀 새끼들이 어디서 고개를 쳐
들어. 뒈지려고."

그제야 자세를 똑바로 하는 두 사람이었다.

명태도 아니고 이것들은 정말 사흘에 한 번은 패 줘야 하는
건지.

"죄송합니다."

"죄송합니다. 죄송합니다."

사과도 겨우 나온다.

"어이, SY."

"옙."

"너도 통신업, 석유 화학 다 빼앗아 줘? 100위권 밖으로 내
쳐 줄까?"

"아, 아닙니다. 저는 절대로 이상한 마음 품지 않았습니다."

네 말을 믿으라고? 차라리 일본을 믿겠다. 자식아.

"내가 먹고살라고 배터리도 쳤잖아. 뭐가 문제인데? 왜 그
따위 인상으로 내 앞에 앉아 있는 거야. 내가 우스워? 똑바로
안 서?!"

"옙."

벌떡 일어나 차렷 자세가 되는 그를 두고 오성 회장을 보았
다. 너는 뭔데?

슬그머니 일어나 옆에 선다.

"엿 같으면 이대로 나가도 좋아. 안 잡는다."

"아닙니다. 제가 잘못했습니다."

"저도…… 잘못했습니다. 대통령님."

"주둥이 닫고 말 들어 처먹을 놈만 앉아."

"옙."

"넵."

앉는다.

기합이 바짝.

"차부터 일단 하자. 마셔."

"옙."

"넵."

미리 말하지만, 이 상황은 결코 어색한 게 아니었다. 억지도 아니다.

재벌도 서열 관계가 명확했다.

고만고만한 놈들끼리야 서로 예의 지키고 대우해 준다지만.

그룹사 회장 앞에 선 중소기업 사장들이 어떤 꼴이던가? 레벨이 안 되는 이들을 상대로 이놈들이 언제 사람 취급해 주는 것 봤나? 철저한 개무시로 일관하지.

나도 같았다. 대한민국 100대 기업이 모두 덤벼도 나 한 사람 못 당한다.

더구나 헌정 사상 최강의 대통령이라 불리는 권력자다.

제아무리 대한민국 1등에 세계 초일류 기업이라 해도 지분까지 잠식된 마당에 무슨 반항을 할까? 레벨 차이도 상상 초월인데.

저항은 꿈도 못 꾼다. 수틀리면 재벌 일가고 뭐고 공중분해 될 것이라는 걸 이들이 더 잘 아니까.

같은 회장 직함이라도 오성 회장이 마이바흐를 타면 중간 일보 회장은 절대 그 급으로 차를 탈 수 없는 것처럼.

재벌 사이에서도 급은 존재한다.

"지금부터 내 말 잘 들어."

"옙."

"넵."

"도신유전 간 새끼들 어디에서 소스 얻었는지 파악해. 내 보기엔 일본 같은데. 다 뒤집어서라도 접촉한 놈 찾아서 증거 갖고 와."

"알겠습니다."

"옙."

"그리고 너희도 동참해야지 않겠어? 일본이 죽이려고 덤비는데 곱게 죽어 줄 순 없잖아."

"……?"

"……?"

"마케팅을 해. 전사적으로. 그동안 일본과 거래하며 불합리한 것들이 있었을 거잖아. 아니야?"

"있……습니다."

"저도 있습니다."

"그거 다 까발려서 국민에게 알려. 국민이 조금 더 능동적으로 판단할 수 있게. 할 수 있지?"

"할 수야 있는데…… 그게 도움 되겠습니까?"

오성 회장이었다.

"도움 되지. 너희에게도."

"예?"

"나한테 플루오린 폴리이미드, 리지스트, 에칭 가스가 있거든."

"예?!"

"정말입니까?"

둘 다 벌떡.

"그것도 현재 일본 것의 103%~105%에 상당하는 고품질의 물건이."

"예?! 그게 있다는 것도 놀라운데 일본의 것보다 더 품질이 좋다는 겁니까?!"

"아니, 아니, 그게 아니라…… 언제 이런 걸 다……."

"너희가 안 하니까 나라도 해야 하잖아. 이러다 틀림없이 반도체로 전쟁 한번 일어날 것 같은데 오성, SY 회장이라는 것들이 아무것도 안 하고 노는데 가만히 있어야 했어?"

"그건…… 죄송합니다."

"정말 죄송하게 생각합니다."

죄송하다면서 입이 귀까지 찢어진다.

단순하게 공급이 부족함 없게 만들어 준다는 뜻이 아니었으니까.

일본 수입품보다 고품질이라는 건 앞으로 생산할 반도체의 품질도 상승한다는 뜻이었다. 지금보다 훨씬 더 깊은 미세

공정까지 들어가도 될 기반이 생겼다는 것.

"당근이 마음에 들어?"

"물론입니다. 시험해 봐야 하겠지만 정말로 105%까지 품질이 상승한 거라면 우리 오성전자가 또 한번 성장할 계기가 될 겁니다."

"SY하이닉스도 마찬가지입니다. 하아…… 이제야 체증이 내려가는 것 같습니다. 하하하하하하."

방금까지 갈군 건 생각도 안 나는지 히죽히죽.

아까 상태로 끝났다면 필히 불만과 원한이 쌓였을 텐데.

당근이 있으니 이렇게 풀린다.

갈구는 것도 요령이 필요하다는 얘기다.

하지만 이 몸은 장대운이다.

장대운은 먹일 때만큼은 확실하게 해 준다.

"이거 왜 이러세요. 아직 안 끝났어요."

"예?"

"또…… 있나요?"

"당연히 있죠."

2차원 유기 반도체 소재 합성에 성공한 걸 알려 줬다.

마음대로 구부려도 되는 꿈의 반도체.

이 정도면 파운드리에서도 경쟁력이 생기지 않겠냐고? 파운드리계의 굳건한 세계 1위인 TSMC를 무너뜨릴 수 있지 않겠냐고?

물어봐 줬다.

눈이 벌게져 달려든다.

무릎으로 기어 와 제발 달라고 외친다.

이것 보시라. 전에 예언했잖나.

2차원 유기 반도체 소재를 만난 순간 휴대폰부터 디스플레이어 제조 회사는 무조건 와서 무릎 꿇어야 할 거라고.

흐뭇했다. 이 광경이. 그리고 이 두 사람이 대신해서 세계를 무릎 꿇릴 광경이.

얼른 정신 차린 장대운은 두 사람에게 몇 가지 지시와 당부를 한 뒤 돌려보냈다.

대대적인 반격의 서막을 예고하며.

◇ ◆ ◇

【추락이 예고된 분쟁. 대한민국은 언제까지 살얼음 위를 걸어야 할까?】

【일본의 경제 제재로 인해 타격받은 한국 산업의 현주소를 살펴보자】

【반도체 업체 日, 3개월분만 남았다! 정부는 이 일을 어떻게 할 생각인가?】

【각만 세우는 장대운 정부, 도탄에 빠진 국민 생활 나 몰라라?】

【대책도 없는 정책의 연속, 우리는 언제까지 장대운 정부의 독단을 바라만 볼 것인가?】

【일본의 경제 제재 이유를 살펴본다. 한국의 잘못은 어디

까지일까?】

【반도체 업계만 비상? 정밀 산업계도 망하기 일보 직전】

【일본 경제 제재 해결점은 없나? 이대로 우리 한국은 다시 가난했던 시절로 돌아가나?】

【대사기극 도신유전, 아직도 가동되는 이유가 뭔가?】

【조그만 보트로 거대한 화물선을 막아선 환경 단체. 그들이 목숨을 건 이유를 살펴보자】

【지구를 구한다는 명목 아래 뒤로 오히려 지구를 오염시키는 상황. 정부가 도신유전을 이대로 두는 이유는?】

【세계 최고의 오염 국가의 불명예는 어떻게 책임질 것인가? 정부는 대책이 있나?】

【특보. 도신유전의 유독성 폐기물이 어딘가로 버려진다?】

【도신유전 유독성 폐기물의 심각성. 후쿠시마를 연상시키다】

【계속 가동되는 도신유전. 시민 단체의 시위 격화. 대한민국은 혼돈의 소용돌이로】

주변이 온통 일본에 붙어먹은 기생충들만 보였다.

도대체 왜 이럴까?

언론이 중도라고 외칠 때는 언제고 여기 어디에 중도가 있나? 자기 좋을 때만 중도인가?

중도가 없단들 무엇이 국익에 도움 되는지도 모르나?

그렇다면 이들이 원하는 건 강제 징용에 배상하라는 대법원 판결을 뒤집으라는 건가?

7광구 개발을 중단하라는 건가?

도신유전을 버리라는 건가?

나 원 참, 사바나의 임팔라 새끼들도 아니고 뭐가 나타났다 하면 이리 뛰고 저리 뛰고 우르르 달려가 앵앵대고 저쪽이 더 우세하다 싶으면 얼른 가서 붙는다.

적어도 언론이라면 육하원칙 정도는 따라야 하지 않을까?

답답하다.

"아주 죽고 싶어서 꽹과리를 치는구만."

"일은 심각하지만, 오성이 꽤 잘해 주고 있습니다."

"증거가 왔어?"

"예, 최초 유포자와 만난 놈이 일본 내각 정보조사실 소속 요원이랍니다. 그 영상을 확보했습니다."

"그놈은 잡았어?"

"자료만 넘긴 뒤 출국했습니다."

"음……."

아깝다는 표정의 장대운에 김문호가 피식 웃었다.

"걱정 마십시오. 청운이 지금 밀항선에다 싣고 오고 있습니다."

"오오~~."

"언론사도 어떤 자금이 흘러들어 갔고 그와 관계된 놈들이 어떤 행보를 거쳤는지 다 확보했습니다. 언제 터트릴까요?"

"도신유전은?"

"누적 피해와 이미지 손상, 업무 방해 등 관여한 환경 단체

에 대해 피해 경중에 따라 30억 달러에서 1억 달러의 손해 배
상 소송에 들어갈 예정입니다."

"언론은?"

"두 배수를 둘 생각입니다."

60억 달러에서 2억 달러라.

"관련자들은 전부 국가반역죄로 다룰 생각이고요."

"음……."

이 폭풍에서 살아남을 언론이 있겠나?

거의 없을 것이다.

그렇다고 낮춰 줘?

낮춘단들 변할 놈들인가? 감사할 놈들인가?

"범위를 언론사주까지 확대하는 건?"

"충분히 가능합니다. 법체계가 완성됐으니까요."

"그럼 진행해."

"근데 언론과 환경 단체에 대한 탄압으로 비칠 수도 있는
데. 괜찮겠습니까?"

"나 또라인 거 다 알잖아. 특히 금융 치료 분야에 특출나다
는 걸."

"후우…… 알겠습니다. 그리 진행하겠습니다."

이날 SBC 8시 뉴스에서 대대적으로 특종이 터졌다.

그동안 언론이 일본의 사주를 받아 정부를 공격했고 도신
유전의 사업까지 방해했다는 사실을 대대적으로 다뤘다.

각 언론사와 환경 단체에 검찰과 경찰이 들이닥쳐 압수 수

사를 진행하고 있음을.

≪기가 막힐 노릇입니다. 우리 언론이 일본의 앞잡이 노릇을 하고 있었습니다. 모월 모시, 최초 유포자인 김 모 씨에게 접근한 이는 한국 주재 일본 무역 상사의 직원이었는데 이 사람이 사실은 일본 내각 정보조사실 요원이었다는 사실을 검찰이 밝혔습니다. 그가 건네준 자료를 김 모 씨는 아무런 검증도 없이 유포했고 언론은 그걸 또 재생산해서 실어 날랐다는 겁니다.≫

일본 요원의 얼굴과 최초 유포자의 신상이 공개됐다.
그들이 무언가를 주고받는 영상과 음성 파일, 받은 돈과 함께.
이 전부를 또 의외로 최초 유포자가 소장하고 있었다. 혹시나 몰라 보험을 들어 둔 게 유용하게 사용됐다.

≪하늘을 두고 통탄할 일입니다. 과연 언론이 무엇일까? 일본의 사주를 받아 순항 중인 정부에 오물을 투척하고 세계 최고의 환경 기업을 망가뜨리려 했습니다. 최초 유포자도 유포자지만 이에 반응한 언론들에도 일본의 자금이 흘러들어 간 증거를 잡았다고 합니다. 모든 게 다 계획적이었음을 말이죠.≫

각 언론사의 중추를 담당하는 이들에게 들어간 뇌물과 접대 영상도 손에 넣었다.

일본 무역 회사에 군이 들이닥치며 싹 털었는데 얼토당토 않게도 아주 많은 증거물이 나왔다. 나중에 협박할 재료로 쓰려 했던지 이번 건 외에도 어마어마하게 쌓여 있었다.

≪정부가 방금 발표했습니다. 이는 국가를 전복시키려 한 거대한 음모로 규정지으며 관련자를 국가반역죄로 다스릴 것이라고요. 그와 관련된 대규모 소송도 준비 중이라 했습니다. 예전, 90년대에 장대운 대통령이 나라 안팎에서 화려하게 수놓았던 소송전을 기억하시는 분이 계실지 모르겠지만, 사안이 개인이 아닌 국가적 단위이다 보니 이번 소송은 그보다 훨씬 강력할 것이다 예고되었습니다. 제 개인 의견이긴 하지만 하나도 불쌍하지 않습니다. 천벌이라 봅니다.≫

천벌이 떨어졌다.

천벌을 떨어뜨리며 장대운은 부성 테크를 앞세웠다.

도신유전의 폐기물은 그 자체로도 에너지원으로 재활용 가능한데 그마저도 모두 활용한 껍데기는 부성 테크로 가게 된다고.

국제 환경 단체 조사단을 불러다 실사를 받았다. 생방송으로 아주 엄격하게.

유기 폐기물 처리에 필요한 바이오 가스 생산, 슬러지 감량, 고농도 질수 폐수 처리 등 3대 기술을 모두 보유한 세계 유일의 괴물 기업이 대한민국에 있음이 세상에 알렸다.

장대운에게는 늘 계획이 있음을.

조사단이 가축 분뇨, 하수 슬러지, 음식물 쓰레기 등 생활 폐기물이 모두 해결되는 걸 눈으로 보고 환호를 지르는 걸 세계가 봤다. 기존 대비 바이오 가스 생산량 60% 증가에 전력 등 비용은 80%까지 감소되는 것도 모두.

부성 테크 한기성 대표는 이렇게 말했다.

≪……그분은 아무도 믿어 주지 않고 아무도 도와주지 않고 서서히 말라 죽어 가던 저에게 한 줄기 빛이었습니다. 벌써 10년이나 됐군요. 필요한 건 모두 지원할 테니 인류 공영을 위해 폐기물 처리 기술을 개발해 달라 하시더군요. 가족들과 함께 거리로 나앉기 직전에 말이죠. 기약 없는 일에 수백억을 써도 눈 하나 깜짝하지 않으셨습니다. 아무런 실적이 없는데도 수고한다고 제 가족이 사람처럼 살 수 있게 도와주셨습니다. 받은 은혜를 어찌해야 갚을 수 있겠습니까? 저는 이 순간에도 오필승 테크를 위해, 장대운 대통령님을 위해, 대한민국과 우리 민족을 위해 일할 수 있음에 감사할 뿐입니다…….≫

국가적 소송전이 시작되었다.

국내는 김앤강이 나섰다. 국외는 나라별 로펌이 나섰다.

장대운이 원하는 건 딱 한 가지였다.

탈탈 털어라.

죽은 조상 속옷에 든 동전 하나까지도.

턴 것의 20%를 너희에게 주겠다.

쿵.

10%도 눈이 뒤집힐 일인데 20%를 불렀다.

지정된 로펌사는 초대박이 터졌고 그와 협력사가 되기를 희망하는 로펌이 줄을 이었다.

십여 명으로 이뤄진 팀 규모가 순식간에 수백 명 대대급 규모가 됐다.

이와 연결된 인맥들은 또 얼말까?

이 가운데도 인천 앞바다에서 버티며 방해하는 환경 단체에 걸린 소송 금액은 실시간으로 높아지고 있었다.

세계 언론은 입도 벙끗 못했다.

특히나 한국의 뉴스를 쉴 새 없이 실어 날랐던 미국 언론은 숨도 쉬지 않고 몸을 낮췄다.

소송장이 본사로 날아오는 순간 남 일이 아니게 된다. 저 지독한 장대운과 기둥뿌리가 뽑힐 때까지 싸워야 한다.

전부 철수.

환경 단체가 부당하다며 아무리 난리 쳐도 뉴스 한 줄 내보내지 않았다.

이런 식으로 관련된 자들이 줄초상 나고 있을 때 SBC 방송으로 김은혜 교육부 장관이 출연했다.

곧 대한민국 교육부가 주최하는 범국민 이벤트가 열릴 거라고.

그녀는 방송에 출연해 이런 말을 남겼다.

"교육부 장관으로서 임명돼 전에는 볼 수 없었던 아주 많은 것들을 보게 됐습니다. 그중에는 좋은 것도 있었고 도저히 이해가 가지 않는 것도 많았죠. 오늘 출연한 목적은 잘못된 것을 바로잡기 위해서입니다."

"출연 목적을 잘못된 것을 바로잡기 위해서라고 말씀하셨는데 사전 인터뷰에도 아주 시급하게 고쳐야 할 것이 있다고 하셨습니다. 무엇인지 물어도 될까요?"

"물론이죠. 이는 저에 대한 반성이기도 하거니와 우리 학생들에 대한 무거운 죄책감이기도 합니다. 앞으로 저는 제 모든 역량을 동원해 우리 교육에서 최악이자 죄악인 것들을 도려낼 작정입니다."

강경한 어조였지만.

시청자 대부분이 이런 예상을 했다.

아아~ 또 입시 위주의 교육 정책이나 말하려는 거구나.

뻔하디뻔한 이야기나 하러 나온 거겠지.

지겹네.

채널을 돌리려 리모콘을 찾는데.

"우리 교육의 최악 오브 최악은 우리 교과서였습니다."

"예?"

???

"우리 역사 교과서 말입니다. 우리 역사 교과서를 다시 정독하며 저는 그 내용이 전혀 이치에 맞지 않음에 통탄을 금치 못했습니다. 이를 바로 잡으려 특단의 대책을 내릴 생각입니다."

"우리 역사 교과서가 잘못됐다고요?"

"예, 잘못돼도 한참 잘못됐죠. 뿌리부터 완전히 잘못된 곳으로 기형적으로 뻗어 나가고 있습니다. 완전히 왜곡된 역사를 우리 학생들이 줄줄 외우고 있어요. 이 무참함을 더는 방치해서는 안 된다고 판단했습니다. 알면서도 두고 보는 건 국가와 민족에 대한 반역이나 마찬가지일 테니까요."

"아…… 국가와 민족에 대한 반역이요? 그게 역사 교과서수정과 연관됐다는 말씀이시군요."

"예, 저는 '우리 역사 바로 세우기' 프로젝트를 통해 한민족의 진실된 역사를 밝혀낼 수 있을 거라 믿고 진실된 우리 역사에 대한 우리 국민의 열망 또한 의심치 않습니다. 국민 여러분 교육부를 믿어 주십시오. 여태까지 실망만 드렸지만, 이번 한 번만 끝까지 지켜봐 주십시오. 저 김은혜 목숨을 걸고반드시 제대로 된 우리 역사를 선보이겠습니다."

총예산 1조 원을 둔.

1등 상금 1,000억 원, 2등 500억 원, 3등 250억 원, 4등 100억 원, 5등 50억 원…….

휘황찬란…….

대한민국 역사상으로도 전무한 초대형 프로젝트가 기획됐다.

[우리 역사 바로 세우기]

상금만 미친 규모가 아니었다.

부족한 연구비도 지원한다.

누구든 와라. 누구든 와서 계약해라.

진실된 역사를 온전한 증거로서 밝혀낼 사명감을 가진 사람이라면 누구든 받아 준다.

오라. 모두 오라.

다음 날로 모든 언론이 이 사실을 대서특필했다.

〈8권에서 계속〉